嫌妻當家

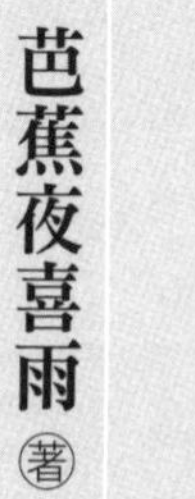

芭蕉夜喜雨 著

目錄

序言

這是芭蕉的第二本長篇古言了。

它誕生於夏末秋至時節。

那時候，長街上狂風亂舞，落葉翻飛，秋冬時節總是帶著些寂寥和蕭瑟，總讓人忍不住往更溫暖處靠近……

而城市裡燈紅酒綠，酒醉人迷，行人每天交錯。

到最後，也不過是你是你，我是我。

生命中總有這樣那樣的人，與我們擦身交錯。記得住的，記不住的，總有些人來了又走，走了或許又來，來了或許很快又走……有時候，也會在我們心裡掀起一些漣漪，更多時候，什麼印記也沒有留下，猶如風吹過耳。

很輕，甚至輕到沒有任何感覺。

而有些人、有些事，每每令我們想起的時候，又猶如鈍刀割肉般，悶悶生疼，伸手往臉上一抹，滿手的濡濕。

我們經常駐足等待，希望等來春暖花開，希望陽光明媚。

但更多時候，最後的最後，什麼都沒有，有的只是更久的月月年年。

芭蕉夜喜雨

於是我們了悟。

你來了，我歡喜；你不來，生命如常。

但即便你來了，你也不是我，我也不是你。最終的最終，你還是你，我仍是我。

那有什麼理由，我們不更厚待自己三分呢？

於是有了這個故事。

創作這個故事很偶然，但似乎又不突兀，因為一直有感，一直有思，一直想寫，於是便有了這個故事。

看慣了恩恩怨怨，看多了分分合合，我們自己有時候也會變得麻木；更多時候我們冷眼旁觀，但心中又不免留著一分純粹，乾乾淨淨的，淨土一般。在那裡，我們安靜地守候，我們美美地期盼，希望等來一個能懂自己的人，能與我們共沐晨昏。

這個世界太過紛繁複雜，每天都會有一些不安定的因素，我們不得不小心翼翼，每一步都走得異常艱辛。

很多時候，恩愛情濃時，你是我的寶；緣盡人散時，你不過是路邊一株野草。

情深緣淺，緣深情淺，到最後都抵不過流年。

到那時，也許你大步走開，相忘江湖；也許你痛哭糾纏，不依不饒；也許你從此陽光燦爛，重獲新生，也可能你就此沈淪，低至塵埃，再無飛揚的勇氣。

而不管如何，事實就是事實，都再也不能重來；即便再怎麼修補，也是看得見的裂痕，於是，到最後的最後，不得不相忘於江湖。

於是我很想告訴你，你的美好你自己要知道，別人發現不了，也不要緊。與我們擦身，不為我們停留，請別伸手去挽留。塵世中，還有我們陪著自己。

最後的最後，你來了，我歡喜，你不來，我也就在那裡。

終有一天會迎來屬於我們的陽光燦爛。到時候，我們昂首挺胸，笑靨如花。

第一章

魏朝洪武元年，東南青川縣下河村。

方茹躺在床上已經三天了。這三天，她的眼裡沒有看見別的，只有那黑粗的屋梁，鋪著稀疏泥瓦、覆著稻草的房頂……

她有多久沒見過這種尖形的房頂了？

這木頭做的屋梁，圓粗一根，牆壁是紅泥抹的，並不平整，有層層疊疊塗抹的痕跡。地上也是泥地，凹凸不平，坑裡還有水跡。

房間裡的擺設更是簡單，角落裡放著一個三尺高的四腳木頭架子，上面四平八穩地放著一個兩尺長、兩尺寬深的紅色衣箱，刷的紅漆已顯斑駁，看得出有些年分了。

衣箱旁邊，靠牆放著一張長凳，上面擺著一些雜物。

床頭旁擺著一個兩尺高的方櫃，有三個抽屜，不知裝著何物。

靠床頭是一張簡易的桌子，像女子用的簡易梳妝檯，桌面上除了一把木梳及一個針線籃子，再無旁物。

除此之外，屋裡便再無旁的家什了。

當然，床還是有的。

三面圍有架子的簡單的床，四邊立有四根木柱子，掛著補了好幾個補丁的灰舊帳子……

方茹躺在床上，眼睛直愣愣地盯著頭頂帳子上那個破洞，茫茫然不知身在何處。

腦子裡走馬燈似地變幻，針刺一般，抽抽地疼，胸口也鈍鈍的，像被人用鈍刀切割。眼角有冰涼的淚滾落，沾溫了稻草填充的枕頭。

方茹昏昏沈沈地醒了睡，睡了醒，直到感覺有人輕輕地搖晃她，才睜開酸澀腫脹的雙眼，瞇著看向來人。

來人一副好皮相，劍眉星眼，鼻梁高挺，嘴唇厚薄有度，面色雖有些黝黑，但瞧得出相貌不錯。身上是精幹的短打，洗得有些發白，略略帶些縐褶，不過即便如此，也瞧得出是天生的衣架子，身材更是高大勻稱，不多一分不少一分。

他一手端著一只粗瓷大碗，一手輕輕搖晃著她。

方茹眨了眨酸脹的眼睛，盯著他不語。

男人被方茹直愣愣的眼神盯得有些不自在，心裡悶悶的，感覺對方像在看一個陌生人。

男人劍眉微皺，忍住心中的怪異感，視線往下偏了偏，移到手中的碗裡，柔聲道：「這是剛熬好的稀粥，我大早上割了肉回來，切碎了拌在裡面一起熬的。妳這又是一整天沒吃喝了，我扶妳起來吃些。」

男人把飯碗擱在床頭那個破舊的方櫃上，作勢要扶起方茹。

方茹往裡偏了偏。

男人的眼裡閃過一絲晦暗，愣愣地收回手。

方茹兩手吃力地在床上撐了撐，咬牙把上半身支起，整個身子往後拖了拖，想靠在床架上。

男人看她起身頗為吃力，兩手往前伸了伸，想攙扶一把，不過最終沒伸過去，只是拳頭握了握，又動作極快地幫方茹把枕頭拿起來豎著，墊在她的身後，好讓她倚靠得舒服些。

稻草枕被立起來靠在灰舊的床架上，方茹趁勢靠了上去，微微喘了喘。這一整天沒吃喝了，整個人虛脫無力，連起個身都這般艱難。

那男人幫著方茹把灰舊得看不出顏色的被子往上拉了拉，又從床頭旁的方櫃上把碗端了起來，坐在床沿，一隻手捏著勺子在碗裡攪了攪，舀了大大的一勺吹了吹，便遞到方茹的嘴邊來。

方茹古井無波地看了他一眼，頭又朝裡偏去，並不言語，只伸手把碗接了過去。

碗有些重，方茹險些捧不住。

男人有些擔憂地虛張著手在粗瓷碗下面護著，生怕她一時端不住。

他眼見方茹連瞧都不瞧自己一眼，眼神越發晦暗，愣愣地看著空空的雙手，有些無措，也有些失落。

幾次呼吸之後，他又再抬眼朝方茹看了過去，見她正一手吃力地捧著碗，一手緩慢地一勺勺舀著稀粥吃。

瞧著她萬般嫻靜，動作又無比優雅，男人心裡微微蕩漾。

肯吃東西就好，男人暗自鬆了一口氣，張了張嘴想說點什麼，最終又緊緊地閉上了，仍是不錯眼地盯著方茹，看她動作緩慢地小口小口吃著碗裡的菜肉粥。

那是他一大早去集上買回來的肉，回來後又親自切下來熬的。

方茹一碗菜肉粥吃下肚，覺得肚子裡有了些暖意，整個人也恢復了些許力氣，不再像方才那樣餓得抽搐了。

男人把空碗接了過來，看了她一眼，又說道：「妳且安心養著，有什麼事就叫我，我就在外面；琬兒那邊妳毋須擔心，有二嫂和四弟妹幫忙帶著，妳……」

男人話未盡就發現方茹已合上了眼，整個人往被子裡滑去，便訕訕地止了話頭，幫她略調了調枕頭，讓她枕得更舒服些，又幫著掖了掖被子。

盯著她又看了一會兒，方道：「那妳好好休息吧，我先出去了，有什麼事妳就喚我。」

話音剛落，方茹便聽到男人躡手躡腳往外走的腳步聲，及房門輕輕合起來的聲音。

老舊的木門吱呀響了兩聲。

只片刻，她又聽到門外有女人尖銳的聲音透進來。「……這都躺了三天了，還下不得床？這是要當少奶奶呢，等著我這婆婆端茶遞水的伺候她呢！」

「娘，小聲些。」

「我做什麼要小聲？啊？往地上倒了一下，這就變得矜貴啦？誰沒往地上跌過？就她矜貴，又是請醫又是買藥的，還要吃肉粥！這裡裡外外的活，都要我這把老骨頭做呢……哎喲，我真真是歹命呦……」

「娘，她沒說要吃肉粥，是我自己要買來熬給她吃的。」

「你熬的？你熬的？你一個大男人不好好上工，跑回來伺候婆娘，你還有臉說啊你！」

「她不是起不來嗎？再說又不是多大的事。」男人試圖辯解。

方茹靜靜地聽著，又聽那尖銳的女聲道：「哎喲，我怎麼生了你這麼個不爭氣的東西！當初我就說要娶個能下地做活的媳婦回來，你偏不，偏看中她那張臉，偏看中她能識幾個大字，這能認幾個大字是能當吃還是能當喝啊？」

只頓了頓，聲音又響了起來。「還有啊，今天的肉錢你哪裡來的？是不是偷偷存了私房錢？你漲工錢了還是別人孝敬的？好啊，這都學會存私房錢了！哎呦，我這是什麼命啊，一把屎一把尿地把你們五個拉拔大，一年到頭都穿不上一件新衣，幾個月都不見一回肉腥，這媳婦倒先享起福來了？哎呦，我這般命苦呦，做兒子的都學會背著老娘存私房錢了！」

方茹又聽到男人略有些緊張、特意壓低的聲音道：「娘，我沒有！這錢是我向我三堂哥借的……」

又聽那女聲瞬間拔高了。「借的？你借的？這借了錢還不是要我還啊！哎呦，我這歹命喲。老二媳婦，你快把廚房那條肉用鹽醃起來，這不年不節的吃什麼肉！我不開口，誰都不許動那條肉！」

「娘，瑾娘她……」

「她怎樣？她都躺了幾天了，吃了幾天的藥了，那不是錢啊？誰往地上跌了一跤，就吵著要吃肉的？她要是嫌棄我家沒肉吃就滾回她娘家去！這副要死不活的樣子給誰看？」

方茹眼睛狠狠一閉，扯過灰撲撲的被子蒙在腦門上，腮邊又滾下淚來……

她是大集團的會計，每個月月末總是她最忙的時候，有時候忙得連吃飯的時間都沒有。公司剛收購了一間不小的公司，她出了幾天差，回來後又沒日沒夜做了幾天報表，還要核算、調查、做財務分析，最後還要出財務報告。

那天下午，方茹在公司忙到暈倒，被同事送到醫院。驗了尿，發現已有了一個月的身孕。

她高興異常，帶著化驗單歡天喜地回了家，想給丈夫龔燁一個驚喜。

夜幕籠罩下的社區花園裡，靜謐中還帶著些花香。

而丈夫和別的女人十指相扣，你儂我儂……就那樣刺痛了方茹的眼睛。

她沒吵沒鬧，只是呆呆地坐在兩人看不見的角落，靜靜地看了那兩人好半晌，而後才轉身默默上樓。

屋裡，她收拾得一塵不染的餐廳裡，有她逛了好幾條街才買到的、最中意的那盞水晶燭檯，正歡樂地跳著燭火。

桌上還未收拾的殘羹冷炙，似乎在嘲笑她……

次日，她一個人去醫院把孩子拿了。她做不了單身媽媽，那樣太苦。

她在醫院裡躺了兩個小時，從醫院出來後徑直搭車去了火車站，買了票回父母的家。

那裡一直是能為她遮風擋雨的港灣。

她恍恍惚惚回到養了她二十幾年的城市，遠遠地見到自家院子，正眼眶發熱，欲抬腿走近，卻依稀聽到裡面正傳來激烈的爭吵——

十幾歲的兒子？有女人來討要生活費？鄰居都見過多次父親和別的女人來往了？

這是什麼情況？走錯門了嗎？

她幾天前才跟父親說過了年就接他和母親到身邊養老，幫她帶孩子的，兩老只她這一個獨生女兒，哪來的兒子？

方茹覺得她的腦子又被人抽空了，渾渾噩噩地竟是不知身在何處，腳下跟灌了鉛一樣，一步都不能動彈。

屋裡爭吵聲越來越大，好像母親還把父親推了出來，讓他滾。

兩人在院裡拉扯著，誰也沒看見一臉死灰站在院門口的方茹。

後來，方茹又看見母親抱著一個大大的行李箱正要朝外扔，父親急著去搶，而母親卻躲避不讓……

最後的最後，方茹只看到母親被父親推倒，重重跌在那塊母親最愛的菜地上。

菜地裡有母親種的好幾種菜，綠油油得很是喜人，用鐵柵欄圍著。

那鐵柵欄是家裡舊的鐵門淘汰後，父親找人把它鋸成幾段，才將菜地圍起的。那最頂上的尖刺部分就圍在菜地的最前面，有三、四十釐米高，母親說這樣就不怕被貓狗竄進去糟蹋了。

方茹眼睜睜地瞧著母親被推倒在那尖刺上面，那尖刺穿透了母親的胸膛。血，紅得可怕，方茹只覺得眼前除了一片紅以外再沒別的東西了。

母親說她怕痛，她不要火葬，拉著方茹要她答應把她葬在老家的青山公墓。兩年前，父親、母親其實早就在城裡的碧雲山買了兩塊墓地，那裡只能安放骨灰盒。母親當時還說，死後要和父親的骨灰盒擺在一起……

方茹掏出所有的積蓄給母親在老家青山買了塊墓地，青山那邊也派靈車和棺槨來把母親裝斂運了回去。

母親下葬那天，龔燁也來了，方茹沒有與他說一句話。

母親七七那天，方茹一早帶了水酒祭品，又去了母親的墓地。

父親仍是躺在床上起不來，而方茹也並不想和他說話。

那天龔燁陪著她，默默地陪她在母親的墓地前坐了一上午，最後又幫她收了祭品。最後，方茹沒有跟他回去。

龔燁拉住她，說要跟她談一談。

方茹定定地看著他，搖了搖頭，塞給他一張病歷，掙脫開他的手，一個人走了。

那張病歷裡有她去醫院的記錄，還夾著一張超音波照片，那小小的胚胎都還未成形。

方茹找了家旅館，把自己扔在床上，流了一整夜的眼淚。

直到次日，頭痛難忍，才暈暈沈沈地睡了過去……

再醒來時，她便已經是喬明瑾了，又名岳喬氏瑾娘。

喬明瑾的腦子裡閃過一幕幕的影像，紛紛亂亂的，閃得她頭痛欲裂，胸口被鈍刀切割一般鈍鈍地疼。

那天，喬明瑾從婆母口中聽得夫婿要納新婦，還是平妻，氣怒之下抱了三歲的女兒收拾了包袱便要回娘家去，嚷嚷著要和離，怎奈公婆不肯，要喬明瑾把孩子放下。

喬明瑾抱著孩子不撒手，而她的兩個妯娌怕她帶走岳家的家什，也圍上去拚搶。

喬明瑾一邊護著孩子，一邊又要去護包袱，哪裡有那兩個妯娌的力氣大？

包袱在爭搶中撒開了，她和女兒的衣裳散了一地。

兩個妯娌爭搶著蹲下身子去摸索，怎奈摸遍衣角也找不出一個銅板。

兩人心中不甘，又上來夥同婆婆搶奪喬明瑾的女兒，三歲的女兒被三人嚇得哇哇大哭。

喬明瑾與三個女人在爭搶中，不知被誰推到地上，倒地時又往牆角堆放的那把犁頭上重重地砸了下去……

方茹緊緊地按著胸口的位置，那裡還是疼痛難忍。

她閉了閉眼睛，扭頭看向床裡側正偎著她睡得香甜的小小女娃。

這幾天，一到晚上，她就會被她父親抱了來放在方茹的身邊。

三歲的女娃不知愁苦，在母親身邊兀自睡得香甜，兩隻小手此時正緊緊地拽著方茹胸前的衣裳，整個身子也縮成小小一團，就那樣蜷縮在方茹的腋下，看不見臉，只看得到女娃頭頂上稀稀落落、發黃的頭髮。

方茹一手按著胸口，一手輕輕地撫了撫女娃頭頂上柔軟的毛髮。

女娃似有所感，越發偎向她，嘴裡還嘟囔了一聲。「娘。」在她胸口蹭了蹭，又香甜地睡去。

方茹重重地合上眼，想起那張超音波照片上，那個什麼都辨認不出的小小胚胎……

她是我的女兒，方茹跟自己說道。

身體裡最深處有什麼東西迅速剝離……方茹只覺得身子陡然一輕，眼裡便又滾下淚來。

她又昏睡了過去。

合上的眼瞼處滾下一行行冰涼沁人的眼淚，直至髮際才消失不見。

次日，院子裡雞鳴狗叫，廚房裡噼啪作響，喝斥叫罵聲不絕於耳。

喬明瑾悠悠醒了過來，身邊的女兒此時仍拽著她的衣裳睡得香甜。

這個怯懦的孩子唯有在母親身邊才能這樣安睡。

她給女兒掖了掖被子，撥了撥臉上的亂髮，又盯著女兒稚嫩的小臉看了許久，只覺心裡有一處正軟軟地化成了一灘水。

她摸了摸女兒細軟的頭髮，而後又盯著灰舊的帳子頂發起呆來。

昨天給她端粥的男人是她的夫婿，岳家老三岳仲堯。

岳家有五個孩子，頭尾都是女兒，中間是三個兒子，岳仲堯便是岳家第二個兒子。

四年前，朝廷攻打回鶻，徵十五歲以上青壯入伍。

那年，岳老三跟岳老四同一年成親。

縣裡衙役來登記時，喬明瑾還未開懷。

當時岳老二的妻子孫氏，以及岳老四的妻子于氏都懷有身孕，岳老二和岳老四以此為由推拒，最後徵兵丁的名額便落在了岳老三的頭上。

當時若是岳老三能拿出錢抵了，自然也不用去。

只不過岳家也就一般莊戶人家，家裡人多地又少，那幾畝薄地都不夠一家人吃飽的，哪裡有餘錢給岳老三抵人丁錢？

後來喬明瑾的娘家得了訊，雙親及母舅家都來了人。

喬明瑾娘家父親有秀才功名，兩個兄弟又未滿十五歲，遂避過一劫，聽說女婿要被徵丁入伍，很是心疼這個年幼便出嫁的女兒，於是一家人便急忙趕來了。

喬明瑾娘家本是要湊錢給岳仲堯抵人丁錢的，奈何岳仲堯一是不想欠岳父家人情，二是也想上戰場拚個功績出來，便不同意。

而喬明瑾娘家人心疼喬明瑾，她還未有身子，這戰場上刀劍無眼，萬一以後她成了寡婦，可要如何過日子？便以此為由，要岳家換了人去。

岳家除了岳三，他那兩個兄弟可都有後了。

岳老二和岳老四生怕被人拉去那十去九不歸的戰場，連聲表示若兄弟有任何不測，他們兩人會過繼兒子給岳仲堯，將來定是會奉養喬明瑾終老的。

岳老三看著嫂嫂、弟妹哭得幾乎要胎兒不保，兩個兄弟還當著他的面拍著胸脯保證，又見父母一把眼淚一把鼻涕的，終也是於心不忍。

最後毅然決然地別了新婚才幾個月的喬明瑾，跟著官差走了。

這妻子是他排除萬難求來的，他應承過她，一定會讓她幸福。

若是老天有眼，讓他能活著回來，便讓他闖出一番成績出來，將來好讓娘子幸福地陪在他身邊，直至終老……

岳老三走後半個月，喬明瑾就被診出有孕，隔年便生了一女。

喬明瑾的秀才爹給取了大名叫「岳青琬」，跟著喬家女兒以玉為名，取了「琬」字，為美玉之意。

而岳家老三岳仲堯連去四年，杳無音信，不知生死。

直至去年，回鶻歸降，簽了五十年互不犯邊文書，向魏朝歸臣，年年歲歲納貢，岳仲堯才得幸歸來。

而他這條命是被人救的。

那人臨死託孤，拜託同為老鄉的岳老三幫他照顧他的妻女，岳仲堯應了下來。

滴水之恩尚當湧泉以報，更何況活命之恩？

他回鄉後，帶著朝廷發給那人的五十兩撫恤銀，未進家門，先去看了那一家子。

那柳姓恩公的家裡只有三十出頭的妻子孫氏和十七歲尚未訂親的女兒柳媚娘，還有一個在私塾唸書的十五歲兒子柳有文，一家子生活困窘，只靠孫氏母女替人漿洗，做些繡活賴以活口，同時又要供著唯一的兒子讀書，日子著實過得有些緊。

岳仲堯去後，孫氏緊緊捧著那五十兩銀哭得死去活來，拉著岳仲堯的手直說天塌了，不能活了，拽著岳仲堯，哭哭啼啼地非要他答應娶她女兒柳媚娘為妻，以身相報。

岳仲堯萬般為難，行動間帶了些抗拒。

他上戰場四年，無時無刻不想念著家中嬌妻，此時還未能得見，卻又被這一家子拉著不放……

不管岳仲堯如何解釋，說他家中已有妻，柳孫氏都拉著他不放手。

一家子弱的弱、小的小，家中的頂梁柱忽然間沒了，可要他們如何維生？

她菟絲花一般生活慣了，沒了丈夫，天也就塌了。

以前多少還有個念想，還盼著男人功成名就回來，一家人脫了窮困得以飛身高門……如今什麼都沒了。

岳仲堯見她纏著不放，又以活命之恩相挾，最後不耐柳孫氏糾纏，只好應承了妾位。

可柳孫氏卻不依不撓，她家男人一去，這家裡便活不下去了，這岳仲堯雖不是什麼大家公子，可瞧著一表人才，又得了軍中熟人舉薦，不久就要升入縣衙當一名捕快，從此得以吃上公糧了，那她一家子靠上他自然是活命有望。

但岳仲堯對於柳孫氏提出的平妻要求並沒有答應。

最後柳孫氏纏得緊了，岳仲堯便當著她的面，說不能對不起家中妻子，若她不依，便把他這條命取了去，就當一命償一命了，一時倒嚇住了柳孫氏。

柳孫氏只覺得這人還算有情有義，便不多做糾纏，只等著以後徐徐圖之，就把岳仲堯放走了。

而岳仲堯的歸來自然是樂壞了岳家人，當然又是一番喜樂相慶團圓的場面。

而岳仲堯的母親吳氏眼見兒子得人舉薦，得以入縣衙當上捕快，一月有八百文俸祿可領，得意非凡，逢人便誇這個兒子有出息。

她又見兒子身分有提升，將來前途還不可限量，便漸漸有些看不上娘家比自家還落魄的喬明瑾。

後柳孫氏上門拜訪，吳氏得柳孫氏暗示，會從丈夫五十兩的撫恤銀裡分出一半給柳媚娘當做嫁妝，還不讓岳家出聘禮錢。

吳氏白得一個媳婦伺候，不用花錢還得以保管柳孫氏帶來的嫁妝銀，一時欣喜若狂，立時就允了柳媚娘的平妻之位。

只可憐喬明瑾苦守寒窯四年，一個人帶大女兒，苦盼夫婿活著歸來，還沒等高興幾天，卻得了這麼大一個驚喜……

喬明瑾正胡亂地回想著，就聽到房門吱呀響了，被人從外面輕輕推了開來。隨即看到岳仲堯的腦袋探了進來。

岳仲堯小心翼翼地推開門進來，小心護著手裡的碗，生怕碗裡的粥灑了出去。他不經意抬頭與喬明瑾的眼神對上，一時倒愣了愣，有些失措，又有些緊張。但他很快就斂了神色轉身把門扉合上，端著粗瓷大碗走到床邊來。

「瑾娘，醒了？餓不餓？」語氣中有些許討好。

看見喬明瑾不應他，岳仲堯的嘴緊緊抿了起來，站在床前，有些無措地用鞋子踢著泥地，面對嬌妻一時竟不知說些什麼好。

他這個娘子是他自己去求來的，一直都被他捧在心尖上。

那天，喬明瑾的父親正在集上擺攤替人寫信，有人上來搗亂，見收不到攤位費便要趕他走，而他正好去集上換買東西，便順手幫著喬父打跑了那幾個混混。後見喬父腳被打折了，他就好心揹著他去醫館上藥正骨，完事後又揹他回雲家村。在那裡，他一眼就看上了喬家的大女兒瑾娘。

當時他只覺得像是被人瞬間扼住了咽喉，呼吸不暢，胸口還怦怦跳得厲害。

他從沒見過長得那麼好看的女子，臉小小的，還沒他巴掌大，眼睛大大的，靈動有神；鼻子、嘴唇、還有那粉粉嫩嫩的耳朵……他只覺得哪樣都好看，就跟畫上的仙女一樣。

後來回家後翻來覆去怎麼都忘不掉，便藉機頻頻去探喬父的病，只盼著能多看喬明瑾一眼。

再後來，家裡要為他張羅婚事，他立刻就想起了她。

只是他母親吳氏說什麼都不同意，說那酸秀才是外來的，不知根、不知底，房沒一間，地沒一畝，還帶著個寡母寄居在岳父家的村裡，除了會寫兩個字外，連鋤頭都拿不起，這樣的家恐怕窮得都備不上嫁妝，打架都沒個族人幫襯。

而喬家那大女兒除了長得好看了點外，瞧著沒幾兩肉，也不是個好生養的，又養得白嫩，農地裡的活一個都不會，娶了來還得供起來不成？

吳氏死活不應，而岳仲堯卻沒被吳氏說動，堅持要訂下喬家的大閨女喬瑾娘，娶不到喬瑾娘，他就不娶妻了。

他還瞞著吳氏悄悄去找了喬秀才，喬秀才因得他替他解過圍，又覺得此人品性不錯，還一身的力氣，對他女兒也頗有情意，考察了一番，便應下把女兒嫁於他。

後來吳氏見岳仲堯態度強硬，怕岳仲堯往後真的不娶親決定斷後了，又見喬家並沒要求多少聘金，也就睜一隻眼閉一隻眼地同意了。

最後，岳家只花了一兩聘金就把喬明瑾娶了過來。

岳仲堯把喬明瑾娶到手，只覺得自己的人生從此美滿了。

他那娘子比他小三歲，嫁給他的時候剛及笄，自小跟在她父親身邊讀書認字，又得她祖母從小親自教導，聽說琴棋書畫都略通一二，又繡得一手好繡活，那繡活他見過，那大紅嫁衣上繡的鴛鴦就跟活的一樣。

新婚那幾個月裡，他志得意滿，逢人就帶了笑。他那娘子比鎮上、比城裡的姑娘都不差，又豈是那些鄉下黑丫頭可比的？

自婚後，他走路都帶了風。

他也知道他那妻子有些看不上五大三粗的他，嫌他沒學問，他便咬咬牙從岳父家借了好幾本書來，憑著小時候識過的幾個大字，竟是一字一句地把那幾本書啃完了。有不懂的就記下，偷偷跑去岳父家向岳父請教，只盼能得自家娘子高看一眼。

他娘子不會做農活，他也從不在意，願意捧著她、供著她。

他娘指桑罵槐的時候，他就偷偷地幫她多做一些活，凡事也都願意順著她。

他對喬明瑾清冷的性子也並不覺得有什麼，還一直覺得他娘子嫁給他是受委屈了。

那四年裡，他在戰場上無時無刻不想著她。

他知道他應承納別的女子為妾，娘又不經他同意，應承平妻之位，瑾娘一定傷心透了，才想著抱了女兒回娘家的。

看瑾娘這幾天無聲無息地躺在床上，他心裡就跟在火裡烤一樣。

夜裡，他徘徊在房門口久久不去，每天天還沒亮就早早起身到市集上買了肉，回來後又親自給瑾娘熬肉粥喝。

他剛領了不到一個月的差，最後還是壯著膽子向捕頭要來幾天假，日夜陪護在家裡。

如今看瑾娘躺在床上，就這般清清冷冷地看向他，岳仲堯的心裡莫名泛起一絲慌亂。他在害怕，怕瑾娘再說出要和離的話來。

小心翼翼地在床沿上坐下，他這才看向喬明瑾。「瑾娘，妳……妳好些了沒？」

岳仲堯見娘子不說話，只盯著他看，又嚥了嚥口水，說道：「昨晚琬兒哭鬧著要妳，我便把她從娘那邊要了過來，抱到妳身邊睡了，她夜裡沒吵著妳吧？」

喬明瑾聽完，側頭看了看身邊睡得正香的女兒。

岳仲堯緊張地盯著喬明瑾，見她不說話，只是看向身旁的女兒。

那也是他岳仲堯的女兒啊……

走的時候他還不知道，四年後歸來，得知竟有了那麼大一個女兒，欣喜萬分。

女兒長得像她娘，眉眼如畫，皮膚白皙，岳父取的名字也好聽，「青琬」，聽說是碧色的美玉呢。

岳仲堯也看向小小的女兒。

琬兒似乎很黏著她娘呢，他回來都一個多月了，仍只是躲在她娘背後怯怯地看他，不敢與他多親近。

女兒如今三歲又三個月大了，從出生到現在，他一直都沒在她身邊，他覺得有些對不住這個女兒，每日得閒時便想著好好與女兒親近親近，也好彌補一二。

沒想到還不待他與女兒親近，卻又出了柳媚娘那事，現在弄得娘倆都離他越來越遠。

岳仲堯想著就有些洩氣，又望了喬明瑾一眼，試圖做一些解釋，便說道：「瑾娘，我並不想納她的，我只想著把恩公的撫恤銀拿給他們，平日裡對他們再多加照顧一二也便是了。沒想到孫氏哭哭啼啼地糾纏……而娘又應了她平妻……我、我出去四年，也沒盡過孝道……這以後……以後我會對妳們母女倆好的，我會彌補妳們的……以後我就是納了她，也改變不了什麼的……」

喬明瑾聽了心內嗤笑。

人都要娶回來了，還說不會有改變？牛不喝水，還能強按著頭逼牠喝不成？

她古井無波地瞥了岳仲堯一眼，又合上了眼睛。

男人的話是不能輕易相信的。

再說她也不是喬明瑾，至少不是過去的喬明瑾了。

且待她養好傷再做打算，如今她這副身子太弱了，連起個身都困難。

岳仲堯看娘子又閉上了眼睛，在床沿坐了一會兒才訕訕地出去了。

而喬明瑾在床上躺了一會兒，直到身邊女兒輕扯她的衣裳，她這才又睜開眼睛來。

「娘……」一奶聲奶氣的聲音傳來。

喬明瑾偏頭與女娃黑亮的大眼睛對上。

許是覺得她娘今天有些奇怪，不拍她也不哄她，琬兒便委屈地癟起了小嘴，無聲地哭了起來。

喬明瑾愣了愣。

琬兒晶瑩的淚珠掛在長長的睫毛上，有幾滴還順著眼角滾了下來，小嘴緊緊地抿著，默默落著淚，卻怯怯地沒敢哭出聲來。

那一刻，喬明瑾只覺得心的某一處瞬間坍塌了，有針刺一般的疼痛。

她伸手把女兒摟到懷裡，輕輕地拍著她的背，柔聲哄道：「琬兒乖，乖啊，娘……娘就在這呢，快不哭了啊……」

很奇怪的感覺，初初的生澀很快就熟練了，就像是身體裡的本能。

琬兒在她的低哄中，低低地朝她又喚了聲。「娘……」

「嗯，娘在這呢。琬兒餓了沒有？跟娘一起吃好吃的肉粥好不好？」

小琬兒眼睛亮了亮，撲閃著長長的睫毛望著她。

這個孩子，雖是家中年紀最小的，可因她父親不在家，四年不知生死，又是個女娃，自個兒的娘也是個不得婆婆歡心的，從小也跟著不得她奶奶的喜歡，有好東西從來也落不到她手裡。

她從來都爭搶不過那幾個堂哥、堂姊，從小便養成了這般怯懦的性子。

才丁點兒大的孩子已經很懂得看人眼色了，怕被罵，在家裡從不敢大聲說話，甚至不敢大聲啼哭。

平時也只愛黏著喬明瑾，喬明瑾若一時半刻不在家、不在她的視線裡，就會惶恐不安。

喬明瑾此時被女兒直愣愣地望著，心也在一寸寸地軟化。

這是她的女兒呢。

喬明瑾就著三角架木盆子裡的水給女兒洗漱好，又抱了她倚到床上，這才端了床頭方櫃上的粥餵她。

粗瓷大碗雖被一個盤子壓著，但裡面的粥也不那麼熱了，不過還好，溫溫的，正好入口。

喬明瑾舀了一口去餵小琬兒。

小琬兒傾身過去張大嘴巴含了，瞬間眼睛晶晶亮地望向她，鼓著腮幫子朝她笑得歡快。

「好吃嗎？」

小琬兒使勁地衝著喬明瑾點了點頭。

可憐的孩子，平時哪裡能吃到這麼濃稠的粥，還是肉粥。

喬明瑾看著女兒削瘦的臉頰，稀疏發黃的頭髮，心裡酸澀難當，顯些滾下淚來。

看小琬兒把粥吞下了，她又舀了一勺去餵。

小琬兒這時卻把頭偏了偏。

喬明瑾一時不明所以，愣愣地看向她。

「娘吃。」奶聲奶氣的。

喬明瑾聽完，朝灰舊的帳子頂拚命地眨眼，眼淚才沒有滾下來。

「好，娘也吃。」遂把那勺粥餵進自己嘴裡。

粥熬得很稀爛，火候也夠。

喬明瑾自己吃了一口，這才又舀了一勺餵給琬兒。

小琬兒張著小嘴又吞了下去，轉而又鼓著腮幫子，瞇著眼睛歡快地望向喬明瑾，喬明瑾只覺得心裡柔軟得像能掐出水來。

母女倆妳一口我一口，很快就把一碗肉粥分吃光了。

喬明瑾看著小琬兒站在床上拍了拍略有些鼓脹的小肚皮，還朝她得意地仰頭微笑，便也跟著笑了。

岳仲堯來房裡收碗的時候，就看到母女兩人正偎在一處親親熱熱地說話。

兩張相似的臉湊在一起，就像一幅美美的畫，岳仲堯覺得自己心都要化了。

「琬兒跟娘親說什麼呢？也說給爹聽聽。」

小琬兒看見岳仲堯進來，便抿著嘴不說話了，只眨著一雙大眼睛看向他。

岳仲堯心裡酸酸的，看著母女兩人對他一副生疏的樣子，便覺鈍刀割肉般地疼，但仍是往床沿上坐了。他沒敢去看喬明瑾，只試圖去拉小琬兒的手。

小琬兒身子一扭，撲到她娘的懷裡，卻歪著頭怯怯地看著他。

岳仲堯愣愣地縮回手，強笑道：「琬兒，我是爹啊。大哥、三哥、二姊都有爹，我們小琬兒也有爹是不是？」

岳仲堯說完，見女兒靜靜地聽他說話，並沒有扭開頭去，很是高興，繼續說道：「爹也有爹，娘也有爹，我們小琬兒自然也有爹啊。爹以前是到外面去了，小琬兒才見不著爹，現在爹回來了啊，不會再離開琬兒了，琬兒高不高興啊？」

他說完便緊張地看女兒的反應。

見女兒還是一副無動於衷的樣子，也不知聽沒聽懂，岳仲堯感到有些挫敗。

他還真是不會哄這麼小的孩子，便訕訕地把目光投向喬明瑾。

喬明瑾卻一點也沒有幫襯他的意思。

錯過了就是錯過了，想跟孩子親近，得到孩子的信任和依賴是急不得的，只能讓孩子慢慢感受到善意，這樣她才會慢慢地接受。

岳仲堯見自家娘子沒有幫他，又訕訕地看了她一眼，才轉頭看向女兒。

見她眨著一雙大眼睛看他，他揚起嘴角，向她伸著手道：「爹抱抱琬兒好不好？昨天還是爹抱著琬兒到娘親身邊來睡的呢，琬兒不記得了嗎？」

喬明瑾見他朝女兒示好，也不說話，身子又滑進了被窩裡。

小琬兒看了看她娘，又看了看她爹，還是端坐不動。

岳仲堯再接再厲。「肉粥是爹爹早上給小琬兒煮的喔，肉粥好不好吃？」

見女兒朝他點了點頭，岳仲堯高興萬分，嘴角高高揚了起來，心裡同時又是酸又是澀的。只是一碗肉粥而已，女兒卻好像是吃了無上的美味一般。

「那爹一會兒還給我們琬兒煮好不好？」

見女兒抿著嘴朝他連連點頭，岳仲堯連忙往前湊了湊，想把孩子抱在懷裡。

他兩手朝女兒伸了出去，還沒碰到，便聽外面拔高的聲音傳了進來。「岳老三！你是不是不想去縣衙了？好不容易才得的差事，是不是不準備要了？要不要我去幫你辭了？好讓你專門回家伺候婆娘孩子！」

岳仲堯訕訕地朝喬明瑾母女倆看去，發現喬明瑾根本就沒看他，眼睛仍閉著，歪著頭朝裡躺著。

而琬兒在聽到她奶奶的聲音時，便躲到她娘懷裡了。

此時窩在她娘懷裡，眼睛也緊緊閉了起來，一副驚恐的模樣。

岳仲堯見喬明瑾在被窩裡把女兒緊緊地護在懷裡，心裡悶悶地疼了起來。

他定定地看了母女倆一眼，才開口說道：「琬兒乖，陪娘再好好睡一會兒，可不許吵了娘喔，爹出去了啊。」

說完，他起身幫母女倆掖了掖被角，才輕手輕腳地走了出去。

第二章

出了門，岳仲堯對候在門口的吳氏皺眉道：「娘，妳這是要做什麼？我是請了假的，又不是偷跑回來，妳到底是在鬧什麼？」

吳氏瞪眼道：「她以為她是嫁到哪裡？大戶人家，衣來伸手、飯來張口呢，你這好不容易才得的差事，又請假，豈不知外頭多少人正等著搶你的差呢！這請一天就要扣一天的工錢，那一天工錢可夠我們一家子大半個月嚼用的。」

岳仲堯皺著眉頭正想分辯兩句，就見他爹岳貴升從房間裡吸著水煙桿子走了出來，一邊走一邊說道：「你娘說得對，如今村裡多少人羨慕你得了這份好差事，若是因家裡的小事沒了差事，還不得被人笑話死？」

岳仲堯看了他爹一眼，無奈道：「爹，瑾娘如今還下不得床，我看她那一跤摔得挺重的，下地都暈著呢，沒人扶著些都是要往地上栽的，我不放心她。」

老岳頭抬頭看了這個兒子一眼。這個三兒一向戇頭戇腦的，認準的事是定要去做的，從小又有一把力氣，經常跟著村裡的獵戶進山打獵，後來能一個人去了，家裡不時便能有些肉吃。

徵兵丁的時候，他其實是不大想讓這個兒子去的。

這個兒子肯吃苦，地裡的活又肯下力氣，家裡事事都要他頂著，去了戰場還不知能不能回來。

可不讓他去，另外兩個兒子去了就更別指望能回得來。

所以他當時就沈默了。

不料這兒子運氣好，竟然能活著回來，又得了別人舉薦，能在縣衙裡當上捕快。雖然只算雜役，但畢竟是吃公糧了，足夠他在村裡抬頭挺胸的了。

現在村裡誰人見了他不得巴結兩句？三兒的這份差事萬萬不能丟。

老岳頭聽了兒子的話便道：「你放心，家裡這麼多人，還能看著瑾娘出事不成？你二嫂和弟妹會幫著你照顧她的。你這份差事是別人好心舉薦的，若有個不妥，也對不住別人的一片好心。」

岳仲堯只抿嘴不語。

他想起方才問女兒肉粥好不好吃的時候，女兒連連欣喜地朝他點頭的樣子……

他是得保住這份差事，將來娘子和女兒才能不斷有肉粥吃，想了想便對他爹老岳頭說道：「那爹，我這就去縣裡了。」

說完又朝兩個兄弟媳婦說道：「二嫂、四弟妹，瑾娘就拜託妳們了。她現在起床還是有些犯暈，有時候還須有人攙著，此時還做不得活，就請二嫂、四弟妹多擔待著些，我和瑾娘都會記著妳們的好的。」

他又衝著他娘說道：「娘，妳要每日給瑾娘切一些肉熬粥啊，她這些天得吃些好的，我早上買得多，夠吃好些天了，下回我返家再買些。」

吳氏聽完眼睛四處看，裝作沒聽到。

她自己都捨不得吃肉呢，有那閒錢還買肉給喬氏吃？

岳老二的婆娘孫氏聽了直撇嘴，就她矜貴！平日裡也不見她下地，農忙時只窩在家做飯，那飯能好吃到哪去，不一樣是吃飽，倒是人人都誇！

而岳老四的婆娘于氏，倒是點頭應了，不過卻往岳仲堯那邊飛快地瞟了一眼，暗道這個三哥真是個疼媳婦的，以前在家時就護著，什麼活都捨不得喬氏多做，生怕磨壞了她的一雙玉手，如今竟是專門請了假回來照顧她，還一大清早去肉攤買了肉回來，又親自到廚房去熬了粥，真讓人羨慕。

哪個女人有喬氏這樣的福氣？她男人岳四對她雖好，不過卻粗枝大葉的，從來不知道她要的是什麼。

于氏心裡酸得厲害。

岳仲堯得了家裡人的保證，便一步三回頭地往縣衙裡當差去了。

當天晚上，一直等到往常的晚飯時間過了，喬明瑾才看到岳四的婆娘于氏端著一個粗瓷大碗進來。

「三嫂，妳餓了吧？這粥熬得時間久了些，快起來吃吧。」

說著把粗瓷大碗放在床頭櫃上，準備去攙喬明瑾，喬明瑾在她未伸手過來的時候就已經自己起身挪靠在床上了。

喬明瑾向她道過謝，往碗裡瞟了一眼，別說肉末了，連菜葉子都沒瞧見，稀得都能照見人影。

喬明瑾也不計較，招呼了在床側裡一個人玩著的女兒。「琬兒，來，吃晚飯了。」晚飯時，于氏來叫過琬兒去吃飯的，但琬兒巴著喬明瑾不放，于氏便沒有強帶她過去。此時于氏看著母女倆起身準備吃晚飯，許是覺得端這樣的飯過來，有些不好意思，轉身往外走了幾步。

方才晚飯時，誰都沒有提要給母女倆留一些。吃完飯，那盤子裡的湯汁都被岳老二端起來倒進碗裡拌飯吃了。婆母最後只讓她端一碗清粥過來，也不讓她去舀罈子裡的鹹菜。那鹹菜缸放在婆母的房間裡，沒婆母開口，她是不敢擅作主張的。

于氏看著喬明瑾面上淡淡的，並沒有抱怨什麼，心裡便舒了一口氣，說道：「三嫂妳們先吃著，一會兒我再來收碗。」

見喬明瑾朝她點了頭，她就出去了。

于氏走後，喬明瑾端起櫃頭上的碗。

這點稀粥連她都吃不飽，何況是母女兩人？

朝女兒那邊看了一眼，發現琬兒也正盯著碗看，喬明瑾本來想說些什麼，說等娘好了再給妳煮肉粥什麼的，沒想到琬兒只看了一眼，就偏頭說道：「娘吃。」

喬明瑾心裡酸澀難言，擠出笑對女兒說道：「好，那琬兒跟娘一起吃。」

母女倆連吃了幾口，那碗裡的米粒就幾乎見底了。

喬明瑾每次舀粥給女兒吃，都把勺子裡的米湯倒回碗裡，等到自己吃的時候便只剩稀的米湯。

琬兒瞧了幾次便也學會了，見喬明瑾又舀了一勺只混著幾粒米的米湯要往嘴裡送，她的小手抓住了喬明瑾的手腕……

喬明瑾愣了愣，以為她要吃，又怕撒在床上，只好保持不動。

卻見女兒掰著她的手，學著她的樣子往碗沿傾米湯，直到勺子裡只剩下米粒了，才歡喜地讓喬明瑾吃。

喬明瑾的淚瞬間便滾了下來。

這麼懂事乖巧的女兒，她的心立時就化了。

不管多難，她也要把這個孩子養好。

喬明瑾在床上又躺了幾天，在吳氏日日的指桑罵槐下，走出了屋子。

吳氏見喬明瑾走出屋子，還未罵完的話就梗在喉裡，看了喬明瑾一眼，又對岳二的婆娘孫氏道：「做什麼事都不經心，這冬瓜被妳這麼一削還有肉吃啊？妳是削皮呢還是去肉？這敗家的！」

扭頭看到于氏在那裡和喬明瑾打招呼，氣又不順了，脫口罵道：「那成堆的衣服都看不見？等著我這把老骨頭洗呢？個個都撒手要當少奶奶，也不瞧瞧可有那命！」

于氏張嘴想說那衣服今天該輪到小姑子洗，不過轉念一想，嘴巴又自動閉上了。

她這婆母一直說她們幾個沒有當少奶奶的命，而這個生在窮家的小姑子，卻從小被婆母細養著，準備嫁到鎮上或城裡享福。

于氏訕笑地看了喬明瑾一眼，轉過身飛快去把院中木盆裡的衣物攏了攏。

現在正是辰時中，老岳頭和岳老二、岳老四已經下地去了。

如今才三月，春寒料峭，地裡還不到農忙的時候，可是也得趁著回春去翻地鋤草再施施肥什麼的。

農家也沒吃早飯的習慣，都是天露白就起了，抹把臉便往那地裡去，直到太陽爬得高了，才扛著鋤頭回家吃中飯。

中午避過太陽最盛的時候，略歇個一個、半個時辰的，又再往地裡去。

下午落日前回到家來，要趁著天未黑吃完晚飯，省得白費燈油。

而後，再趁著夜未黑把家裡的活順手幹了，略梳洗一番，也就歇了，這樣日復一日。

喬明瑾和女兒起身的時候，自然也是沒早飯吃的。

這讓喬明瑾略有些不習慣，昨晚那晚飯母女兩人都沒吃飽，還好兩人早早就歇了，倒不會覺得餓，但是早上起來後，母女兩人便覺得有些餓了起來。

喬明瑾看著緊緊跟在她身邊的女兒，暗自嘆了一口氣。

這個女兒和她在這個家裡都是不受待見的，她可不敢指望能額外得些什麼吃食。

她正想著是不是也和于氏一起到水井邊洗一洗兩人這些天換下的衣裳時，就見岳仲堯十六歲的妹妹岳小滿從廚房鑽了出來，手裡揣著一個雞蛋，遞向琬兒。

「這是姑姑煮的白水蛋，小琬兒自己拿著吃。」

琬兒看了喬明瑾一眼，想接又不敢，糾結得很，喬明瑾朝她點了點頭。

琬兒正喜得要伸手去接的時候，孫氏便搶了過來，揚聲說道：「哎呀，我說五妹，妳這不是從娘的房裡偷拿的吧？娘不是說要攢著去集上換錢的？再說東根是長孫都沒得吃，這個就留給東根吃吧。」說著搶過雞蛋就把它揣進懷裡。

孫氏有兩個孩子，六歲的岳東根和四歲的岳玲瓏。

此時聽說有雞蛋吃，兄妹倆連忙從房裡跑了出來，東根跑在前頭，一把把雞蛋搶過去撈在手裡，喜得咧著嘴直笑。

岳玲瓏跟在後面氣呼呼地看了她哥哥一眼，委屈地朝她娘說道：「娘，我也要吃。」

孫氏便對岳小滿說道：「五妹啊，妳不會就煮了這一個吧？這可要怎麼分？」

而岳小滿早就被孫氏母子三人的這一番動作給愣在那裡了。

這雞蛋原本是她娘早上給她煮的，是她惦記著三嫂和小琬兒，昨晚母女兩人定是吃不飽的，就想著把雞蛋留下來給琬兒吃，可沒承想，卻被二嫂搶了去。

正欲開口，那頭于氏見了，也湊過來說道：「小妹啊，妳不能只想著東根一個人吧？北樹也是岳家的孫子呢。」

話音剛落，比琬兒大了兩個月的北樹也揉著眼睛從房裡走了出來，嘟囔道：「娘，我要吃雞蛋。」

于氏扔了懷裡的木盆，竄過去把北樹抱了起來，哄道：「喔喔，娘的寶貝兒子，你怎麼自個兒下床了？要是摔著了可怎麼好，娘給你擦臉穿衣去啊。」說著便抱著北樹進屋了。

琬兒見要到手的雞蛋沒了，委屈地抿著嘴偎向喬明瑾，小手緊緊拽著喬明瑾的裙襬，眨著水汪汪的大眼睛望著她。

喬明瑾忍著心中酸澀，揉了揉女兒的頭髮，柔聲道：「琬兒和娘去井邊洗衣裳好不好？」

小琬兒看了看她娘，癟著嘴點了點頭。

喬明瑾牽著她的手，到了房裡把母女兩人換下的衣物收拾在一個木盆子裡，又往木盆外套了一個更大些的木盆，捧在腰側，牽著女兒的手走出房門。

岳小滿在院裡見了，訕訕地對喬明瑾說道：「三嫂，那個雞蛋……」

喬明瑾對她的好心感激在心，只是這麼當眾地塞過來，自然是落不到琬兒嘴裡的，便對她笑了笑說道：「沒事的，五妹幫我舀半瓢草木灰出來吧。」

岳小滿高聲應了，迅速鑽進廚房去，很快就捧著滿滿的半瓢葫蘆的草木灰出來了。

喬明瑾接了過去擱在衣物上，便牽著女兒的手走出院門。

岳家所在的地方叫下河村。

幾十年前，下河村有個岳姓讀書人中了進士，到外地當官去了，臨走時出資在村中挖了一口井，有喝水不忘挖井人之意，暗示自己不管走得多遠也都不會忘了族人。

後來，岳姓族人便在這井的四周砌了井臺，挖了池子，方便了一村老小，那岳姓的進士也得了村中人的擁戴。

平日裡，下河村民要吃水用水，都是到那方水井裡挑的，那方水井常年出水，從不乾涸，村民們用水極為便利。

如今喬明瑾就是帶著女兒到了這口水井處。

她牽著女兒來到水井邊時已是日頭高起，這會兒水井邊也早已沒人了。

村裡的婦人一般都是在天剛亮時就到井邊洗衣了，要搶在日頭出來前洗好，回去後還要再餵了家中的家畜及做些家事，然後又要趁著日頭高起前趕著下地。

喬明瑾看著井邊這會兒沒人，倒是鬆了一口氣，她還不習慣跟不熟識的人搭訕。

喬明瑾抱著女兒坐在臺基上，看她乖乖地坐好，自己便擇了一處把手中的木盆放了下來，拿起井邊公用的木桶往水井裡打水。

小琬兒在石臺上乖乖坐著，看自己的娘在那裡搓洗衣服。看了一會兒後她慢慢從石臺上蹭了下來，走到喬明瑾身邊。

喬明瑾見她蹲在盆子邊學自己，正用兩隻小手不停地揉搓捶打衣服，便笑了笑隨她去了，幫著把她的兩只袖子挽高，叮囑道：「不可以把衣裳弄濕了喔，不然娘還得再多洗一件。」

小琬兒笑著直點頭，又把小手埋在木盆裡搓了起來。

母女倆一邊洗一邊說笑，洗到一半時，于氏也來了，她走到喬明瑾身邊把木盆子放了下來，看了小琬兒一眼，道：「哎呀，小琬兒在幫妳娘洗衣裳啊？這麼小就這麼能幹了，真是難得。我就想著能生個女兒，也好幫著做些活呢，可惜我家北樹是個皮的，這會兒不知又竄到哪去了？看琬兒多乖。」

喬明瑾聽了並不接話。

岳家三個媳婦也就她沒生兒子了。

于氏見喬明瑾沒有接話，只好撇了撇嘴，拿起井邊的木桶打起水來。

喬明瑾洗的只是她和琬兒母女倆的衣服，很快就洗完了。

于氏開始還一邊洗一邊和她說話，見喬明瑾起身要打水清衣服了，便快速從盆裡抓了幾件衣裳扔到喬明瑾面前，道：「三嫂，把這些也洗了吧，我已經幫妳洗了好多天衣服了，妳如今既然好了，就幫我洗了吧，這實在是有點多了。」

喬明瑾往那堆衣服上瞟了一眼，撿起老岳頭、吳氏和岳小滿的衣裳放到自己盆裡，其他的又推了回去，對于氏說道：「以後我只洗我們一家的還有爹娘和五妹的，其餘的妳們自己洗，沒道理妳們男人的衣物也要我洗。」

于氏聽完愣在那裡，這都洗了幾年了，怎麼現在才說她和二嫂男人的衣服她不洗？平時洗衣服不是三個妯娌輪著來的嗎？她喬氏躺在床上的時候，自己不也幫她男人洗了衣物的？

于氏有些想不明白，便有些生氣了，抓了石板上的衣裳恨恨地往自己的木盆裡扔去，也不說話，埋頭使勁地搓。

喬明瑾也沒理她，很快把自己盆裡的衣物洗好了，跟于氏說了一聲就牽著女兒的手往家的方向走。

于氏沒抬頭也沒應她，喬明瑾也不在意。

母女倆牽著手正要走到家門口時，看到有一群孩子正圍著一個貨郎在買東西，邊上還有幾個村裡的小媳婦、小姑娘，也圍做一堆在挑揀。

喬明瑾路過後，幾個小媳婦對著她的背影就咬起耳朵來。

「真是可憐，長得這麼好看，本該是享福的命，沒想到嫁過來才幾個月岳老三就去了戰場，以為必死無疑的，我還可憐她一個人帶著個女兒將來無依無靠；沒想到岳老三又回來了，正喜她苦盡甘來呢，沒承想如今又這般……這男人啊，果然都是薄倖的。」

有人聽了便說道：「聽說也不是岳老三願意娶的，是吳氏貪人家的嫁妝呢。」

有人便哼道：「哼，岳老三也是個無情的！憑他如今當的這個差誰能逼得了他？他要是不點頭，他娘敢把人往家裡抬？抬回來跟誰拜堂？」

喬明瑾對於別人的指指點點一概不理會。

她回家晾好衣服，就進房往床上倒去。

躺了一會兒，忽然想起女兒方才一步一回頭盯著貨郎擔子直勾勾的眼神，心中便酸澀難忍，又起身在房裡搜查起私房錢來。

喬明瑾搜遍了房中的角落，最後也不過尋出十五個銅板。

這還是那天她抱著女兒回娘家時隨身揣著的，不然還不被人搜刮走。

喬明瑾有一手好繡藝，只憑她那手繡工，每個月也是能存上一些錢的，只不過她素來是個清冷要強的，不耐煩聽吳氏和兩個妯娌指桑罵槐說她可能藏私房錢，於是每個月做完繡活，都是交給吳氏她們拿去賣。

她那手繡活每個月總能給岳家帶來好幾百文的收入。

所以吳氏對於她不下地，只在家做一些輕省活計的行為也並沒有太過刁難。

而孫氏和于氏娘家是個窮的，縫縫補補倒是能行，指望她們做一些精緻的繡活拿去賣錢卻是不可能的。

吳氏想撈錢，還得指望著喬明瑾的手藝，幾百文錢對於岳家來說，可是個大貼補。

家裡總共就那幾畝薄地，累死累活一年到頭也是吃不飽還沒一絲存糧，也就全家餓不死罷了，有了喬明瑾做繡活的貼補，自然又能強些。

偶爾貨郎來了，還能給兩個孫子買些零嘴。

這倒是讓喬明瑾過了幾年比較輕鬆的日子。

所以她手裡是沒有銅板私藏的，都讓她用來換清靜了。

此時，喬明瑾捏著荷包裡的十幾個銅板，有些無言以對。

這十幾個銅板還是上次回娘家時，祖母偷偷塞給她的，說是讓她母女倆買些好的吃。

喬明瑾想起娘家的祖母，不免又是一陣恍惚……

她娘生了五個孩子，大弟弟喬明玨今年十七歲，跟她爹一樣考過秀才就不再考了，家裡著實是沒那個銀錢再供著父子倆讀書。

大妹妹喬明瑜十五歲，自喬明瑾出嫁之後就一直在家裡幫著操持。

九歲的小弟喬明珩和小妹喬明琦是一對雙胞胎，活潑可愛又懂事，小小年紀就幫著母親下地了。

她爹喬景昆在喬明瑾眼裡像是個落魄人家的貴公子，文質彬彬，言行舉止透著一些大家族裡的富貴氣。

她也不知道她爹故鄉在哪，只知道他當初跟著祖母流落到外公家門口時，被娘親捨了一碗熱湯飯，後來便被外祖家所在的雲家村收留了，從此便帶著祖母在雲家村定居了下來。

再後來，母親就嫁給了父親。

而她那祖母，喬明瑾一直覺得她是天底下最好的祖母，不僅人長得好看，還識字、會畫畫，還能跟她爹下棋，畫的繡樣也跟活的一樣，繡活做得誰都比不上。

而喬明瑾自小便很得祖母的喜歡，自小帶在身邊教養不說，還從不讓母親帶她下地，只在家跟著她做繡活，從小就教她認字畫畫。

連她最小的妹妹明琦都是要下地的，她想，她祖母定是真的很喜歡她的吧。

那次祖母看她母女兩人一副沒吃飽的樣子，摟著她直哭，臨走時又偷偷塞給她十幾個銅板……

除了這十幾個銅板，她原還有一副做工精緻的銀手鐲，那是祖母給她的陪嫁。

只是女兒病了兩次，都被她拿去當了。

還有一塊玉珮成色極好，瞧得出是祖母的心愛之物，喬明瑾想娘家的時候就會拿出來摸一摸，從不捨得拿去當了……

喬明瑾如今捏著這十五個銅板，心中泛起一陣陣酸澀及沈沈的無力之感。

她要離開這個家，要獨自撫養女兒，憑著這十幾個銅板是萬不可能的。

喬明瑾捏著荷包坐在床上發呆。

小琬兒看她一直沒理自己，抿著嘴委屈地攀著床柱子爬上床，從床尾慢慢地爬到床頭，蜷縮到她身邊。

喬明瑾看著女兒縮著身子蜷在身側，神色複雜。

與他人共事一夫，是斷斷不能的，但是把小琬兒留在岳家，誰又會真心待她呢？

可自己身上只有這十幾個銅板，回娘家也是個拖累，大弟弟、大妹妹也是到了要說親的年紀了，她爹身子也弱，有時候要花些錢吃些藥的……

這天大地大，竟是不知要去向何處。

喬明瑾眼睛脹痛，心裡湧上一股無力感。

前世當個單親媽媽千難萬難，而在這裡竟是更難上幾分。

小琬兒見她愣愣地盯著自己看，淚眼汪汪地與她對視，又發現她沒有哄自己，便委委屈屈地喚道：「娘……」

喬明瑾看得一陣心痛，忙把她抱了過來摟在懷裡，替女兒擦了淚，道：「娘在這呢。」

她把女兒緊緊地在懷裡摟了，眼神也慢慢堅定了起來。

第三章

喬明瑾又休息了幾天，直到身子徹底好了。

這幾天，她也跟著孫氏、于氏等人一起做活，煮飯、掃地、抹灰、餵雞、餵豬、切豬食什麼的，她都幫著做，做得不比那兩人少。

只是衣服輪到她洗的時候，她就真的不洗岳老二和岳老四的衣物了。

于氏還以為她是開玩笑的，沒想到竟是來真的。

而孫氏則是又氣又恨，絮絮叨叨了好幾天，每天只要遇到村裡的女人跟她同在水井邊洗衣，她便念叨個沒完。

不過村裡大多數女人還是較同情喬明瑾的。

可憐她一個女人帶著女兒守了四年，好不容易盼得男人歸來，男人又要納新人了，同是女人，不免有些物傷其類。

這些天，村裡有好幾家鄰近的小媳婦偶爾會過來找喬明瑾說說話，喬明瑾去水井邊洗衣的時候，那些人也會一邊洗一邊跟她聊上幾句，有時候她若是洗了大件衣物，這些人也都會過來幫著她一起擰一擰水什麼的。

所以喬明瑾這些日子倒也結識了一些人。

別人對她報以熱情，她自然也是笑臉相迎。

喬家隔壁有一個媳婦叫岳雲氏錦秀，比喬明瑾早嫁過來幾年，她嫁過來之後，雲錦秀一直待她像親妹妹一樣。

這些年岳老三不在，雲錦秀夫妻他們給了她很多幫助，兩人也經常會相約著回娘家什麼的，感情極好。

這些天，有時候早起去洗衣或是割豬草什麼的，雲錦秀也都會在岳家大門外叫上喬明瑾一起去。

去洗衣的時候，喬明瑾就把女兒帶著；去割豬草，喬明瑾就拜託雲錦秀的兩個孩子幫著帶女兒一塊玩，把琬兒託在她家裡。

雲錦秀嫁過來的這家，最初只一個寡母帶著一兒一女生活。

她家公公早早就沒了，嫁過來沒兩年，看到大孫子出世後，她婆母也走了。

守完孝，她也幫著把小姑子嫁了出去，如今家裡就她一家子，她相公、一個八歲的兒子，還有一個六歲的女兒，一家人簡簡單單，夫妻和樂，兒女乖巧懂事，喬明瑾看得很是羨慕。

這天早上，喬明瑾剛幫著把家裡的豬和雞餵了，秀姊那大嗓門就在院子外頭響了起來。

「瑾娘，割豬草去不去？」

「去，秀姊略等一等。」

喬明瑾應了一聲，就到柴房找了一對籮筐和一把彎刀出來，又從門後找了一根扁擔，把兩個籮筐一左一右繫在扁擔上，挑著走了出來。

「娘！」琬兒邁著兩條小短腿跑過來扒著喬明瑾的大腿不放。

喬明瑾跟院裡的于氏說了一聲，就牽著她往外走。

秀姊正領著她的兩個孩子等在門口，看見喬明瑾牽著女兒過來，就對柳枝說道：「要好好看著妹妹啊，不要讓妹妹摔著了。」

「知道了娘。」

柳枝還沒說完，她哥哥長河就幾步蹦過去牽了琬兒的手，道：「琬兒妹妹，走，到長河哥哥家裡玩。」

琬兒仍是拉著喬明瑾的手不放，仰著小小的腦袋看喬明瑾。「娘？」

喬明瑾摸了摸她的頭，矮下身子道：「乖，要聽話。娘去的地方太遠，琬兒走不動。看，娘還要挑著東西是不是？可抱不動琬兒。琬兒乖乖跟著哥哥、姊姊在秀姨家裡玩，娘一會兒就回來了啊。」

琬兒這才鬆了喬明瑾的手，任長河和柳枝牽著她進屋了，進院門前，還回頭朝喬明瑾看了看，道：「娘快快回來喔。」

「好。」

喬明瑾應了聲，和雲錦秀各挑著一擔空籮筐往村後山的小道上走，一邊走一邊說話。

「大雷哥還沒回來嗎？」

「沒呢，可能還要半個月。上次讓人帶了信回來，說是這次的主家做的活多，工錢也給得多，他就多做一段時間，反正家裡就那幾畝地，我一個人也忙得過來。」

秀姊的丈夫岳大雷是個能幹的，在家裡忙著地裡的活不說，還會做一些木匠活，農閒時還上鎮上或是城裡打零工，賺些銀子貼補家用，夫妻兩人感情極好。

「岳老三呢？沒說什麼時候回來？」

喬明瑾搖了搖頭。上次岳仲堯走時，她正躺著，也沒聽清他走時說些什麼。

「說是一旬有一天的假期，也不知什麼時候回來。」

雲錦秀往喬明瑾的臉上掃了一眼，道：「妳是怎麼打算的？這次岳老三回來，怕是要提出納那個姓柳的了，若琬兒是個兒子就好了，偏偏是個丫頭，妳那婆婆又是個勢利的，若是那姓柳的嫁進來一舉得男，怕是沒妳和琬兒的地位了。最少也要趁他們成親之前，妳再懷上一個。」

喬明瑾只低著頭走，並不接話。

她骨子裡有些潔癖，對男人更甚，她是決計不會與他人共事一夫的。

這些天，她也想過要做一番爭取，她看得出來，岳仲堯心裡是有喬明瑾的，她想跟他談一談，看能不能把這門莫名其妙的婚事推了。

這個時代跟前世她生活的環境不同，一個女人離了夫家，在外頭怕是會千難萬難；娘家有個休離回家的女兒，也抬不起頭來，她可還有幾個弟妹未婚嫁呢。

只是這些日子看吳氏興高采烈地說是要請人粉刷屋子，要置辦些什麼，又要請多少席什麼的，就知道這一關在吳氏面前過不了。

若是分家了，可能吳氏倒不好插手太多。

只是如今吳氏和老岳頭正值壯年，且岳仲堯又剛好得了這樣一份讓他們挺腰桿的差事，他們不會分了岳老三出去的。

指望岳仲堯分家出去不受吳氏擺布大概不可能。

且那柳媚娘的父親還救過岳仲堯一命，若他推了這門婚事，也許會被人說是忘恩負義，怕是他自己也不會這樣做。

喬明瑾心裡翻過無數想法。她剛來這個地方，一切未明的情況下，還不好做一些決定，還得再思慮周全一些，而且她不是一個人，她還有一個女兒。

把女兒獨自留在岳家是不可能，只是岳家想必也不會讓她帶走琬兒。

喬明瑾沈默著走了一段路，才道：「過幾天，我想回娘家一趟。」

雲錦秀就道：「好，這樣好，有什麼事，妳先回娘家跟家裡人商量商量。妳躺了這些天，家裡都還不知道呢，他們從旁人嘴裡聽到怕是要擔心了。妳娘家雖然沒人，不過妳外祖家人丁興旺，倒不怕他們，他們要納新人，哼，也得看看喬家和雲家的意思，斷不能讓妳受委屈了。」

喬明瑾聽了只繼續埋頭走路，沒有接話。

如今就是娘家來人，這件事只怕也是難以改變的，她只是想回娘家問問看可還有別的路可走……

過了兩日。

這日一早她洗完衣服，便在屋裡收拾包袱，想帶著女兒回娘家住兩日。

她的性子和喬明瑾很像，且她又接收了喬明瑾的記憶，喬明瑾會的東西，她一樣都沒落下。

前兩天她還試了試自己的繡活，初時生澀，但很快就得心應手。

倒也不怕至親家人會發現什麼不妥，她從來沒覺得自己是另外一個人，喬明瑾就是她的前身，喬明瑾是她，她就是喬明瑾，記憶中的娘家人也沒有一絲陌生感。

琬兒得知要回外祖家，很是高興，一早上就繞著喬明瑾又蹦又跳的，還自己去拉了兩件小衣服放進喬明瑾的包袱裡。

喬明瑾覺得女兒這幾天好像活潑了些，心裡很是高興。

母女兩人捲好一個小包袱正待往外走，就聽到吳氏特有的大嗓門傳來。「哎呀，親家母，您來了啊？怎麼也不說一聲，好讓老三去接您？快，快進來坐！」

親家母？誰？于氏娘家？孫氏？大姑子婆家？

家裡來客，她這一時半刻想必是走不了了，便又牽了琬兒轉身回到房內，把包袱放下，把女兒抱到床上。

「娘，不去外婆家了嗎？」

「等一下再去啊，家裡有客人來了。」

她說著就陪著琬兒在床上玩了起來。

吳氏沒叫她去待客，她也不去討那個嫌。

這些天也不知吳氏是因為心虛還是什麼，只當她不存在，在院裡見了面也跟沒有她這個人一樣。

有時候罵人不指名道姓的罵，不當她的面說一些高啊低的，她也就不理會。

不一會兒，孫氏就臉上帶笑地推開房門進來，笑盈盈衝她說道：「三弟妹，娘讓妳去見客呢。」

喬明瑾見孫氏臉上莫名的歡喜，不明所以，不知是什麼樣的客人讓她這麼高興。

「是什麼人？」喬明瑾問道。

孫氏便笑著說道：「是妳那好姊妹的娘呢，說是來家裡看看，要給她女兒置辦嫁妝，總不能沒地方抬。」

喬明瑾看著她臉上的笑意，心下恍然，這位是準備看戲呢。

孫氏沒看見喬明瑾的神色，還道：「又說她和她相公就這麼一個女兒，從小就捧在掌心疼到大的，可不能委屈了。如今當個平妻已經是對不起孩子的爹，要是嫁過來連間住的地方都沒有，還要看人臉色，索性母女兩人就隨相公一起去了。」

喬明瑾聽了，皺了皺眉頭，這是在提醒岳家不要忘了她家男人救了岳老三一條命吧？

喬明瑾整了整身上的衣裳，牽了女兒就走了出去。

孫氏興高采烈地跟在後面，嘴都咧到耳根了。

喬明瑾進了堂屋，就看到吳氏旁邊坐了一個三十出頭的婦人，身上穿戴齊整，頭上還簪了兩根銀簪，嬌嬌弱弱的，瞧不出是會挾恩以報的人，面上帶著笑，本有三分顏色，帶著臉上這分笑便也漲了五、六分，倒是看不出有個十七歲的女兒。

喬明瑾叫了一聲柳大嬸就直直站在了堂屋當中。

吳氏和柳母都還未說話，跟進來的孫氏就推了琬兒一把，道：「琬兒，快叫外婆啊，這孩子怎麼不叫人呢？」

琬兒被推了一把，往前撲了一下，若不是喬明瑾還牽著她，都險些要撲在地上。

喬明瑾把一臉害怕的琬兒攬在身前，回頭看了孫氏一眼，道：「二嫂，妳這是要幹麼？這裡哪有琬兒的外婆？」

吳氏忙狠狠地瞪了孫氏兩眼。

柳母就笑著說道：「叫什麼都好。這就是琬兒吧？來，快來讓我看看。」

喬明瑾低頭看了眼死死抱著她大腿的琬兒，心裡抽疼了一下。

她俯身把琬兒抱了起來，對那柳母道：「小孩子怕生，對不住嬸子了。」

那柳母定定地看了喬明瑾幾眼，才笑著說道：「沒事沒事，小孩子哪個不怕生的？這孩子都三歲了吧，聽說是仲堯走了之後才查出身孕的？」

喬明瑾眉頭皺了皺，往那嬌嬌弱弱一臉純善模樣的柳母看去。

吳氏明顯也愣了愣，不知如何答話。

孫氏眼珠子轉了轉，便道：「可不是嘛，當初來徵兵丁時，我和四弟妹都有了身孕，當初我男人和四弟都捨不得我們辛苦才不去的，本來還想著若是三弟妹也有了身孕，三弟也就不用去了，不想三弟妹嫁過來幾個月了都沒有身子，這三弟一走，就有身子了，倒是給三弟留了後。」

喬明瑾聽孫氏說完，回身看向她。

怎麼從來沒覺得這孫氏有這麼好的口才呢？

柳母坐在上首，聽完就道：「原是這樣。若是兒子，倒真是給仲堯留了後，只可惜是個女娃。不過親家母也不用擔心，我家媚娘從小就是個有福氣的，小時候我帶她算過命，還說她有宜男之相呢。我那相公從小就捨不得她吃苦，沒承想那死鬼臨死前倒還想著女兒，給女兒訂了這門親，再加上媚娘自個兒也看中了仲堯，我也是拗不過她。」

吳氏聽完便笑著說道：「我那兒子愣頭愣腦的，難得有人瞧中他，倒是他的福氣。親家母放心，以後我定是像對待親生女兒一樣待媚娘，等往後她再給老三生個大胖兒子，就是我家的大功臣了。」

孫氏也湊上去笑著附和道：「可不是！親家母只看我和四弟妹，我這婆母啊，那心真是水做的，可是一丁點活都捨不得我們做呢。」

吳氏聽了心裡欣慰，讚賞地看了孫氏一眼。

喬明瑾只做透明人站在那裡，連眼神都懶得轉一下。

那柳母又看了喬明瑾一眼，道：「瑾娘啊，我那女兒從小被我和她爹慣壞了，向來是要風得風，要雨得雨的，你們這院子我看了，一間多餘的房間都沒有，不知我女兒嫁過來要住哪裡？我還準備著一些大件要給她陪嫁過來呢，這樣看來是不需要了。」

喬明瑾聽了並不接話。

吳氏則心裡一慌。大件呢！哪裡就不需要了？掃了喬明瑾一眼，忙對柳氏說道：「親家母放心，原本我家老三現在住的那間房，就是他成親時新砌的，這才幾年，還新著呢。家裡還有一間小柴房，原是放農具和糧食的，前些天瑾娘病了，老三就在裡面搭了張床睡在裡面，那也是能住人的，到時老三和媚娘成親時，新房自然是要騰出來給他們用，瑾娘就委屈些帶著琬兒住在那柴房裡，以後有錢了再砌一間新的。」

柳母聽完，上下掃了不言不語的喬明瑾一眼，便說道：「這可是要委屈瑾娘了。唉，我原想著媚娘嫁了，只剩我們母子還在城裡住著不免孤單，再說女婿也是在縣衙做事，如若待他們成親之後就搬到城裡，給他們租間小房子，或者乾脆就跟我們一起住也是成的，就住在媚娘現在的房間裡，平時仲堯下差回來也極方便。」

吳氏聽完心裡一驚。哪能她在鄉下吃苦受罪，卻讓媳婦在城裡享福？她還沒擺婆婆的款呢！

再說若是老三住到城裡了，每個月的俸祿哪可能落到她的手裡？她是斷不能容許事情脫離自己掌控的。

吳氏連忙笑著說道：「沒有這個理，哪有公公、婆婆住在鄉下，兒子、媳婦自個兒在城裡享福的？再說他們年紀還小，萬一媚娘有了身孕，我也好在旁邊幫襯一把，在外頭我可不放心。親家母放心，等這次老三回來，我就讓他上門提親，兩家馬上訂下來，家裡再把房子騰出來給他們做婚房用，定是讓媚娘住得舒舒服服的，保管沒人敢給她氣受。」

柳母原也沒指望吳氏會答應女兒將來搬到城裡，不過就這麼一提，且試一試，多為女兒爭取些好處罷了。

如今見目的達到，裝著沈思了好一會兒才道：「那就只好這樣了。唉，誰讓她自己看上仲堯了呢，放著城裡的好日子不過，偏要嫁到這鄉下來，也是她的命。」

吳氏聽了生怕有變，便一直在旁邊連連表示絕不會委屈了柳媚娘云云。

當初柳母可是說會把那五十兩撫恤銀分做兩半，一半給柳媚娘當做嫁妝的。

這二十五兩可是不少，當初三個媳婦總共帶進來的也不過三、五兩，有了這些錢，將來也能給小滿辦個風風光光的婚事，可不能因一些小事就把這門親事弄吹了。

喬明瑾也不理會她們，抱著女兒對吳氏道：「娘，原先說好今天我帶琬兒回娘家住兩天的，要沒事，我這便走了。」

吳氏掃了喬明瑾一眼，也覺得她在這有些話不方便提，便朝喬明瑾揮了揮手。

喬明瑾就抱了女兒走了出去。

喬明瑾抱著女兒到雲家村時，喬家人皆嚇了一跳。

這不是過節過年的，也沒聽她帶信說是要回來，莫不是出什麼事了？

「瑾娘，妳這怎麼回來了？也不讓人捎信來，是走過來的？妳這孩子……仲堯怎地沒來？」

喬明瑾的母親雲氏往外看了看，並沒有發現岳仲堯的人影。

喬明瑾笑著看向娘家眾人，扶著門檻不說話，只歇氣。

這雲家村雖與下河村是一個鎮，可這靠兩條腿走著來著實遠了些。

母女兩人路上還是搭了一輛牛車順了一段路來的，不然估計她兩條腿都要走斷。

琬兒雖沒多少斤兩，可這一路抱著揹著，也著實是個不小的負擔。

「快讓孩子進來歇一歇，瞧她累的。瑜娘，去給妳姊姊倒杯水去。」喬明瑾的祖母藍氏忙吩咐道。

喬明瑾的三妹喬明瑜應了一聲，就快速鑽進了廚房。

「二舅舅——」琬兒歡快地朝著過來抱她的喬明玨伸手喚道。
「來，二舅舅抱抱。」
喬明玨三兩步上前就把琬兒抱在懷裡。
「姊，妳回來啦！」
雙胞胎的四妹喬明琦和五弟喬明珩此時也竄到喬明瑾身邊，一左一右握著她的手。
「嗯，姊回來了。」
喬明瑾看著這兩個自小就愛黏著她的弟妹，笑得很是歡快。
「快讓你姊姊進來，杵在門口看家呢！」
喬父橫了雙胞胎一眼，兩人便笑嘻嘻地拉著喬明瑾進門。
「姊，喝水。」喬明瑜端了一個土陶做的杯子遞給喬明瑾。
喬明瑾朝她笑了笑，接了過來，兩三下就喝了個底朝天。
她娘家祖母和父親都是極講究的，家裡雖窮，可碗是碗，杯子是杯子，喝茶也是沏了茶葉，若沒有茶葉就喝白水，從來都不會用碗裝了茶水。
「怎麼仲堯沒來？」
喬母還是關心這不是過年過節的，為什麼女兒獨自一人回娘家，莫不是夫妻兩人吵架了？
這之前岳仲堯剛從戰場回來時，可是帶著好些禮物和喬明瑾回來看過他們一次的。

「他沒空。」喬明瑾淡淡回道。

藍氏看了她一眼，對喬明玨道：「玨兒，你去把門關上。」

喬明玨看了他祖母一眼，忙應了一聲就跑過去把院門關了。

在喬家，祖母是絕對的權威。

「來，到祖母這邊來。」藍氏朝喬明瑾伸手道。

喬明瑾聽了祖母的話，心中酸澀，眼眶瞬間便紅了。

起身坐到祖母身邊，她抱著祖母的胳膊，倚在祖母身上，哽咽道：「祖母……」

藍氏便一邊輕柔地拍著她，一邊說道：「妳一向是個要強的，甚少在人前落淚，可見這番是傷了心了。」

喬父看向她，咬著牙道：「可是岳仲堯欺負妳了？」

喬明玨幾個也圍了過來，道：「姊，別怕，有我們呢！」

喬明瑾抬頭看了看家中眾人，心裡頭暖暖的，也不怕被弟弟、妹妹們聽了，便道：「祖母、爹、娘，我要和岳仲堯和離。」

「什……什麼？」喬父、喬母頗有些吃驚，瞪著眼睛看向喬明瑾。

「一驚一乍地做什麼？且聽孩子說。」藍氏見狀，忙喝斥了兩人一句。

喬明瑾看了父母一眼，把今日家中來客的原因說了，源頭便是岳仲堯要娶平妻的事。

喬父聽完脹紅著臉沈默了。他自己當初受過岳仲堯解圍，那天若不是岳仲堯，只怕他兩條腿都保不住，那這個家就更是艱難了。

岳仲堯上門求娶瑾娘時，他念著岳仲堯救了他一次，人品也不錯，便答應了。

現在輪到別人救了岳仲堯，要求他娶了恩人之女，他這個受恩之人怕也是不好說什麼的。

而喬母賢良，在家孝敬婆母，又極聽夫婿的話，幫夫婿養兒育女，操持家務，如今倒沒有糾結岳仲堯為何再娶，而是糾結為何是平妻？若是妾，瑾娘豈不是要好過一些？

只有藍氏原本撫著喬明瑾的手停了下來，眼神呆呆地望著前方，不知在想些什麼。

而弟弟、妹妹見祖母和爹娘都未說話，便也不敢開口，幾個孩子從小被喬景昆和藍氏教養得極好。

喬明瑾看著這一屋子人聽完她的話皆沈默了下來，也不知娘家人對她的事是個什麼想法，見祖母只呆呆地盯著紅泥地不言不語，就輕輕地推了推她，喚道：「祖母……」

藍氏回過神，看著這個她最疼愛的孫女，心裡疼了起來，瞪著眼前的兒子就斥道：「我早就說過那家的婆娘不是個好的，是個勢利眼的，你偏說女婿好就行！如今一大家子住在一起，又沒分家，他那父母沒準活得比他們還長，女婿好有個什麼用！我從小捧在心尖尖上的孩子，生生就被你斷送了！」

藍氏瞪著她兒子，氣得胃疼。

這是他們喬家的嫡長女，雖然家裡窮了，卻是她從小按宗婦的標準來教養的。

就因為岳仲堯幫過兒子一把，上門求娶，兒子便應了。

也怪她，當初也是瞧著岳仲堯不錯，又不是個耳根軟的，想來應是會對瑾娘好，不承想，現在就來了這麼一手！

藍氏又恨又氣，喘著粗氣，說不出話來。

而喬父被老母親訓得低垂著頭，不敢接話。

喬明瑾怕藍氏氣狠了，便撫著她的胸背，緩聲道：「祖母，您別生氣，不值得為那些人生氣，我知道祖母和父親見多識廣，我這趟回來就是問問看，若我和離，我能不能把琬兒帶走？」

眾人一聽，齊齊朝喬明瑾看了過來。

喬母聽了大急，道：「瑾娘啊，這和離了哪有什麼好日子過？世間對女子極不公平，妳這和離了，這後面長長的日子可要怎麼過？哪裡能再找到好的？我可憐的女兒啊……」說完便嗚嗚地哭上了。

喬明瑜幾個也是眼眶含淚，定定地看向喬明瑾。

他們爹喬景昆是個身子弱的，家裡的事全壓在母親身上，他們幾個從小就是被祖母和姊姊帶大的，和喬明瑾的感情極好。

這會兒一聽到姊姊難過了，便也跟著難受了起來。

喬父朝喬明瑾看去，道：「瑾娘啊，這和離可不是那麼輕鬆的，他們家如今還是認妳做大婦，仲堯待妳也不像是個無心的，這和離不一定比留在岳家好啊。」

藍氏狠狠地瞪了這個兒子一眼，道：「瑾娘是問你哪樣好嗎？她是問你和離了能不能把孩子帶出來，你知道就說知道，不知道就別廢話！讀了幾十年的書，到底是知不知道啊你？」

喬父聽老母親訓斥，訕訕地摸了摸鼻子，才說道：「按我朝律，和離只有一種情況能把孩子帶出來，那就是夫家沒有親眷也沒有族人願意接手，孩子才能跟著母親；哪怕夫家沒了直系的血親，若還有不出五服的親眷，還有族人願意領養，孩子也是不能跟著母親的。」

喬父說完看了藍氏一眼，藍氏連忙把眼神瞥了過去。

喬明瑾沒看到，只想著喬父的話。

這岳家就算全家人都不在了，還有老岳頭的兄弟呢，更別說下河村還有那麼多族人。再說下河村還有一位族人在京裡當官，岳家族長為了他的官聲又一直拘著族人，怕是不會做出這種讓人抓把柄影響官譽的事。

把琬兒交給她撫養怕是不大可能。

小琬兒看大夥都不說話，娘也不看她了，委屈地癟了癟嘴，奔到喬明瑾的懷裡，委屈喚道：「娘……」

喬明瑾連忙抱了女兒讓她在腿上坐，低頭看她。

女兒這段時間才開朗了一些，把她放在岳家，不知會被養成什麼模樣。

那柳氏若是生了兒子，岳仲堯就是再疼琬兒，也是一個月才能見一、兩次面，那個家裡只怕也沒人會真心待琬兒。

喬明瑾心裡抽疼得難受，把女兒緊緊地箍在懷裡，抿著嘴不發一言。

喬母見她這副模樣，那還未拭淨的淚水又滾了下來。

喬父看著喬明瑾道：「妳非要和離？鄉下雖沒有三妻四妾的習慣，不過仲堯現在在衙門當差，以後只怕還有前途，他就是現在不娶平妻，將來也難保沒有妾室；再說和離後，妳就能肯定遇上的人比岳仲堯好了？」

喬明瑾聽完並沒說話，只示意喬明瑜把女兒接過去，就矮了身子趴在藍氏的膝頭，細聲細氣道：「祖母，您摸，後腦勺。」

藍氏順著她的髮髻摸向後腦勺。「咦，這怎麼腫了一塊？」

喬母也湊上來摸了摸，還往下按了按，喬明瑾便「嘶嘶」出聲。

喬母慌忙拿開了手，急道：「這是怎麼了？她們還打妳了？」

喬父也一臉擔憂地湊過來看，兩隻手還不由自主地攥了起來。

喬明瑾便道：「沒有，就是那天聽到消息，我想抱著琬兒回家來，她們不讓，推了我一把，我就摔在了犁頭上，躺了好幾天才醒了過來，後來一直暈在床上，若是下地那屋子都是轉的，還好我醒了過來，不然就見不到你們了。」

喬母一聽，又捂著嘴哭了起來。

喬父恨恨地咬著牙扭過頭去不說話。

藍氏心裡更是疼得厲害，這是她捧在手心裡的孩子啊……

「祖母、爹、娘，我不願與別人共事一夫，不管以後能不能找到好的，我都接受不了這個，哪怕一個人過活我也不怕，我就是放心不下琬兒，若是把她放在岳家，只怕沒人會真心待她。」

眾人一聽又都不說話了。

良久，藍氏才道：「妳回來了，就好好休息，凡事有祖母和妳爹娘呢。岳家想娶平妻，也得給咱家一個交代。那岳仲堯去了戰場四年，妳一個人帶大孩子，他們家想就這麼輕鬆把妳打發掉，也得看我們家同不同意！」

轉頭又吩咐喬母道：「雲華，妳帶著明瑜去抓隻雞殺了，給瑾娘和琬兒補補。」

喬母便急急往雞窩去了。

喬明瑜也抱著琬兒起身，道：「走，三姨帶琬兒捉雞去。」

琬兒拍著兩隻小手，高興地直叫。「喔喔，捉雞去！」

喬明瑾看著女兒一臉歡喜的模樣，也揚了嘴角跟著笑了起來。

晚飯時，飯菜準備得豐盛了些，藍氏就打發明玨幾個去請外祖家的人來吃飯。

喬明瑾的外祖家世世代代居住在青川縣松山集下的雲家村。

雲家是善良本分的莊戶人家，不然當初藍氏和喬父流落到雲家村時也不會幫襯了一把。

喬明瑾的外祖父母都還健在，且還不到六十歲，夫妻倆生了四個孩子，頭尾皆是兒子，中間是兩個女兒，喬明瑾的娘雲華排行第二，後面還有一個三姨嫁在隔壁村子。

自大舅舅的大兒子雲錦成了親，兩個舅舅就分了家，而外祖父母則跟著小舅舅一起過活。

不一會兒，兩個舅舅一家和外祖父母便跟在明玨身後過來了。

雲家雖和喬家在同一個村子裡，不過雲家住在村子裡面，而喬家則住在村子的周邊，雲家人並不知道喬明瑾回來了。

喬明玨去叫他們的時候，兩家人都準備做晚飯了。外祖父雲有宗一聽大外孫女回來了，忙叫了兩個兒子帶上全家一起過來。

來時還把兩家正準備下鍋的菜和煮好的飯也都端了過來，兩個舅母還去自家的菜地裡又拔了好些新鮮的菜一起帶來。

喬家雖窮，房子還是茅草頂的，不過因在村子周邊，地方極大，便圈了一塊很大的地當做院子。

這會兒雖然來的人多，倒也不顯得局促。

兩家常來往，所以喬明瑾和外祖家的表兄弟姊妹們感情都極好，這一見，都親親熱熱地相互打招呼。

大舅舅和大舅母謝氏只生了兩兒一女，二表妹已是出嫁了，三表弟這會兒在鎮上上私塾沒回來，只有大表哥和大表嫂何氏帶著他們的兒子雲巒過來。

小雲巒只比琬兒大了一個月，長得很是討喜，嘴巴又甜，「表姑姑」地叫個不停，這會兒見了跟他一樣大的琬兒，早就掙扎著下地了。

明琦和明珩便帶著兩個小不點兒在院子裡玩開了。

喬明瑾的外婆林氏跟喬母一樣，是個善良溫和的人，一來就拉著喬明瑾的手問道：「妳這孩子怎麼一個人帶著孩子回來了？外孫女婿呢？」

喬明瑾一邊拉著她坐下，一邊對她笑著說道：「他在忙呢。怎麼，外婆不喜歡瑾娘回來啊？」

林氏假裝生氣地拍了她一下，道：「妳這孩子，外婆巴不得妳和妳娘一樣就嫁在外婆眼皮子底下才好呢。」

喬明瑾笑嘻嘻地坐在她身邊陪她說話。

今天的晚飯說不上有多好，但是人人都吃得歡喜，熱熱鬧鬧的，連琬兒都不要喬明瑾餵了，自個兒拿了喬父給她雕的一支小木勺舀著吃了大半碗……

飯後，大夥坐在庭院裡聊天，藍氏便跟大夥說起喬明瑾的事來。

大表哥雲錦是個爆炭脾氣的，小時候大人常把他和喬明瑾湊作堆，他對這個表妹的感情自然不同，一聽喬明瑾的事，立刻站了起來，坐的凳子都被他翻倒了。

只見他眉頭緊皺，氣呼呼地說道：「岳仲堯真他娘的不是東西！他生死不知的時候，我妹妹幫他又是照顧老人又是養活孩子的，日夜做繡活供他們一家吃喝。喔，這一回來就來這一手了？要是他死在戰場上，我妹妹還得給他守寡呢！這個忘恩負義的！」

大舅舅雲方桓聽了這一番話就喝斥他。「這是給你妹妹出主意，還是要找人打架呢？」大表嫂何氏連忙拉了拉他的衣襬，雲錦便氣呼呼地坐下了。

小舅舅雲方榭也是個爆炭脾氣的，本也想站起來罵上兩句，這回見雲錦被大哥一斥，也不好再站起來了，只坐著生悶氣。

小舅母憂心忡忡地對喬明瑾說道：「瑾娘啊，這和離了可不好過哪。我們村就有一個和離的，和離後又找了一個，那人卻不是個好的，愛喝酒，喝醉就打她，還罵她是破鞋，她受不住又和離了。後來找來找去都找不到合適的，只好找了一個比她大了二十好幾的，那人上有老，下有小，有兒有女有孫，一大家子人，而且全家人都瞧不上她，也不過是在挨日子罷了。」

喬母一聽，更添了一層憂心，眼眶紅紅地坐立難安。

大舅母謝氏說道：「你們村那個哪能跟瑾娘比？瑾娘長得好，繡活又做得好，還識字會畫畫，我就不信找不到一個比岳仲堯更好的！」

大表嫂何氏聽了便小聲說道：「可畢竟是和離過的，也怕後夫家的人看不起瑾娘，若是家裡還有兒女，只怕瑾娘的日子更不好過。」

眾人聽了，都不做聲。

喬明瑾看了看大夥，便說道：「若岳仲堯一定要娶平妻，我是一定要和離的，就是以後另嫁的人有兒有女我也不怕，只要他沒別的妻妾；哪怕以後我不嫁人，一個人過日子，我也是不怕的。」

喬父看了她一眼，又往母親藍氏那裡瞥了一眼，被藍氏狠瞪了一眼，便又苦惱萬分地低垂了頭。

外祖母林氏和喬母一樣不停地抹眼淚。

外祖父倒是咬著牙道：「過幾日等仲堯回來了，我們就上他家找他去，別想就這樣打發了我們，我好好的大孫女嫁到他家，苦守了他四年，就等來這個？」

藍氏起身朝雲家的人道謝。「謝謝老哥哥了。你也知道我和景昆是個沒根基的，也沒族人給這孩子出頭，還得多仰仗老哥哥了；再不濟也要幫著把琬兒留給瑾娘，那孩子留在岳家，只怕也是沒人疼的。」

老雲頭聽了藍氏的話又說道：「瞧親家母這話說的，這一家人不說兩家話，過幾天我就帶著兒孫們找上他家去！」

小舅母方氏便說道：「孩子確實可憐，可若是和離了，瑾娘帶著個孩子可要怎麼嫁人？」

喬母一聽，之前沒想到這個，也覺得琬兒放在岳家可憐，這會兒一想，這要是把外孫女帶回來耽誤了女兒的幸福，可如何是好？

喬明瑾聽了方氏的話便道：「沒事的，我一個人也能帶著琬兒過活。」眾人也知曉她的意思了。

只要岳仲堯再娶，她就一定會和離的，只是放不下琬兒……

喬明瑾在雲家村的時候也沒多想別的，每天心情極好，不是幫著母親、妹妹在家裡操持，就是陪著女兒、弟妹們玩樂，或者偶爾到兩個舅家蹭一頓飯。

沒那些糟心事，母女都很是歡樂。

喬家的小院裡更是經常聽到琬兒咯咯咯的笑聲，也能看到她在小院裡奔跑攆雞、騎竹馬的身影。

喬明瑾都不知道女兒可以這樣活潑，在喬家，她也不愛黏喬明瑾了，跟著幾個姨舅玩得歡樂無比。

喬明瑾沒事就愛鑽進喬父的書房去翻那一屋子的舊書。書房裡，有一本厚厚的大魏律，讓她翻了個遍。

不去書房的時候，她也常跟著幾個弟妹到雲家村附近走走。

大表哥雲錦農閒時，經常去松山集或青川縣攬些零活做，一年下來能給家裡添些家用，有時候還會把喬明瑾的二弟喬明玨領了去。

喬明玨每次也都能給家裡拿回來二、三十文的，對喬家多少也是個貼補。

而喬明瑾大舅家則開了一畝的菜地，種了好些各色蔬菜，料理得極好。他們家只要逢集，不管大集、小集都會挑了菜到集上賣，所以日子倒是比小舅那邊要好過一些。

但無論如何，兩個舅家的日子都比喬家要好很多，雖然家裡也不是那種青磚黑瓦的房子，至少過年時每人都是能添置一件、半件新衣的。

而喬家，因為這些年喬父生病花了好些錢給拖累了，況且喬家孩子多，也沒幾個勞動力，只靠喬父在松山集給人寫信代筆賺幾個銅板。

不過松山集也就是逢集才開，又哪有多少人需要做筆墨生意的？

但喬父仍是每次逢集都會推著家裡那輛獨輪車，上面放張窄桌、凳子，推著去集上，有時候運氣好，也能帶回十幾二十個銅板。

不過不知為何，祖母藍氏和喬父都不愛往青山縣走動。

那青山縣畢竟是個縣，住的大戶也多，攬些生意總比松山集要容易得多，但喬父並不愛去。

喬明瑾很好奇，卻也沒多問。

這些年因著喬父的病加上喬明玨讀書的花費，日子過得越發艱難。

所以喬明玨自考過秀才之後就不再讀書了，喬父還嘆息了好久，喬明玨讀書真的是個有天賦的。

不過喬家雖窮，但因著家裡有兩個秀才，地裡的出產倒是不用交稅賦了，這也算是省了一大筆口糧。

兩個舅家也把自家那幾畝薄田都掛在喬父名下，每年都會給喬家送好些米糧，如此接濟一二，喬家的日子總算是熬了過來。

因著家裡不用交稅賦，三畝水田倒是夠一家子一年嚼用的，而兩畝旱地則種了一些地瓜、豆子、玉米等物，平常也能換些小錢，再加上家裡屋後開的那幾分菜地，一家子勉強能混個溫飽，但是想有什麼餘錢是不可能的了。

不然上回藍氏也不會搜刮了大半天，才給喬明瑾塞了十五個銅板。

喬明瑾想到自家的情況就嘆氣不止。

她要是和離了，回娘家真真是個拖累……喬明瑾一陣恍惚。

在娘家又住了三天。

第四天，她估摸著岳仲堯該旬休回家來了，便想著帶女兒回下河村。

之前出來時對吳氏還說只住兩天的，這都住了三、四天了，想必吳氏不跳腳，那兩個妯娌也該罵人了。

跟雲家人打了招呼，又跟自家人道了別，母女倆便拎著包袱要往村外走。

藍氏追上來叫住她，看著她道：「瑾娘啊，妳不要有什麼負擔，別想那麼多，咱家雖窮，也有妳母女兩人一碗飯。祖母和妳爹娘都是希望妳過得好的，妳要是過得不如意，我和妳爹娘也是睡不踏實。」

喬明瑾聽完眼睛酸澀，不作聲，只是連連點頭。

喬母在一旁看著她抹著淚，喬父則深深地看了她一眼，道：「仲堯回來，妳就打發人回來跟我們說一聲，我可是要過去找他的。」

「嗯。」喬明瑾應了一聲，欲牽了女兒往村外走。

琬兒抱著明玨的大腿哭得響亮，死活不要回去。

明玨抱了她在懷裡，怎麼哄也哄不住，遂帶了她和幾個弟妹連送了好幾里路。

喬明瑾這才抱著哭得喘不上氣的琬兒大步走了。

第四章

岳仲堯是喬明瑾回來的次日中午到家的。

回來時，手裡還拎著好大一串五花肉，瞧著能有個十幾斤。

吳氏在門外見了，忙上去搶了過來，心疼得直念叨。「這得要多少錢啊？這個敗家玩意！這不是過年過節的，吃什麼肉？吃了這麼多年鹹菜也沒怎樣！」她拎著那肉快步進廚房，眼睛還狠狠地往喬明瑾那邊剜了好幾眼。

小琬兒嚇得直撲在喬明瑾的大腿上，眼睛緊緊閉著，也不敢抬頭。

女兒一回到岳家又是這副怯懦的模樣，喬明瑾唯有無奈地嘆息。

岳仲堯手中的肉被他娘快速地搶走了，愣了愣，回過神來，也不理會他娘的絮叨，轉頭看喬明瑾母女，很是高興，大步上前問道：「瑾娘，妳可好些了？」

喬明瑾看著眼前這個男人，個子高眺，腰身精壯，劍眉星眼，面容瞧上去也很男人的感覺，若是再換上一身錦衣長袍，跟那大門大戶裡出來的公子少爺也並無二致。

喬明瑾淡淡地開口回道：「都好了。」說完又低頭去摸女兒的頭髮。

琬兒從她的腿上抬頭看了喬明瑾一眼，喬明瑾就朝她笑了笑。

岳仲堯眼裡一陣黯淡，瑾娘這麼溫暖的笑容竟不是對著他的。

不過，他很快斂了神色，伸手去把琬兒撈了起來，高高地舉著，臉上堆著笑，說道：「琬兒想不想爹啊？爹回來了喔，還給琬兒帶了肉呢，晚上給我們琬兒熬肉粥喝好不好？」

琬兒乍一被岳仲堯撈起來，嚇得尖叫了聲，往喬明瑾那邊使勁看去，見她娘沒有動作只朝她微笑，這才扭頭看向她爹，黑葡萄一樣的眼睛緊緊地盯著岳仲堯，長長的睫毛眨啊眨，兩隻小手緊緊地攀著岳仲堯的手臂，只看得岳仲堯心裡軟成一灘水。

女兒這小身子也沒比他拎回來的那塊肉重多少，岳仲堯心裡不免一陣心疼。

小琬兒聽她爹說到肉粥，剛想咧嘴點頭，那頭吳氏就端了個盆子裝著那塊肉從廚房出來了，手裡還捧著一小碗鹽。

她聽了岳仲堯的話就瞪著眼睛喝道：「吃什麼肉粥？地瓜粥不能吃啊？當這是哪裡？還想吃龍肉呢！這肉得醃起來，家裡有客或是逢節時再吃！」

小琬兒一聽到吳氏的聲音，立刻就趴在岳仲堯的肩上不動了。

岳仲堯看著明顯受到驚嚇的女兒，皺著好看的眉對他娘說道：「娘，吃一回肉怎麼了？再說孩子還小，哪能回回都跟大人一樣吃那些粗糧？再說瑾娘這也才剛好，還得補一補。」

那頭，孫氏和于氏本來看到岳老三拎著那麼大一塊肉回來，早已按捺不住內心的歡喜，她們可是好久都沒吃到肉了，正想著終於能吃肉了，又聽吳氏要把它給醃起來，心中暗恨。

現在聽他說這肉是給喬明瑾和琬兒吃的，又不免撇了撇嘴。

吳氏一聽他這麼說更是炸毛，跳起來道：「她們年紀輕輕的，哪裡就要吃肉了？我兩個孫子都沒吃到呢！再說這一塊肉得要多少錢？這還沒到發餉的時候，錢又是哪裡得的？是不是又找誰借了？還是街上誰人孝敬的？」

且說這岳仲堯當上捕快後，經常有街上的一些鋪子、攤子給他們這些捕快一些自己賣的東西做為孝敬，一來感謝他們幫著維持秩序，二來也是巴結之意。

岳仲堯這些捕快們有時候還能收到這些小商、小販們塞的一些小錢，若是幫了他們的忙，還有別的一些好處什麼的。

吳氏就時不時地都要問上一遍，生怕岳仲堯把這些東西私藏了或是拿給喬明瑾，更是擔心喬明瑾把這些好東西拿去孝敬她娘家了。

岳仲堯眼看著喬明瑾過來把懷裡的女兒接過去，轉身就看到母女倆進了房。

看著空空的手，他皺著眉頭對吳氏說道：「娘，我自個兒掙的錢，我給我女兒吃些好的怎麼了？這肉是肉攤老闆送的，要不我也買不到這麼多。既是旁人送的又不花自己的錢，還有什麼可心疼的？再說琬兒還有東根幾個都還小，苦了大人也不能苦了孩子，總不能讓孩子老吃那些鹹菜粗糧吧？」

孫氏和于氏在一旁連連點頭，不時附和一、兩句，說孩子可憐什麼的，想到自家孩子見別家孩子吃肉，那口水都要滴到地上的樣子，心裡也跟著疼。

岳小滿聽了也跟著勸，吳氏這才心不甘情不願地切了巴掌大一塊肉，說晚上混著菜炒一炒，給大夥解解饞。

岳仲堯進了屋子，瞧見自家娘子和女兒在床上玩得高興，嘴角也跟著揚了揚，走過去坐在床沿，捏了捏琬兒沒幾兩肉的臉蛋，道：「琬兒和娘玩什麼呢，也教一教爹啊。」

小琬兒扭頭看了自己的娘一眼，又看向自己的爹，把手裡抓的石子伸給他爹看，小手攤開，奶聲奶氣地道：「撿石子。」

「喔，撿石子啊，怎麼撿的？」

岳仲堯看著女兒小小的手裡幾顆磨得光滑的小石頭問道。

小琬兒一聽，臉上就揚起大大的笑容，把手伸回來將石子往床上一撒，抓了一顆就往上拋，等掉下來時再迅速抓起床上的一顆石子，再跟著接住剛才往上拋的那一顆，如此來回，直到把床上的石子抓完。

只是小手還笨拙得很，不夠靈活，往上扔的石子總也落不到手裡，卻不見她氣惱，撿起來又朝上扔，來回重複。

岳仲堯看懂了，娘子這是要鍛鍊孩子手指的靈活度呢。

這遊戲不錯，眼睛、頭腦、手指都要跟得上才行，一個人能玩，幾個孩子一起也能玩的，很適合琬兒。

岳仲堯一臉欣賞地往喬明瑾那邊看去，卻發現喬明瑾根本就沒看他，只是笑咪咪地看著女兒，不時還會鼓勵一、兩句，而女兒得了鼓勵，更是興致盎然，玩得更加高興。

岳仲堯很是享受這樣的時刻。

晚飯時，岳仲堯為了讓喬明瑾能好好吃飯，把女兒抱到大桌上坐了，親自餵女兒。

琬兒被吳氏瞪了一眼，嚇得要溜下去找她娘。

岳仲堯見了反瞪了吳氏一眼，把女兒緊緊箍在身前，讓她坐在自個兒大腿上，親自舀了飯餵她，還連挑了好幾塊燉得爛爛的肉挾到碗裡餵女兒，被琬兒偏著頭送了好幾個笑臉，他一時便覺得歡欣無比，一點都不理會旁邊氣悶的吳氏。

喬明瑾則一邊吃飯一邊看向父女兩人，見岳仲堯餵得很好，女兒也很乖讓她爹餵著吃飯，就撒手不管了。

只是分到他們這一桌上的菜本來就不多，還被孫氏和于氏早早撥進了她們自個兒的碗裡，喬明瑾看著沒剩多少的菜，臉上一絲神色也無，連眉頭都不皺一下，只端著自己的碗吃飯。

吃完飯後，喬明瑾去廚房燒水給自己和女兒洗澡。

她每天都是要洗了澡才能睡的，被吳氏罵說浪費柴火也不改初衷。

吳氏看她幾乎每天都去撿柴火，也就不再說什麼了。

而家裡其他人則都是到水井邊去洗。男人洗完回來，吳氏和兩個媳婦再帶著幾個孩子去。

岳仲堯從井邊洗完澡回來，推開房門，見屋裡還點著一盞油燈，母女兩人還沒睡，正躺在床上悄聲說話。

岳仲堯嘴角揚了揚，脫了外裳也往床邊走去。

岳仲堯推開房門的時候，喬明瑾是知道的，卻沒有作聲。

家裡並沒有多餘的房間，且她如今已是好了，若把岳仲堯推出去，只怕眾人都會覺得奇怪得很。

再說兩人也生了一個女兒了，喬明瑾也沒那麼矯情，只要他不碰自己就行了，同睡一張床也沒什麼。

「琬兒還沒睡嗎？在跟娘說什麼悄悄話呢？」

岳仲堯掀開床上的一張被子躺了進去，而那頭，母女倆則同蓋了另一床被子。

岳仲堯瞧著，眼神便有些黯淡。

不過來日方長，自己又離了母女倆四年，只想著以後有得是時間，也就沒那麼糾結了。

琬兒從被子裡抬起小身子往岳仲堯那邊看了看，她還是第一次和她爹睡一張床呢，感覺有些興奮，看著她娘問道：「一起睡嗎？」

見喬明瑾朝她點頭，乾脆站起來朝岳仲堯那邊看去。

岳仲堯見狀笑了笑，一把撈了她過來，放在他和喬明瑾中間。

他可是一直盼著能和女兒好好親近呢。

喬明瑾看了看他，想了想，這樣也好，女兒睡在中間，也能少些尷尬，便讓女兒躺進岳仲堯的被窩，自己則面朝裡地躺下了。

琬兒看了看她娘，又看了看她爹，剛想鑽她娘的被窩就被爹撈到胸前說起話來。

喬明瑾耳邊聽著父女兩人悄聲說話，只聽了一會兒便迷迷糊糊睡去。

次日一早，母女兩人醒來時，岳仲堯已不在床上了。

母女倆快速打點好，就要推開門走出去時，聽到吳氏尖銳的聲音傳來。「我跟你說話你聽到沒有？上次親家母過來就說了，讓你盡快請人上門求親換庚帖，她家媚娘都過十七歲了，你還想讓她等到什麼時候？」

話音剛落，就聽到岳仲堯略顯無奈的聲音。「娘，我這才回來，妳就讓我急著娶新人，別人要怎麼看我？再說瑾娘一個人幫我把孩子帶大，我哪能一回來就做這樣讓她傷心的事？」

「她憑什麼傷心？沒給我岳家生個孫子也就罷了，還好你平安地回來了，若是你有個什麼不測，沒給你留後，她就是我岳家的罪人！人家柳恩公救了你的命，又不說讓你做什麼為難事，只讓你娶他家女兒，做那忘恩負義之人，別人就高看你一眼了？」

岳仲堯分辯道：「我沒想做忘恩負義之人，我也沒說不娶她，我就是想再等一段時間。」

又聽吳氏大聲說道：「等等等，等到什麼時候！等到柳家把錢都花完了，再把人娶回來嗎？娶一個吃白食的回來有什麼用？」

岳仲堯一陣無力，娘什麼時候變成這樣了？

又聽吳氏繼續大聲道：「你一個月八百文要什麼時候才存夠二十五兩銀子？有那銀子，我就能給小滿找個鎮上或是城裡的婆家了，將來對你也是個幫襯。」

隨即聽到岳小滿的聲音傳來。「娘，我不要別人的錢！」

喬明瑾拉著女兒站在門口不動，琬兒也安安靜靜地牽著她娘的手站在旁邊。

喬明瑾看了乖巧的女兒一眼，說道：「娘陪琬兒玩撿石子好不好？」

琬兒點頭，喬明瑾便又牽著女兒回到房內。

中午吃過飯，大家都在家歇息的時候，得了喬明瑾傳信的喬家人和雲家人趕來了。

岳家人一陣錯愕，吳氏則有些心虛地扭身進了廚房，孫氏和于氏則有些興奮，帶著些看好戲的樣子站在院內，只有岳仲堯一臉歡喜地迎了上去。

「岳父、兩位舅舅、珏弟、表哥，你們怎麼來了？」

喬父橫了他一眼，道：「怎麼，我們不能來？」

岳仲堯看喬父一臉嚴肅，口氣還有些衝，便急忙開口道：「不是不是，只是路遠著，要是通知小婿，還能叫了車子去接你們。」

雲錦瞥了他一眼，道：「那倒不用，你是大忙人，我家妹妹在你家被人推得傷在床上十來天，都沒人記得通知我們一聲，我們也不敢指望能有那車接送。」

岳仲堯聽了，就往躲在廚房門口的吳氏那裡掃了一眼。都是他娘，還說沒什麼大事，路又遠，來一趟也不方便，才沒叫人通知。

老岳頭迎上來打招呼，和三個兒子一起連忙把人迎進了堂屋。

明玨朝喬明瑾打了招呼，就把一臉歡喜的琬兒撈起來抱在懷裡。

岳仲堯回頭看到女兒在小舅子的懷裡笑得那麼開心，眼神有些複雜，看了母女倆一眼，隨即也跟著進了堂屋。

喬明瑾也抬腳準備跟著走進去，吳氏連忙從廚房溜過來，在堂屋門口站著，眼睛狠狠地剜喬明瑾。

只是喬明瑾連看都不看她一眼，惹得她又是一陣氣悶。

堂屋裡，眾人落坐後，還沒等老岳頭開口，喬父就對著岳仲堯說道：「聽說你要娶新人了？還是平妻？」

岳仲堯訕訕地低頭，好一會兒才說道：「我這條命是被人救回來的……恩公託我照料他的家人。」

雲錦聽完嗤了一聲，道：「讓你照料，又不是讓你一定要娶了他家的女兒，我看是你自己想坐享齊人之福吧？還說得這麼冠冕堂皇！」

吳氏在外頭撇嘴。不娶回來怎麼照料？她家哪有餘糧照料外人？

老岳頭看了低著頭的兒子一眼，說道：「這事……仲堯原也只是想著平日裡多關照些也就是了，不想那家沒了爹，就剩孤兒寡母的，也是可憐。他們要求仲堯娶了她，也只是想得個依靠罷了，不會影響瑾娘的。」

小舅雲方榭便叫了起來。「孤兒寡母可憐，怎不看看我外甥女是不是可憐？這四年來，她任勞任怨，在家幫著照料老人，又一個人帶大孩子，你這一回來就來這麼一手！你們要娶，當個妾也是抬舉了，還要當平妻，當我們瑾娘是什麼？」

岳仲堯聽了只埋著頭不說話。

老岳頭只好又答道：「原也是讓她做妾的，只是她家卻不願意，說也是清白閨女，她爹又救了仲堯一命，哪裡能做妾？我們也是推不過才答應的。」

大舅雲方桓便說道：「飲水思源，要報恩，我們不攔著，但瑾娘的心情，你們顧過嗎？要知道你家仲堯要是回不來，我這外甥女可是要守活寡了。你家有三個兒子，新婚幾個月，就讓她的夫婿上了戰場，頂了兩個兄弟的名額，我外甥女在家苦守了四年，好不容易把人盼回來了，你家立刻就要娶新人，還是平妻，你們家這是要打我們喬家和雲家的臉呢，有你們這樣做事的？」

岳仲堯父子倆一聽，皆垂著頭不說話了。

吳氏一聽急了，可不能讓他們把這門婚事攪沒了，不然她可上哪找二十五兩銀子去？便跳出來說道：「我們家怎麼做事了？你們怎麼不替我兒子想想？他那條命要不是讓人救了回來，瑾娘還不是要守活寡？不感謝人家也就罷了，如今人家甘願屈居在她之下，你們倒是還來拿喬！」

喬父聽了氣得說不出話來，胸膛一上一下喘得厲害。

喬明玨怕他犯病了，連忙把琬兒放下，過去幫他撫背。

岳仲堯見狀也站起來推著吳氏。「娘，妳到外面去。」

「我做什麼到外面去？人多就欺負人啊？這是要讓我兒子揹上忘恩負義的名聲啊？」

老岳頭聽她過來添亂，馬上喝道：「給我閉嘴！」

吳氏只好恨恨地閉上了嘴巴，不過也沒出去，在堂屋裡站得直挺挺的，不時還拿眼剜一下喬明瑾。

雲錦也是氣得夠嗆，站起來說道：「岳仲堯，你怕揹上忘恩負義的名聲，就不怕別人說你薄情無義？新婚妻子在家守了四年，好不容易把你盼回，你倒好，一回來就要娶新人，當我們喬家和雲家都是死人呢！」

岳仲堯急急分辯道：「不是不是的，我即便娶了她，也不會影響瑾娘什麼，我不會虧待瑾娘的。」

雲錦聽了便道：「放屁！都娶了新人了，還不影響我妹妹？等新人生了兒子，我妹妹在這個家裡還有什麼地位？現在她娘倆就不受待見了，將來有個說風是雨的人進來，她母女倆還有什麼活路？你是能天天守著她們，還是寸步不離地看著？」

雲方桓掃了雲錦一眼，道：「怎麼說話呢？」面上斥自個兒兒子，心裡卻覺得兒子說得好，又接過話開口道：「你家我也看過了，連一間多餘的房間都沒有，你想新房放在哪裡？

要我外甥女給你騰地方？」

岳仲堯倒是從沒考慮過這個問題，事實上，他從來沒覺得他要娶新人了。

岳仲堯便道：「自然不會，家裡再蓋一間就是了。」

雲錦又嗤道：「你倒是偏心，讓我妹妹住舊房，你蓋了新房給新人住。」

岳仲堯便急著說道：「不是不是，那新蓋的房子就給瑾娘和孩子住。」

喬明玨便悠悠開口道：「那還不是讓我姊給你們騰地方？」

岳仲堯恨不得去撞牆，他從來不知道自己這麼笨嘴拙腮。

孫氏和于氏就躲在堂屋外面聽著，一聽要給他們蓋新房，立刻就站不住了，抬腳就想往屋裡挪。

吳氏比她們更快，立刻跳起來說道：「蓋什麼新房？家裡哪有銀錢蓋新房？家裡還有一間倉房，我跟親家母都說好了，先讓瑾娘母女搬過去住一段時間，讓她把房間騰出來，等下半年糧食打上來了，若有餘錢再搭間木頭房間。」

岳仲堯聽了忍不住撫額，這不是火上添油嗎？連忙衝他娘大聲道：「娘！」

雲錦和雲方榭聽了吳氏的話，同時跳了起來。「現在糧食還沒種，還要等糧食打上來？憑什麼她們母女要住柴房，她們犯什麼錯了？沒聽過大婦要給小妾騰屋子的！」

岳仲堯立刻急忙說道：「不會的、不會的，她既然非要嫁給我，我就這個條件，她愛嫁不嫁，我是不會讓瑾娘給她騰屋子的。」

吳氏又跳起來說道：「不騰房間，媚娘那些嫁妝要往哪裡擺？親家母可是說好了，要給媚娘陪嫁一些大件的，要是房間太小，就不陪過來了。」她又看了喬明瑾一眼，不無得意地說道：「若是瑾娘也有大件的嫁妝，自然小房間也是放不下的，也就不用挪了。」

喬明瑾笑了笑，敢情這是說她嫁過來沒陪嫁呢。

岳仲堯聽完，又衝他娘揚聲道：「娘！」

吳氏卻無動於衷。

喬父看了這個女人一眼，又看了這一屋子的岳家人，心中暗悔，當初怎麼就瞎了眼了，把女兒嫁到這樣的家來。

喬父深深吸了一口氣便道：「那就和離吧，瑾娘歸家，我們喬家養活她，琬兒我們也帶走，不勞你們操一丁點心。」

岳家人聽了一愣。

吳氏隨即大喜，正要點頭，岳仲堯則臉色發白，腳底有些發軟，不確定地開口道：「岳父何出此言？瑾娘是我明媒正娶的髮妻，為何要和離？」

老岳頭也起身勸道：「是啊，這就是再娶一個女人罷了，用不著和離啊。瑾娘這些年為這個家所做的，我們心裡都有數，再說這和離了，我家仲堯哪還有什麼名聲？」

雲錦聽了便嗤笑道：「這是要當婊子還想立牌坊呢。娶了新人，他還有什麼名聲？薄情無義，拋棄糟糠，能有什麼名聲？」

岳仲堯急急分辯道：「我沒拋棄她們母女，我會對她們好的，以後不會變。」

「現在說得好聽，誰知道以後怎麼樣？反正要麼不娶要麼就和離，她們母女歸家。」雲小舅大聲說道。

「不、不，我不要和離！」

岳仲堯說完，定定地看了瑾娘一眼，心裡一陣陣發緊，這怎麼就鬧到要和離了？

老岳頭看了一眼恍惚的兒子，想了想便道：「若是和離，琬兒是不能帶走的，她畢竟是仲堯的骨血，我們不能讓人笑話我們家連個孫女都養活不起。」

老岳頭想著這個媳婦這麼疼孫女，聽到孫女要被留下來，肯定不會走，到時就皆大歡喜了。

吳氏剜了老岳頭一眼，少一個人吃飯就能省下一份口糧，又不是孫子，留下來誰帶？

岳仲堯眼神恍惚，只嘀咕道：「我不和離，我不和離……」

吳氏看他這樣，氣不打一處來，眼睛轉了轉，便道：「我家不和離，想讓我兒子揹上不好的名聲，讓他沒了差事，想都別想！琬兒是我們家的孫女，誰也別想帶走！」

吳氏想著先藉琬兒拿捏他們一二，到時搞不好他們為了把琬兒領走，還會拾一些錢財下來呢，到時，可得多要一些，如此想著，心裡便美滋滋的。

喬父見事情僵在那裡，便開口道：「那就請你們岳家的族長來說話吧。」

喬明瑾看著沒人動彈，就轉身走了出去，岳仲堯見了大急，忙喚道：「瑾娘，我不和離！」

喬明瑾並不理會岳仲堯的叫喚，到隔壁找了秀姊，讓她到族長家跑一趟，說完又轉身回來了。

在院中，孫氏、于氏和岳小滿都圍住她，于氏問道：「三嫂，妳真的要和離？這和離了哪有什麼好日子過？」

岳小滿則圍上來說道：「三嫂，不要和離啊！三哥會很傷心的，再說琬兒還小，少了誰都不好啊。」

喬明瑾看著她們笑了笑，沒有說話。

不一會，岳姓族長就到了，六十歲左右的人，身子硬朗，精神矍鑠，隨行來的還有兩個族裡的老人。

岳族長看了喬明瑾一眼就進屋去了。

秀姊便拉過她到一邊說話。「真的決定了？」

喬明瑾點了點頭。

秀姊嘆了一口氣。「可是孩子怎麼辦？岳家不一定會把孩子給妳。」

「吳氏會同意的。」

吳氏本來就不待見琬兒，說她吃了白食，只要給她錢，吳氏會同意的。

這次喬明瑾沒有進屋，只和秀姊一邊在外頭說話一邊看女兒玩撿石子。

堂屋裡卻爭論得很激烈。

吳氏嗓門很大，說絕不退柳家那門親，拿銀子補償柳家什麼的她統統不答應。開玩笑，拿不到錢不說還要倒貼出去？跟割她的肉有什麼區別？

而喬父和雲家兩位舅舅對岳家也越來越不滿，岳仲堯對不起瑾娘不說，吳氏還要瑾娘母子為妾騰出屋子，是人都不會做這種刻薄的事。

而岳仲堯則堅持不肯和離。

岳族長被吵得頭很疼。

他是瞧著瑾娘這四年怎麼過來的，見她好不容易把夫婿盼回來，便得到這樣的待遇，心裡也很不舒服。

可是和離了，讓瑾娘帶著琬兒走，不說岳家不同意，他也不會同意的。

這要是傳出去，他岳家的兒郎們還怎麼說親？

若是傳出去岳家的男人都是薄情無義的，他岳家的男人都要當老光棍不成？

再說他那位族兄還在京中當官呢，這要是被人攻訐，恐怕會影響到他的仕途。

岳族長想了想便說道：「那就讓仲堯拖一年再娶柳家的閨女好了，待瑾娘生下兒子，仲堯再娶，這樣瑾娘也有兒子奉養了。一年內，你家再攢錢給瑾娘母子蓋間新房，並答應不可委屈了她們。」

吳氏聽了便跳起來，高聲道：「若是她還生女兒呢？難道還要讓我兒再等一年？那柳家的閨女都多大了！再說人家憑什麼等老三那麼久？人家救了老三一命，做平妻已是極委屈了，還要讓人家等？」

岳族長聽吳氏這麼一說，真想上前去抽這個婆娘一巴掌。

方才看喬家、雲家的臉色，已是在考慮他的提議了，可這婆娘又來攪和……隨即狠狠地瞪了老岳頭一眼。

老岳頭便衝吳氏喝道：「有妳什麼事？」

「怎麼沒我什麼事？我生的兒子，我怎麼不能說話作主了？」

吳氏心中著急萬分。拖一年？不說柳氏願不願意等，就說她家兒子還在讀書，萬一把銀子都花用在她那兒子身上，若時間長了，不陪嫁銀子過來了，她豈不是要雞飛蛋打？想拖一年，沒門！

岳仲堯瞪了他娘一眼，便道：「我願意聽族長的，等瑾娘生了兒子再娶那柳家閨女。」

喬父不說話。

和離是下策，這世道女子和離了，哪有幾個能過上好日子的？

既然岳仲堯不願背負忘恩負義之名，等瑾娘生了兒子，想必他也會看在兒子的分上，高看瑾娘一眼，到時，瑾娘的地位也會穩穩的。

喬父和雲家兩個舅舅對視了一眼，覺得拖一年倒是可以接受。

也許一年之後，柳家那個女兒遇上更好的人家呢？豈不是皆大歡喜？

而吳氏卻死不同意，不顧岳仲堯的意思，死活要馬上抬人進門，眾人便又爭了起來，老岳頭和岳仲堯拉著吳氏都不能讓她閉嘴。

喬明瑾走了進來，看了眾人一眼，說道：「那就別居析產吧。」

眾人齊齊一愣，皆看向她。

吳氏叫道：「什麼別居？什麼產？」她只聽到什麼別居，這是要分她家財產？想都別想！

眾人也皆不解，只有喬父眉頭揚了揚。

喬明瑾上前一步，對著岳族長和兩位族老說道：「大魏律，夫妻若是和離不成，可以分割財產，夫妻別居，兩處過活。別居之後，夫妻名分不變，孩子的地位也不變，可以選擇任一方跟著生活。分居期間，夫妻各自所得財產也歸雙方各自所有，男方則要出房屋供女方居住，孩子若選擇跟母方居住，父親仍要盡撫養的義務。分居期間，不履行夫妻義務。」

喬明瑾那天回娘家，就在喬父的書房翻了那本厚厚的大魏律，沒想到竟讓她找到這麼一條律法。

她本意是想和離的，如今和離不成，她又想要孩子，那麼這條律法無疑是給她開了另一扇窗。

這條律法在一些人看來，不過是那些道貌岸然的大家子弟想當婊子又想立牌坊的一個證明罷了。多少大族子弟，因著某些原因不得不娶了與家門利益相關的女子，可雙方又無恩愛情義，卻又不能休離，便起了這麼一條律法。

女子保持嫡妻頭銜不變，嫡子的地位也不變，且夫妻名分仍在。弄出這麼一個別居析產來，男方能離了不想見的人，又能再娶別女逍遙快活。

且看似由男方提供居所，其實不過是丈夫們怕原妻給他們鬧出什麼不好聽的事來，給他們面上抹黑，變相地圈著原妻罷了。

不過不管別人怎麼想，這條律法對她目前來說是再好不過。

目前的情況下，她放不下琬兒，也不想跟岳家有什麼牽扯，更不想跟岳仲堯過夫妻生活，且她又身無餘錢，更不想拖累娘家，影響弟妹嫁娶的名聲，如此正好。

岳仲堯要娶新人，儘管娶好了。

且等她緩幾年，她也不想另嫁，有著一個和離的名聲還要應付各種騷擾，等過幾年琬兒也大了些，慢慢再想法子，讓她把這大魏朝摸熟了，到時再和離什麼的也容易得多。

喬父聽女兒這麼一說，眼睛亮了亮，這的確是目前最好的解決辦法了。

若瑾娘和離，自家雖不缺她母女倆住的地方，也不缺兩人一口吃食，但是岳家是決計不會讓琬兒跟著瑾娘的。

這樣正好，過上一、兩年再看情況，也許岳老三有了新妻佳兒會自願放手也說不定，也或者，這一、兩年會有什麼變故也不一定，他心裡還是不想女兒和離的。

岳族長和兩位族老也相互看了眼，沒想到還有這樣的律法，這樣也好，皆大歡喜，不影響族中兄弟的官聲，也解了岳家的局。

岳族長想著只要妻子名頭不變，等瑾娘自己過上一、兩年，就知道自己帶一個孩子是多麼不容易的事，到時自會乖乖回到岳家來。

而吳氏只要保住自家兒子和柳媚娘的婚事便萬事不管，離得遠遠的更好，眼不見心不煩。

岳仲堯則整個人都呆住了，目光愣愣地盯著喬明瑾不放。

為什麼這麼想離開他呢？雖保住夫妻名頭，可是不履行夫妻義務，那還是夫妻嗎？自己要娶柳媚娘真的讓她傷透了心嗎？

外頭三妻四妾的男子那麼多，再說自己對她的感情又從沒變過，那四年裡，自己無時無刻不想著她、不念著她，為什麼要離了他呢……

岳仲堯只覺得心裡一陣陣鈍痛，痛得他不能呼吸。

很快事情便定了下來。

岳族長為了一些原因，讓喬明瑾仍是住在下河村，喬明瑾想了想就答應了下來。

雙方便當著岳族長的面簽了文書。

「一、夫妻雙方自願協議別居析產，岳仲堯提供居所一處。二、別居期間，雙方各自取得的錢物歸各自所有。三、孩子歸喬明瑾撫養，岳仲堯每月出錢糧盡為父義務。四、別居期間，不履行夫妻義務。」

岳族長讓岳仲堯出二兩銀子買下村中絕戶四太爺爺的屋子，給喬明瑾母女居住，並讓岳仲堯每月付一百文錢撫養琬兒。

吳氏聽了直接跳了起來。「好好的日子她不願過，要瞎折騰，還想我們家出錢？門都沒有！要是養不起琬兒，就把琬兒放在我們家，我家也不差她一口飯吃。」

喬明瑾為了以後能落個清靜，聽吳氏說完便對岳族長說：「這兩條都不要寫了吧。我也不要他每月給琬兒錢，我自己能養活孩子。四太爺爺那屋子族長能不能先借給我們母女兩人住著？一年內，我一定把錢湊齊了給族長。」

岳族長和兩個族老相互看了一眼，心裡也是極同情她的，便說道：「好吧，反正那房子都空了兩、三年了，也沒人買，平時也就我家拿來放些東西，妳先安心住著，一年內把錢給了族裡就成。那房子雖然在村子周邊，不過卻是泥坯做的圍牆，可比妳家現在這個籬笆牆好了不少，到時把門一關，別人也進不來，妳母女兩人住著也不會害怕。」

喬明瑾屈膝朝他們三位行禮道謝。

母女兩人還要繼續在下河村生活，以後說不定還要族裡多關照一些，姿態擺低一點總是好的。

岳族長有些感慨，這麼好的媳婦岳家都不留，反倒要把那挾恩以報、莫名其妙的女子當寶抬進來，將來有吳氏苦頭吃的。

他搖了搖頭，也不願再多廢話。

各自生活，如人飲水，畢竟那是人家的家事，他就是族長也干涉不了別人的家事。

事情辦妥後，岳族長就和兩個族老一起走了，臨走時說鑰匙一會兒讓他家孫子送過來。

事情辦成這樣，喬父和雲家兩位舅舅也都鬆了一口氣。

雖然並不是他們的初衷，不過這種結果也算是目前最好的了。

很快，族長的孫子就把鑰匙拿過來。

喬父便和雲方桓等人離開岳家，一起朝那屋子走去。

琬兒被明玨抱著，秀姊則拉著喬明瑾在後面低聲說話。

岳仲堯呆愣愣地跟著，眼睛呆滯，沒有焦距，任吳氏在後面叫他也不理，只呆呆地跟在眾人後面。

孫氏不知還有什麼別居析產的律法，倒沒想到這喬明瑾竟真的有決心一個人帶孩子，嘖嘖嘆了聲便也跟在後面去看熱鬧。

于氏和岳小滿相互看了一眼，也跟了過去，只把吳氏氣得跳腳。

且不說吳氏在家如何折騰，只說這一行人到了四太爺爺的房子。

房子不大，分了左右及上下四間房間，堂屋在四間房間中間，右上、左上兩個房間的房門是開在堂屋裡的。

可能四太爺爺家裡沒多少人，也沒建廂房，就建了一間柴房和一間廚房，所以院子顯得很大。

院中種了兩棵石榴樹，還有一棵桂樹，沒人打理，滿是雜草，都長得有膝蓋高了。屋頂有些露光，看來還得再補些稻草。

這四太爺爺祖上幾代單傳，也沒人跟他分家產，傳到他手裡，倒是有二十幾畝良田，老倆口日子過得頗為寬裕。

所以這圍牆不像鄉下的籬笆牆，是用泥坯堆起來的，估計是怕泥坯牆不牢靠，建得還挺厚，大概有個兩、三寸的樣子，高度有近兩米。

雖在村子周邊，但喬明瑾看了極為滿意，等到把大門修一修，有錢時再換一扇更牢靠的，夜裡把門閂上，再添一條狗，便什麼都不怕了。

院子大，到時在院中再開些菜地，種些菜，也不怕人偷了或是牲畜糟蹋了什麼的。

喬父看了看她，和雲家兩個舅父商量，趁他們還在，正好把院子幫著收拾了，看女兒這樣子，估計也是巴不得早些搬過來的。

秀姊回了自家拿了些工具，又幫著在村子裡要來好些稻草、借來梯子，雲錦便帶著幾人修起房屋來。

喬明瑾和秀姊拿著鋤頭在院中鋤起雜草來，小琬兒則幫著搬雜草，喬明瑾不時回頭瞧她一眼，臉上帶著寵溺的笑。

岳仲堯整個人還是呆呆的，愣著看了一會兒，眾人皆忙忙碌碌的，也沒人跟他說話。他自己站了一會兒，便也默默地幫著遞稻草做起活來。

這個院子並不是那麼破敗，屋頂弄了才小半個時辰不到就好了，剩下的活，喬明瑾一個人也做得過來，家具什麼的也不需要，只要添張床和廚房裡的用具就成了。

喬父和雲家兩個舅舅說明天會再過來一趟，幫著帶些東西過來。

喬明瑾看天色不早，便催著他們回去。

兩個舅舅走時一人給了喬明瑾一角銀子，兩個銀角子加起來，可能有兩百文左右。喬明瑾也不矯情，眼眶紅紅地收下了。

幾個人便駕著秀姊那輛牛車走了。

岳仲堯死活要送，也不等喬父同意就跳上車接過牛鞭，把人送出村去。

當天晚上，喬明瑾帶著女兒鎖了新家的門，仍是回了岳家。

吳氏冷嘲熱諷，說她既已別居，還回來做甚？飯都沒做母女倆的份。

岳仲堯心情不好，跟他娘吼了幾句，岳小滿想淘米重新煮一些，怎奈米缸是在吳氏的房裡，吳氏沒開口，她是拿不到米的。

還好隔壁的秀姊聽見了，拉著母女兩人到她家吃了一頓。

吃完飯回來，喬明瑾帶著女兒進廚房燒熱水，吳氏還要嘰歪，喬明瑾根本沒搭理她。

喬明瑾一趟一趟地提水往大鐵鍋裡倒，剛提了兩桶，岳仲堯就接了過去。

兩人都沒有說話。

水倒滿後，岳仲堯也沒離開廚房，拉了張板凳坐在廚房，看著母女兩人。

水燒開後，岳仲堯就快手快腳地搶了，把熱水舀到桶裡幫著拿回房。

母女兩人洗完澡，岳仲堯又幫著把髒水拿出去倒了。

自始至終，夫妻兩人都沒說過話。

小琬兒看看她娘，又看看她爹，也沒敢說話。

岳仲堯看著緊緊關著的房門，眼神越發黯淡，想說些什麼，卻發現嘴怎麼都張不開。

在母女倆的房門口徘徊了大半晌，才默默地轉身到倉房去了。

夜裡翻來覆去地睡不著，又起身對著緊閉的房門癡癡地望，在院裡轉圈撓頭，直到天露白方才迷迷糊糊地睡了。

次日一早，喬明瑾醒來，把母女兩人的東西一一收拾了，包了幾個大包袱，趁著岳家人還沒起，開始一趟一趟往新家那邊搬。

搬最後一趟的時候，女兒醒了，幫她穿了衣服，給她紮了頭髮，讓她抱著一個小包袱，母女兩人便推開岳家的籬笆門走了出去。

岳仲堯起來時，茫茫然還不知身在何處，左右看了看，才翻坐起來，推開倉房的門往自己的屋子大步走去。

吳氏和孫氏、于氏三人正在他的屋裡指指點點，吳氏還指揮著兩個媳婦看屋裡可有什麼東西少了。

岳仲堯扶著門框呆呆地望著，嘴緊緊抿著，臉色頹廢得厲害。

吳氏瞧不上他這副死樣，斥道：「瞧你那是什麼鬼樣子！下午趕緊給我回城，明天我就找媒人上柳家換庚帖去！」

岳仲堯沒理她，進去擦了兩把臉，又換了一件衣裳，便一言不發走了出去。

岳仲堯到時，就看到母女兩人蹲在院裡一邊勞作一邊說笑的樣子，心裡空落落地難受。他走了進去，一言不發，也跟著拿起鋤頭埋頭揮舞起來。

一個時辰後，院子裡就煥然一新。

喬明瑾直起腰，捏著拳頭捶了捶後腰笑得很是開心。

小琬兒也學她捏著小拳頭往自己的背後一陣亂捶，喬明瑾看了哈哈大笑。

突然門口一陣聲響，有輛牛車停下來，她隨即就聽到四妹、五弟的聲音。「姊、姊！」

「姨，舅舅！」

小琬兒反應過來，邁著小短腿奔了出去。

這趟是雲錦駕著秀姊的牛車來的，帶了一車的東西，還把明琦和明珩帶來了。

那邊，明珩已把小琬兒抱在懷裡，明琦就跟她說道：「姊，是奶奶讓我們過來的，說我和明珩在家也幫不上什麼忙，還浪費糧食，就把我們打發到姊這兒來了。」

喬明瑾聽了眼眶泛濕，摸了摸明琦的頭。

她奶奶這是打發兩個弟弟、妹妹來幫她。

她眨了眨眼睛，把淚意眨了回去，說道：「那我們幫表哥把東西搬進去吧。」

那頭，雲錦只看了岳仲堯一眼，並不像往常一樣向他打招呼，扭頭對喬明瑾說道：「妹妹，這一車東西都是家裡收拾出來的，可都是舊的，妳可別嫌棄啊。」

喬明瑾看著牛車上的東西，有棉被、褥子、木板、木凳、鍋碗瓢盆、菜刀、砍刀……還有一個小木頭箱子……

雖然東西都是舊的，但是樣樣齊全，還有米麵蔬菜，把東西歸置便可以開伙了。

喬明瑾的眼淚滾了下來。

雲錦看著難受，道：「妹妹，妳千萬別嫌棄啊，這都是家裡多的拿過來的，都是用舊了的，只是沒有床。小舅收拾了一床木板子，妳們先將就用著，過幾日，我們找人把床打好了，就給妳送過來。」

喬明瑾哽咽著點頭，轉身就幫著搬東西。

明珩和明琦也幫著搬，不像過去一樣叫「姊夫」了，搬著東西從岳仲堯身邊繞過，也不看他。

岳仲堯方才看到喬明瑾落淚，只覺得心像是被人揪住了一樣，瞬間不能呼吸。
見沒人留他，他神色黯然，也轉身回去了。

第五章

當天下午，雲錦走後，明珩和明琦留了下來。

下午，姊弟三個又在屋裡歸置。

岳家那邊已是沒有回去的必要了，那邊也沒有人來。

只是午飯後不久，岳仲堯一個人到了，和小琬兒說了兩句話，默默地開始幹活。也不知他從哪裡拖來的幾塊木板，把院門卸了下來就乒乒乓乓地修起門來。

喬明瑾也沒阻止他，如今兩人和離不成，還是夫妻關係，他還是琬兒的爹。

岳仲堯來了後，小琬兒就不時跑到他那邊，蹲在旁邊抬眼看他，岳仲堯就偶爾扭頭對女兒笑一笑，逗她說兩句話，心情也慢慢好了些。

喬明瑾瞧著女兒那樣，心中酸澀。

想來，女兒也是渴望有父親的，只是這麼長時間沒有接觸，有些別於其他孩子的親熱罷了，骨血裡的親近及天性還是有的。

下午，吳氏也跑過來，在門前往裡張望，看岳仲堯在門口修門，便吼道：「岳老三，讓你下午回城你怎麼沒回？明天我還打算請媒人上柳家提親呢！」

岳仲堯並不搭理她，見她在旁邊吵鬧個沒完，小琬兒都嚇得躲到她娘那邊去了，心情更是煩躁。「我什麼時候回去那是我的事，提不提親也由我說了算！娘非要提親，那就說給二哥和四弟吧，反正我們也沒分家，我這條命也不是我一個人的，人家既救了我，要的無非是個依靠罷了，嫁誰不是嫁？」

跟在吳氏後頭的孫氏和于氏嚇得心肝亂跳，忙一左一右拉了吳氏，一路勸著回去了。

喬明瑾對眼前的熱鬧，連眼皮都沒抬一下。

瞧著院裡也沒多少事做了，便把剩下的活交給明珩和明琦，並讓他倆在家裡照顧琬兒，她則準備到松山腳下耙些松毛、撿些柴枝回來燒火。

因時辰不早了，喬明瑾也沒往山裡進，只在山腳下耙松毛，撿一些掉在地上的枯枝。

這松山雖不高，但灌木極茂密，大的野物沒有，野兔、野雞倒是常見的，只是喬明瑾沒那手藝，也只能看著被驚得四處亂竄的野雞、野兔眼饞罷了。

喬明瑾走到方才野雞飛起的地方，撥開灌木叢仔細看了看，竟然極幸運地看見了五顆剛下不久、白花花的雞蛋。

喬明瑾大喜，連忙撿了起來，把它們塞在籮筐的松毛裡，又四下找了找，可惜再沒別的發現。

喬明瑾便停下，在附近走了走，揀塊乾淨的地方坐了，安靜地想娘倆以後的生活。

直到岳仲堯從另一頭走過來，才驚了她。

岳仲堯目光定定地看著她，剛才他看她一個人坐在地上發呆，心裡鈍刀切割一般的痛。

這會兒見自家娘子看向自己，忙斂了斂神色，把一隻瘸了腿的野雞遞到她的面前。

喬明瑾抬頭看了看他。

「拿著，不管怎樣，我都不會和離的，妳永遠是我的娘子，琬兒會一直是我岳仲堯的女兒，琬兒以後由我來養。」

喬明瑾臉上神色莫名，心裡竟有些酸澀，默默接了野雞，把牠放在籃子裡，用籃筐的麻繩略捆了捆，就要挑著擔子回家。

岳仲堯連忙走上來接過扁擔，輕鬆地挑了起來。

喬明瑾對著他的背影默默地看了一會兒，才跟了上去。

當天的晚飯很是豐盛，那個野雞炒了兩大盤菜，還有兩道雲錦今早拿來的鮮菜，五個雞蛋便留下了。

四個人吃得滿嘴流油，不說喬明瑾，就是明珩和明琦也是難得吃上一回這樣的肉。

晚上，四個人洗漱完，又窩在喬明瑾的床上說話。

喬明瑾看甥舅三個玩得高興，便也不去管他們。

屋裡的油燈還是大舅舅給送的，就這麼一盞，燈油並不多，估計燒不了幾天。

油鹽還能吃幾天，鮮菜也只能吃到後天，倒是還有秀姊帶來的兩罈子鹹菜，米麵大約能吃半個月左右。

但總不能一直讓娘家接濟吧？

喬明瑾屋裡的燈熄了後，過了許久，在屋外徘徊的岳仲堯才黯然離去。

次日，岳仲堯寅初就醒了，抹了一把臉爬起來趕路。

吳氏聽到他開門的聲音，也趕緊起了，胡亂披著衣裳起來，追出門問道：「老三，你什麼時候上柳家提親去？」

岳仲堯並不理會，吳氏又揚聲追問了一句，他一臉煩躁，回道：「娘沒聽到族長說等瑾娘有了兒子之後再娶嗎？如今非要娶也行，我說了我這條命不是我自己的，是全家的，她也不是非得嫁給我不可！」

說完頭也沒回，大步往村外去了。

吳氏氣了個倒仰，追上去罵罵咧咧，但又跟不上岳仲堯的步子，只能站著罵了幾句才轉身回來。

秀姊在隔壁聽到了，心中暗爽，天亮後就起身到喬明瑾新家，把這一幕說給喬明瑾聽。

喬明瑾聽了，也只是笑了笑，對秀姊道：「秀姊要不要跟我一起去撿柴火賣？」

「撿柴火賣？」

她經常上山撿柴火，還從來沒賣過呢。

喬明瑾點了點頭，道：「嗯。如今我手裡頭也沒有什麼錢，那菜地開出來，到收穫最少還得一個半月；做生意我又沒本錢，買針頭線腦做針線也是需要錢的，而且時間也不短；到外頭做活更不方便，我還有琬兒要帶呢。我想著，山裡的柴火倒是多得很，以前去集上也是見有人擔著賣的，便想著先撿些柴火來賣。」

秀姊聽了便說道：「可是我們這到集上還要走好遠呢，而且松山集只是一個集，也沒有鋪子、住家什麼的，怕是不好賣呢。」

「我是想拉到青川縣去賣，那裡人多，不管是住家用的還是酒樓鋪子、小吃鋪子、打鐵鋪子什麼的都是需要柴火的。我的確是走不動，就想著別人借秀姊的牛一天給十文錢，我也給十文吧，我撿上兩天就拉一車去賣，這是無本的買賣，也只有這個能讓我們母女賺個米麵錢。」

秀姊忍著心中酸澀，說道：「那也不用給我錢，我家那頭牛如今不是農忙，正閒著，妳用了，我便不須照料牠，且用去，我地裡的活也多，就不和妳一起了。你們姊弟三個撿上一天，也夠一車的，這也是目前最好的法子了。」

其實目前不是農忙，她也沒什麼活做，就是在地裡拔拔草、施施肥，只是瞧著母女倆可憐，不想分了她們的生意罷了。

喬明瑾心中有數，想了想便說道：「我是借了牛去做買賣的，就給妳十五文一天吧，比別人多給一些，不收錢我是不敢用的。」

秀姊連忙推辭，兩人推來推去，最後便定了十文一天。

秀姊也不耽誤他們，說了幾句話就走了。

喬明瑾洗了幾個地瓜，和著兩把米煮起稀飯來。

如今廚房的灶口雖有兩個，但鐵鍋只有一個，還是要再買一個煮飯的缽才好。碗也只有幾個，碟子也沒多餘的，這些都是要另外添的。

稀飯煮好之後，喬明瑾盛了四碗，又用一個大的粗瓷盆把鍋裡餘下的稀飯也盛了起來。

她又舀了三碗麵粉，和水準備做烙餅，一會兒要進山拾柴，為了多拾些柴，中午在山裡就不回來了。

一家四口很快便吃完早飯。

喬明瑾又用幾張大的樹葉把十幾張烙餅包了起來，然後用一節竹筒裝了鹹菜，再裝了幾竹節的涼開水。

最後她又去準備了柴刀、彎刀、麻袋、竹耙、麻繩等物，再把秀姊的牛套上板車牽了來，一家四口便上了山。

松山並不高，山腳到山腰也不陡，牛也是能上到山腰的。

待上到山腰，喬明瑾就讓明珩拉了牛去喝水吃草，明琦則拉著小琬兒興沖沖地到處撥著草叢找野雞蛋。

雲家村並不靠山，明珩、明琦如今上了山都是難掩興奮，不時還聽到小琬兒咯咯的笑聲，喬明瑾頓時覺得天高地闊。

叮囑三個人注意蛇蟲之類的，對他們做了一番吩咐，分工好了後，幾個人就各自行動了。

山裡枯枝很多，但柴火還是要大些、粗些的才耐燒，賣的銅錢才能多些。喬明瑾便專門找樹上粗些的枯枝或是整棵樹都枯了的，下刀去砍。

喬明瑾把柴刀綁在腰間，遇上枒杈多的，或是比車板長的枯枝，就用柴刀把它們分解劈短了，這樣也好放到車板子上，方便到集上。

忙了一下午，地上很快就堆了一大堆枯枝，及小山堆一樣的松毛。

這些怕已經不止一車了，下午再撿些，應該能賣個兩、三趟了。

最後，姊弟三人足足拉了三趟，才把當天撿的柴火拉回了家。

前面兩趟卸下來的柴火就放在院子裡堆著。

這段時間天氣好，也沒有下雨的跡象，放院裡也是無礙的。

最後一趟倒是沒卸，還放在車板子上，只是把牛繩卸了。

大大小小的柴火堆在板子上，足有三、四尺高，還用麻袋裝了好幾袋的松毛，壓得緊緊實實的，一麻袋足有七、八十斤重。

這松毛雖不耐燒，但是每家每戶引火都是需要的，粗大的柴火一下子可燒不起來。

卸了牛繩後，喬明瑾又用麻繩把車板子上的柴火前後左右固定好，免得一路晃動掉下來。

因為不知道松毛的價格，車上便只放了兩麻袋的松毛。

「姊，這一車能賣多少錢啊？」

明琦、明珩都沒賣過柴火，便開口問道。

「一擔的話能賣個十文左右，若是粗柴，十五文一擔也能賣的。這一車賣個五十文應該不成問題。」

兩人頓時高興了起來。

「可比爹掙得還多呢！姊，以後我們天天去拾柴火賣吧？」

喬明瑾聽完便笑了起來。「這天天去可吃不消。你們現在不覺得累，明天一早起來就累得走不動了，再說我們拾了還要拉到城裡賣，撿一天賣一天，正好能歇歇。」

兩姊弟直嚷著不累，小琬兒也在旁邊搖頭，奶聲奶氣說不累。

喬明瑾便笑了。

四個人煮了地瓜乾飯，又把昨天的雞肉熱了熱，再炒了一個菜，晚飯很簡單地吃了。

隨後，喬明瑾開始燒水供幾個人洗澡，又在自己兩條胳膊上敷了熱毛巾，不時地按揉，不然明天可是趕不了車了。

次日寅時初，天還沒亮，她便醒了過來。

兩條胳膊果然隱隱作痛，她卻仍是煮了一鍋地瓜稀飯，還烙了一些餅帶在路上吃。

弄好後，女兒和弟妹還沒起來。

喬明瑾想了想，到對門叫起明珩，還是讓明琦和琬兒待在家裡吧。

怎奈姊弟倆的動靜還是驚醒了明琦和琬兒，兩人對著喬明瑾一臉的委屈，眼淚汪汪地像是被丟棄的孩子。

喬明瑾心軟了。

於是天濛濛亮的下河村，連雞鳴都還沒聽到，就有一架牛車拉著堆得滿滿的一車柴火出村了。

秀姊這輛馬車雖然有四邊的圍欄，只是堆了柴，柴堆得太高，也不好坐在柴堆上，喬明瑾便乾脆讓明琦和小琬兒鋪了一塊厚氈布坐在牛背上，她和明玠則坐在板車的前面支架上。

只是柴火又硌著背，坐久了實在難受。

喬明瑾和明玠便不時下來走走路，一大清早的，三個孩子都沒怎麼睡夠，還迷迷糊糊的。

喬明瑾心疼明玠，讓他也坐上了牛背。

她怕三個孩子在路上睡著了掉下來，也不坐牛車了，一直在牛背邊跟著走，不時看著三人，再護一護，又不時拎著他們三人坐直、坐穩當些。

琬兒坐在兩人中間，不一會兒就趴在明琦的背上睡了過去。

喬明瑾見三人在牛背上東倒西歪的，她在旁邊有時要手忙腳亂地護著，大步地跟著牛走，有時候還要小跑幾步才跟得上，心裡忍不住湧上幾許酸澀，不知是心疼三個孩子，還是別的。

幾個人走得慢，一直到巳時末、午時初才走到青川縣。

這青川縣是個較大的縣城，縣衙也設在此，並不似松山集有大集、小集之說，天天都是集。

再說她賣的是柴火，也沒有像挑菜賣的那樣有趕早一說。

青川縣的城門還算大，早上的時候會有兩個衙役在城門口收取買賣人的兩文稅錢。喬明瑾到得晚，這會兒衙役已經不在了，為她省了兩個銅板。

這時三個孩子也有精神了，在牛背上好奇地四處張望。

明珩倒是經常到松山集去的，只是青川縣也是頭一次來，更別說明琦和小琬兒了。

看到有人瞧他們，明珩、明琦便在城門口從牛背上溜下來。

兩個人都大了，知道不好意思了，只有小琬兒一個人還在牛背上坐著，兩隻大眼睛骨碌碌地四處看。

喬明瑾也是頭一次做柴火的買賣，心裡不免有些忐忑，進了城門口便四處張望。

她本意是想尋個酒家或做吃食的鋪子，抑或是打鐵的鋪子，最好能談好長期的供應，這樣就不用她每次都拉到集市上去等人來挑揀了。

只是這會兒她還沒摸清門路。

這時，有一位挑著空籮筐正往城門外走的老漢，不經意地朝喬明瑾等人看過來。

見喬明瑾嬌滴滴一個小娘子帶著三個孩子，也沒個當家人，正一臉的茫然，心中不忍，便上前好心說道：「小娘子是頭一回進城做買賣吧？妳這一車柴可好著呢，到前面北街的集上去吧，那裡都是農家挑的自產東西擺在一處賣的地方，賣柴火的也是天天有的，只是這會兒集都要散了，妳可來得晚了啊。」

喬明瑾朝他道謝，說道：「家裡遠，孩子又小，便走得慢了些。」

朝老漢謝了又謝，她帶著孩子們朝北街處走去。

果然，北街此時只有三三兩兩的農人在，剩下的人大多是已經把物品賣了大半，只餘少許被別人挑揀剩下的了。

喬明瑾看了一圈，果然這會兒沒看到賣柴火的。

集上有一個賣雞的大娘，見喬明瑾一個小娘子牽著牛拉著一車柴火走過來，牛背上還有一個小女娃，很是好奇地站起身來，旁邊幾個蹲在地上的鄉人也抬頭看向喬明瑾。

有牛的人家大多家境還算不錯，還是頭次見到有人用牛拉了柴火來賣的。

喬明瑾便說道：「這牛不是我家的，是和隔壁鄰居借的，我就是撿了柴火也挑不到城裡來啊，所以一趟才多拉些來賣。」

旁邊的人聽了不住點頭，想必是家裡男人不在了，才讓一個這麼嬌滴滴的娘子帶著孩子出來賣柴火，真是可憐。

集上的鄉人便好心地給喬明瑾指點了幾家鋪子，告訴她哪條街有酒樓，哪條街又有食鋪，哪條街又多打鐵鋪，哪條街住家又多等等。

喬明瑾向這些好心人道了謝，這才把女兒從牛背上抱下來。

她正想叮囑甥舅幾個在這處守著，就看到有一個管事模樣的嬤嬤過來買雞。

那人看到這麼一大車柴火，連忙上前來看。

見那嬤嬤對她的柴火有興趣，喬明瑾便說道：「這位嬸子想必是大戶人家的管事嬤嬤吧？不知府裡可要用柴火？我這還有一些松毛，引火是最好的，不知大娘可有興趣？」

她看那人圍著車板子來回查看，便忙不迭地又說道：「我們母女幾個天沒亮就出門了，幾個時辰才走到城裡，水都沒顧得上喝，嬸子若有興趣就隨便給個價吧，家裡遠，還要在天黑前趕著回去。」

那嬤嬤的確是大府裡出來採買的。

她聽了喬明瑾的話看了她一眼，便說道：「妳倒是有幾分眼力，想必帶著幾個孩子也不容易，這路遠，回程只怕天真要黑了，只是我們府裡已有固定的打柴人每天定時送柴火過去了……」

喬明瑾聽了便有些失望。

她也知道那大門大府的，一般都是有固定的送柴人定時上門的。

正失望，她又聽那嬤嬤說道：「不過，過幾天家裡要辦喜事，會有一些客人上門，到時也會有一些客人留宿，只怕燒水、燒菜用的柴火要比尋常要多了些。妳這一車柴就給五十文吧，兩袋松毛就給五文，總共五十五文，妳看怎樣？」

喬明瑾心裡有些不樂意。

她的柴比別人的粗，又都是她從樹上拽下來的分枝，比小枝的耐燒，再說她的兩袋子松毛都壓得紮實，一袋比旁人的兩袋還多。

明琦是耙松毛的，她知道一袋裝了多少，便大著膽子說道：「嬸子，妳可以看一看，我姊姊裝的松毛比旁人的多呢，壓都壓不下去呢。」

明珩也在旁邊跟著說，說他家的柴火比別人的粗，又都是劈過、整理過的。

那嬤嬤聽了便在麻袋上按了按，果然緊緊實實地按不下去，而那一車柴也是用麻繩捆得緊緊的，劈得齊整。

於是她便說道：「看你們一家子也沒個當家的，要妳一個小娘子出來謀活計，我便再多給十文吧。」

旁邊的人有些是跟這個嬤嬤做過生意的，便對喬明瑾說道：「這周嬤嬤是個實在人，妳帶著幾個孩子還要趕路回去，就賣了吧，在城裡待得晚了，回程又要耽擱了。」

喬明瑾點了點頭。

她也沒賣過柴，想必這一車柴也就這個價了。

之後她等著那嬤嬤買了幾隻雞及一些別的東西，才牽著牛車跟在她身後走。

明珩、明琦都是有眼力的，忙搶上前幫那周嬤嬤拿東西。

小琬兒仍坐在牛背上，一路眼睛轉來轉去地看，不時被周嬤嬤逗弄幾句。

不久後，喬明瑾姊弟三人就被引到一處高牆大院的後門，周嬤嬤進去叫了人出來搬柴火，很快，車子就空了。

喬明瑾接了錢，又從繩索上數了十個銅板下來塞給周嬤嬤。

周嬤嬤看了她一眼，又推了回去，說道：「我也是窮人家出身的，瞧妳一個人帶著孩子，家裡定是不容易的，不然也不會把這麼小的孩子在星夜冷露裡帶出來了。我平時過手的錢也多，不缺妳這十個大子，拿回去吧，給孩子買些好吃的也好。」

喬明瑾聽了心中感動。

只道大門大戶裡的人都是要錢買路的，不想還有這樣的人，她拉著弟妹的手對著那周嬤嬤謝了又謝。

周嬤嬤得知喬明瑾還有幾車這樣的柴火，便說再送三車來，每次再帶兩麻袋的松毛。

喬明瑾聞言又是謝了一通，這才告辭走了。

姊弟三個看著這一圈麻繩上掛的六十五個銅板，很是開心。

這可是三人勞動了一天的所得，連剩下的兩車柴都找到了門路，還能再拾一車賣到這周家來。

雙胞胎揚著相似的臉朝著喬明瑾笑得開心，小琬兒也看著她娘咧著嘴笑。

喬明瑾用一塊粗布把這一串銅板包了，放在包袱裡，對三人說道：「我們把車找地方停了，我再帶你們去逛逛，給你們買好吃的。」

三人聽了喜得連連點頭。

幾人便趕著牛到城門處的一處寄車馬處，花費兩文錢把牛車寄放了，又添了一文錢讓看護的人幫著給牛餵草料、餵水，這才到城裡逛了起來。

喬明瑾自己揹著放著烙餅和水的包袱，一手拉著琬兒，明珩和明琦則一左一右在旁邊跟著。

這會兒已是午時了，三個孩子也餓了，他們都是頭一次到青川縣來，喬明瑾也不忍見他們再啃乾硬的烙餅，便找了一間小麵館，給三人各要了一碗三文錢帶肉絲的麵，她自己則要了一碗兩文錢的素麵。

三個孩子都很懂事，都要把自己的麵換成喬明瑾的。

喬明瑾很是欣慰，象徵性地自每人碗裡舀了一勺，就讓他們快些吃。

三人便埋頭吃得歡快。

喬明瑾瞧著，心裡又酸又澀。

小琬兒一個人是吃不了一大碗的，只吃了一半就拍著小肚子說是飽了。

喬明瑾便接過她吃剩的麵吃了起來，又把自己的那一碗給明珩、明琦分食了，四個人到最後都吃得有些撐。

吃完飯，喬明瑾帶著三人在街上逛。

三個孩子好奇地左右貪看，她則在後面盤算要買的東西。

三個孩子在街上看到有一攤子在賣糖塊，就走不了了。

那不是切好的糖塊，而是很大的一坨，像籮那樣大，放在扁平的蓖籮裡，就像一塊大大的米糕，根據顧客要買多少便切多少。

三個孩子手拉著手，圍著看稀奇。

喬明瑾讓人切了半斤，又讓那人切成小塊，用他給的樹葉包了起來，分給三人一人一塊，餘下的便放進了包袱。

三個孩子很是高興，也不急著咬，像得到難得的珍饈一般含在嘴裡。

接著又進了一家雜貨店，左挑右挑，才花了二十文錢買了兩只大些的砂鍋，一個用來煮飯，一個用來煮水喝。

照喬明瑾的想法，兩個鍋正好，一個炒菜、一個煮水洗漱。

然後她又在雜貨店買了幾個陶碗、幾個深碟及兩個裝湯用的大陶盆，又買了一些燈油、燈芯，油鹽醬醋也買了些。

店主看她買的不少，又送了一捆筷子給她。

喬明瑾對老闆謝了又謝，才帶著三個孩子到糧店買米麵。

精米十二文一斤，一般的白米是十文，再差些的八文，那些碎米要便宜些，才五文一斤。

喬明瑾看了看，確實很碎，裡頭還有一些未除盡的米糠，有精米、有一般的米，都摻雜在一起，想必是碾壓去殼的時候碎掉的米。

喬明瑾也不在意，如今他們還過不起吃精米、吃好米的日子，便讓人秤了十斤碎米。

這一下子，包袱裡就只剩不到二十文錢了，還要留下給秀姊的十文租牛錢。

喬明瑾有些恍惚。

這一日賣柴所得的六十五文錢還沒握熱，就左手進右手出了。

喬明瑾在心裡深深嘆息。

三人走到寄放牛車的地方，如今整個車馬場已經沒幾輛車子在那裡了，趕集的人大都回去了，城裡的人也自有寄放車馬的地方。

喬明瑾把東西放到牛車上，抱了三個孩子坐了上去，她自己則執了牛鞭正要趕路回家。

車子剛走了兩步，就有一個人氣喘吁吁地追上來，攔下了牛車，問喬明瑾是往哪個方向去的。

喬明瑾看他四、五十歲的年紀，面上有鬚，穿著綢布衣裳，眼神清澈，看著也不像什麼壞人，便說了自己要走的方向。

那人一聽大喜，急喘了兩下，便道：「這下可好了，小娘子勿必捎帶某一程，某正要往松山集方向去，要送一些磚瓦過去，原先訂的牛車出了一些事故，這會兒就算著急上火也找不到馬車，某願意出三十文錢做為車資。」

喬明瑾看了他一眼，又上下打量了他一番。

他們一家子，都是女人、孩子的，也不知對方底細，三十文她雖然想賺，只是……

那人大抵是瞧出了喬明瑾的為難，再三保證他就是想雇車拉拉東西而已，沒有壞心，他在城裡是有鋪子的，開了十多年了，不信且跟著他一起過去看一看云云。

旁邊管車馬的老漢也幫著他作證，場中還有一些牛車的主人也衝喬明瑾點頭，說他是西街開鋪子賣建材的，開了好多年了，順路捎帶一程的事，就能賺三十文，挺好的了。

喬明瑾見有人幫他作證，又看在三十文錢上，便應了，如今天大地大錢最大。

那人讓她略等一等，就看見他帶著好幾個人用獨輪車推著幾車磚瓦過來。

喬明瑾在前頭留了自家放東西和三個孩子坐的位置，幫他把東西搬上車，東西也並不是很多，堆起來，那人還有坐的地方。

堆好後，那人便親自上了車押送。

一路上，那人瞧著小琬兒模樣討喜，跟喬明瑾等人聊了起來，得知他們是來賣柴的，還賣到了周府，就跟她聊起周府來。

原來周府是做生意起家的，也算青川縣數得著的大戶了，聽說那鋪子都開到京裡去了。

他又說自己姓丁，在城裡開了一家建材店，松山集那邊有個村子，去年秋闈中了一位舉子，翻過年便在家裡蓋新房，在他那裡訂了好些磚瓦，今天是最後一趟，卻不料今天他家那牛病了，只拉了早上一車，下午就走不動了。

喬明瑾聽完便道：「那您這個時辰過去的話，只怕晚上要宿在那邊了，為什麼不叫其他人去，您非要親自去？」

那丁掌櫃便道：「這是最後一趟了，要過去結帳的，那家人也跟我有些親戚關係，我家那牛早上請人看了，餵了藥，說是要養上幾天，就耽誤到現在。」

喬明瑾聽了後點了點頭，專心趕車。

丁掌櫃瞧著喬明瑾不似一般村婦，看著倒像是有些見識的，便一路跟喬明瑾聊天，得知喬明瑾還要做賣柴這個生意，便道：「這柴家家戶戶都是需要的，只是有些鋪子及住家都是有固定的人送了，等明天我回了城幫妳問一問，妳明天送完周府的柴，再到我鋪子裡來。」

喬明瑾聽了很是高興，朝他道了謝，一路與他攀談著，不時問一些縣裡的事，很快就到了松山集附近的徐家村。

回到下河村時，已近酉時中了，天邊一片昏黃。

喬明瑾本來還想著若有時間再上山拾些柴或耙些松毛的，只是這會兒天都要暗了，便只好作罷。

明琦、明珩很懂事，趁著天還亮著，幫喬明瑾往牛車上擺好明日要賣的柴，擺好後，兩人又去幫著喬明瑾做飯。

那五個野雞蛋還沒有吃，喬明瑾打了三個，和著菜葉炒了一盤雞蛋，四個人吃得很是滿足。

天黑沈了，略微洗漱，四人也就歇了。

次日，擔心連續兩天趕路會把兩個女娃累著，喬明瑾把明琦和女兒留在家裡，寅時初，姊弟兩人就牽著牛車出了村子。

為了省時間，他們在家裡都沒用早飯，只把昨天的烙餅熱了，裝了幾個竹節的開水就出了門。

柴堆得高，沒地方坐，喬明瑾就和明珩一起坐在牛背上，一邊趕車一邊就著濛濛亮的天色，姊弟兩人分吃烙餅。

吃完烙餅，喬明瑾攬了明珩在懷裡，讓他睡一會兒。

四野清靜，只有牛車行駛的聲音。

今日倒是比昨日早了半個多時辰，巳時中就到了青川縣城門口。

守城門的人還在，交了兩個銅板後他們進了城，姊弟兩人便直接往周府的後門而去。

可能得了周嬤嬤的關照，很是順利，他們讓人通報了不一會兒，就有幾個小廝過來幫忙搬柴火，很快便搬空了。

喬明瑾沒見到周嬤嬤，接過一個小廝遞的六十五文柴資便道謝告辭。

姊弟兩人寄了牛車，一路問著到了丁掌櫃的店鋪。

也不知那丁掌櫃從松山集那邊回來了沒有。

但他們很是幸運，老遠就看到丁掌櫃在鋪子門口指揮著夥計搬磚瓦等物。

姊弟兩人拉著手站到一旁，等他忙完了才走過去。

「呀，你們來了啊。」丁掌櫃還認得姊弟兩人。

喬明瑾笑著點頭，道：「是啊，倒是沒想到丁掌櫃這麼早就回來了。」

「我惦著鋪子的生意，天沒亮就趕著回來了。」他邊說邊引著姊弟兩人往店裡進。

不大的店面擺了好多東西，磚瓦琉璃、石板石料、油漆塗料、各種木料等等，擺得滿滿當當的。

丁掌櫃拉了一個小夥計讓他沏茶來，被喬明瑾制止了。

「丁掌櫃不必忙，我就是瞧著丁掌櫃在這城裡認識的人多，想問問看可有哪家是需要柴火的，也不必耽誤丁掌櫃的時間。」

丁掌櫃這一早回來，還真沒來得及幫她問這個事。

不過他認識的人多，哪家不需要柴火？想了想，他招來一個小夥計吩咐了幾句。

那小夥計聽完，看了喬明瑾一眼，便對著丁掌櫃說道：「掌櫃的，後街余記的小夥計，我早上才見到他，早上他匆匆忙忙地從我們店門口經過，說是要去集上買柴火呢，原先供他家柴火的那人腿受了傷，估計要養上一月、半月的呢。」

丁掌櫃聽了後問道：「你是說余記？」

小夥計連忙點頭。

丁掌櫃便轉身對喬明瑾笑著說道：「這可好了，就在這條街的後面，有間余記打鐵鋪子，他家生意好，每日用的柴火多著呢，我讓人引著你們去問問看，那傢伙跟我也是老交情了。」

喬明瑾聽了後朝丁掌櫃連連道謝。

丁掌櫃聽說她又是帶著牛車來的，就讓她幫著送一車磚瓦到城門十里的地方，說是那裡有一戶人家正在修別院，他這店也領了一些生意，給喬明瑾十文錢。

喬明瑾便應了，讓明珩去拉牛車來，她則跟著小夥計一起往余記去。

余記生意確實好，門前有好幾波人在挑揀農具、廚具不說，店鋪裡還有人在看牆上掛的一些兵器和弓弩，看得喬明瑾很是驚奇。

看來這個魏朝民風還是比較開放的，對鐵鋪打造兵器似乎很是鬆泛呢。

有丁掌櫃的夥計在，事情很快就談好了。

喬明瑾那樣的一牛車柴火隔天送一次，因為還有周府預訂的兩車，所以送完周府再送往余記，柴資等送過來看後再估。

喬明瑾鬆了一口氣，這正好，要是讓她一天送一次，她也沒辦法送。

她向店主道了謝便告辭走了出來。

跟著小夥計回到丁記的時候，明珩已在幫著往牛車上裝石料了，裝好後，姊弟兩人就帶著一個小夥計上路。

那地方離城門並不遠，也就兩刻鐘的事，那人家的別院如今已是修了快半個月了。

喬明瑾幫著卸了石料，站在旁邊看了一會兒，問跟車來的小夥計。「這些人午飯怎麼解決的？」

「都是自帶的，那別院也不供飯，這裡要走到城裡也有一些距離，且好些人也不捨得進城吃。這些人都是附近的村民，飯食都是早上自帶的。」

喬明瑾聽了後點了點頭，又在旁邊看了一會兒，這會兒還不到午飯的時間，一百來個人還在熱火朝天地幹活。

她想了想，有了主意，駕了牛車便往城裡趕。

第六章

在城門處把建材鋪的小夥計放下，又寄了牛車，喬明瑾拉著明珩匆匆忙忙地往城裡走。

明珩不明所以，看他姊一臉著急，也不問，只跟著大步走。

「老闆，這個包子怎麼賣？饅頭怎麼賣？這豆漿又怎麼賣？」

喬明瑾拉著明珩站在一處包子鋪前。

明珩看了他姊一眼，姊這是餓了？包袱裡還有兩張烙餅呢。

「包子是兩文一個，饅頭是一文一個，豆漿一文一碗。」胖乎乎的包子鋪老闆瞧著一臉的和氣。

喬明瑾低頭算了算，說道：「我買得多，老闆能算便宜些嗎？」

老闆看著這會兒已近午時了，他的攤子做的又是早點的生意，今天也做得多了一些，剩的比往日多，便說道：「我這也就剩兩、三屜了，妳要全包的話，我就便宜算給妳。」

那老闆邊說著邊數了數籠屜裡的包子饅頭，又看了看木桶裡的豆漿，才開口說道：「我這還有兩屜饅頭八十個，一屜包子三十六個，這豆漿還能打三十碗左右，全部就算妳一百六十文吧。」

喬明瑾心裡快速地算了一下，她身上有今天賣柴的六十五文，還有昨天剩下的四十八文，交了兩文進城費，總共還有一百一十一文。

喬明瑾把包布裡的銅板全攤在那老闆面前，看著他說道：「我如今只有一百一十一文，全在這了，若是老闆願意就收下，把你剩的東西都給我。為了表示謝意，一會兒我再告訴你個掙錢的法子，包管以後你每天掙得都比現在要多上一倍。」

老闆有些心動，看著喬明瑾問道：「是什麼法子？」

「現在還不能告訴你，不過你放心，我不是那種隨意誇口之人。」

那老闆便上下打量起她來，一個嬌滴滴的小娘子，看著也不像會說大話的人。

他想了想，今天剩的也的確有點多了，這會兒都快到午時了，一百一十文雖是沒賺多少，但成本好歹收回來了，若是以此能換來每天再多一倍的收入，這也划算得很，便點頭應了。

喬明瑾讓明玕看著那老闆用紗布裝包子饅頭，自己則往旁邊走了走。

這一條街大多都是賣早點的，有些收了攤子，有些還在賣著。

喬明瑾看著有一處粥店還有大半桶清粥，問道：「老闆這粥怎麼賣？」

那老闆看見生意上門，很是高興。「一文一碗，還送鹹菜。」

喬明瑾用手在木桶上探了探，還有些熱氣，有半桶的樣子。

「我如果全要了，是什麼價格？」

「給二十文吧。」

「十文成嗎？這桶子也借給我，一會兒我再告訴你一個掙錢的法子，包管以後能掙得比現在多。」

那老闆狐疑地看了喬明瑾一眼。

喬明瑾便對他說道：「你看到那個包子鋪了嗎？我把他的包子饅頭全買了。這個法子，他一家吃不下，再告訴你也無妨，後街的余記和那建材鋪的丁老闆都是我的主顧，我不會騙你的。」

為了十文錢，喬明瑾把那兩人都拉了出來作保。

那粥鋪老闆又打量了喬明瑾一眼，然後探身去看包子鋪那邊。

那邊，明玠和包子鋪老闆已是把包子饅頭都裝好了。

那老闆想了想便答應了。

余記和丁記建材鋪他也是知道的，這都是在城裡做生意的，多少也打過交道。

喬明瑾轉身去找明玠，要了建材鋪小夥計付給他的那十文錢。

最後，包子鋪老闆還好心借了姊弟倆一輛獨輪車。

喬明瑾又跟他借了一只乾淨的木桶，把包子饅頭都裝了進去，又跟兩人各借了十來個乾淨的碗。

想了想，她對包子鋪老闆和粥店老闆說道：「你倆有沒有夥計？可以跟著我一起去，也省得你們擔心我跑了。」

那兩個人還真有點擔心喬明瑾是誆他們的，也不矯情，各自叫了個小夥計跟著。

姊弟兩人帶著這兩個小夥計把車子上的東西都抬到牛車上，又把獨輪車也放了上去，便駕著牛車朝那個別院走去。

到那裡時，還沒下工。

喬明瑾把牛車停在一處空曠處，扯著嗓子吆喝起來。「熱呼呼的包子饅頭、清粥豆漿，買包子饅頭還送清粥和豆漿……」

明珩張圓了嘴巴，很是驚訝地看著他姊。

他這姊姊，好像有些不一樣了……

那兩個小夥計也很是驚訝地朝喬明瑾看了過去，這嫡滴滴的小娘子，沒想到竟這麼放得開……

兩個小夥計各自對視了一眼，原來是來這裡做生意呢，他們怎麼沒想到？

不到一會兒，有個工頭模樣的中年人就率先走了過來，打量了喬明瑾一眼。

這開工都快半個月了，這還是頭一個過來做生意的人。

打量完喬明瑾，他又往牛車上看了看。

喬明瑾見狀，忙給他挾了一個肉包子，又示意明珩給他舀了一碗豆漿，朝他說道：「管事的，請您吃的。這包子可是城裡林記包子鋪出的，那鋪子可是開了好多年，好吃著呢。」

說完她便朝那林記的夥計示意了一眼，那小夥計也是個機靈的，立刻對著那管事的說起他家的包子鋪來。

旁邊那個小夥計也不比他差，不甘落後，也快速地舀了一碗清粥，遞給那管事。「管事的，您喝喝看這清粥，我們就在林記的旁邊，賣粥、賣油條煎餅也賣了好多年了，這粥熬得軟糯著呢。」

那管事就著豆漿吃完一個包子，又接過那碗清粥喝了起來，也不用勺子，嘩嘩地就往嘴裡倒，吃完還舔了兩下嘴巴，把碗遞過來道：「不錯。」便走開了。

四個人相互看了一眼，這就走了？

喬明瑾正想追上去，就見那人扯開嗓子揚聲道：「下工了、下工了！沒帶乾糧的，這邊有包子饅頭賣。」

喬明瑾聽了大喜，忙把兩個小夥計都分派了工作。「五文吃飽！包子五文兩個，送半碗豆漿或半碗清粥；饅頭五文三個，送一碗豆漿或是一碗清粥。」

兩個夥計連忙點頭應了，連明珩都搶下一份工作。

不一會兒，牛車前就圍上了好些人。

「這都開工半個月了，才有人拿東西來賣。」

「包子不是兩文一個嗎？饅頭五文都能買五、六個了。小娘子，妳這是不是賣得太貴了？」

喬明瑾便笑著說道：「我還送豆漿和清粥呢，而且這麼遠送過來，明天你們要是還光顧，就會便宜了。今天準備的也不多，也不知是不是有人買。」說著衝這些人訕訕地笑了笑。

那些人聽了，覺得一個小娘子這也不容易，想想也不計較了，反正也差不了多少，而且好些人一大早帶乾糧來的，這會兒都硬邦邦了。五文能吃飽，他們這一天下來還有四、五十文的工錢，別院不管飯，還每天多發了五文飯錢。

很快就有人拿著五文錢上來買了。

喬明瑾高高興興地讓明珩和兩個夥計幫著拿東西。

東西並不多，半桶豆漿，半桶清粥，八十個饅頭，三十六個包子，不一會兒就全賣光了。

來晚的人沒有買到，還正抱怨呢。

兩個小夥計都是人精，便大聲說道：「各位放心吧，明日一定準備得多些，而且品項也會多的，包管五文錢就能吃得飽飽的。」

喬明瑾想了想，讓那兩個小夥計去問問看他們都要吃些什麼，明日好早早準備了。

那兩個小夥計意會過來，很快便鑽到人堆裡問去了。

不一會兒就上來說有想吃麵條煎餅包子饅頭的，還有人想吃米飯炒菜呢。

想吃米飯炒菜的，想必也多是像那管事一樣的人物，這裡面管工的人也不會少。

問完後，四人拉了三個空桶往城門口走。

喬明瑾不想進城，這生意她只能做今天，賣得好給那兩家鋪子也算結個善緣。

於是她對那兩個小夥計說道：「我要說給你們老闆的法子就是這個。這別院想必還要修幾個月，你們可以早、中飯的時候來賣兩頓，五文錢吃飽他們還是願意的。炒菜的話，你們也可以準備，就煮一木桶的米飯，隨意炒一個素菜、一個葷菜，再配個清湯，五文錢吃飽，也不比包子饅頭少賺。」

那兩個小夥計聽了眼睛一亮，朝喬明瑾道過謝，便拿著空桶推著獨輪車大步往自家鋪子邀功去了。

喬明瑾直到他們的背影消失在視線中，才拉著牛往家走。

「姊，妳為什麼告訴他們，我們不能自己賣嗎？」

「不能。他們兩家想必也掙不了多久，就會有不少人仿效，咱家太遠還做不了這個生意，也是今天碰巧，才有這樣的機遇。」

她說完便拿著包布裡的銅板數了起來。

明珩看到喬明瑾數錢也很是興奮，牛也不拉了，任牠自己走，轉身就屈著腿坐在車板上和他姊一個一個數銅板，總共兩百二十五個，除去本錢一百二十一文，還賺了一百零四文。

姊弟倆都很高興。

「姊，下回再看看還有什麼可賺的啊！這樣一天賺一百文還不費神，什麼事都不用操心，真好。」

喬明瑾把兩百多個銅板仍用舊布包好了，笑著說道：「哪裡天天有這樣的事？也是碰巧遇上了。」

「那每天我們賣了柴就在城裡轉一轉，看看有沒有別的事做。」

喬明瑾聽了便點了點頭。

靠賣柴火只能餬口，而且還不能有任何意外的事發生，若是誰生病要看病吃藥什麼的，那真真是不夠用的，窮人家連病都生不起，看來還得想想別的出路。

姊弟倆回到家時，比昨天還早了一個時辰。

家裡沒人，想必明琦和琬兒還在山上。

兩人也沒顧得上歇息，把包袱放下又裝了幾竹節水，拿了一些麻繩彎刀之類的就牽了牛往山上走。

路上有遇到村人，都有向喬明瑾打招呼，她也一一點頭應和。

路過的村人都在背後說著些什麼，喬明瑾絲毫不在意。

好話也好，歹話也罷，都是各家過各家日子。

路是她自己選的，她也沒時間去想前事和將來，先把眼前的日子過好了最要緊。

「姊、姊，你們來了！」

「娘、娘……」

明琦和小琬兒遠遠看見喬明瑾便奔了過來，明琦手上還抓著根竹耙。

喬明瑾摸了摸兩人的頭，笑著說道：「真乖，中午有沒有吃飯？有沒有去後山？」

「中午我們吃了地瓜稀飯，沒去後山，就在前山。村裡也有人來撿柴枝，秀姨還帶著長河和柳枝幫我們把柴搬成一堆呢。」

喬明瑾邊聽邊點頭，窮人家的孩子早當家，九歲的明琦已是能當得起家了。

這一天，姨甥兩個撿得可不少，雖然都是小枝細枝的，不過數量不少，都能有小半車了。

喬明瑾誇了兩人幾句，就帶著三人往山裡走了一段，砍些粗大一些的柴枝。

估摸著夠一車之後，喬明瑾看了看天色，太陽還在天邊掛著，就從牛車上拿了一個麻袋及一把鋤頭，找了一些腐葉爛泥，把它們鏟到麻袋裡面。

「姊，要這些做什麼？味道還不好聞。」

「這些可都是肥料，趁著天色還早，我們在院裡埋一些肥料，今天把菜都種上，不然我們沒田沒地，以後要吃什麼。」

三人一聽，便幫著抓住麻袋，讓喬明瑾把爛泥爛葉都裝進去。

很快就裝了滿滿一麻袋，他們合力把它抬到牛車上，又把柴和松毛裝上車，往家走。

到了家，柴也不卸了，就放在車上，明早正好拉著這一車送去。

喬明瑾拿出二十五個銅板遞給明珩，吩咐道：「拿這個去給秀姨，說這是這兩天的車錢，再拿五文錢跟她買些菜回來，什麼菜都行，不許多要，也不能不給錢，記住了嗎？」

「記住了。」明珩應了一聲就出了門。

喬明瑾又讓明琦去做飯，自己則在院裡起畦，埋爛泥爛葉作肥料，埋了肥料又在上面覆了一層土，把地平整好後，她又開始挖坑埋菜籽。

小琬兒一直亦步亦趨地跟著她，不時幫著遞一些東西。

喬明瑾看著三歲的女兒懂事乖巧的模樣，心裡不由泛酸，都說窮人家的孩子早當家，可是女兒如今才三歲多一點……

「琬兒累不累？」

「琬兒不累。琬兒今天撿了好多柴枝呢，明天還幫娘撿！」

「嗯，琬兒真乖，過幾日娘再帶琬兒到城裡吃麵好不好？」

「好，娘也吃。」

「嗯，娘也吃……」

喬明瑾把菜籽都種了，明珩才回來，懷裡抱著一個大籮筐，另一隻手還提著一個小籮筐，騰不出手，挪著身子才把院門擠開，進了院子，又轉身用腿去搆院門，想把門關了。

喬明瑾幾步上前把院門閂了，接了他懷裡的籮筐。「怎麼帶回來這麼多東西？」

「秀姨收下了錢，又硬是塞給我的。」

喬明瑾看向籮筐，籮筐裡有兩捆青菜，還有幾個白蘿蔔，兩顆白菜，三個雞蛋，還有十幾個地瓜。

「秀姨說以後要吃菜就去她地裡拔，也不值什麼錢。姊那個筐子裡的東西都是秀姨給的，說是五文錢賣給咱家的。我這一筐有五十個雞蛋，秀姨讓我們帶到城裡幫著賣了，說是再放就要壞了。」

喬明瑾聽了便看向明珩手裡拎的雞蛋。

「姊，秀姨說，松山集兩個雞蛋三文錢，但在青川縣若是賣得貴了就算是咱的辛苦費，那一筐菜和地瓜是謝禮。」

明珩頓了頓又道：「姊，妳說我們在村子裡收雞蛋去賣，是不是能賺些錢啊？」

喬明瑾看了他一眼，沒想到這弟弟還挺有經濟頭腦的，腦子活得很。

「我們裝了滿滿的一車柴火，可沒地方裝雞蛋，這一路晃到城裡，若是路上打碎了，可得不償失。」

「沒事，我抱著雞蛋，不會破的。」

喬明瑾看著他一臉希冀。「讓姊想想，等我們明天幫秀姊賣了雞蛋，看看情況再說。」

喬明瑾算了算，松山集一文五一個雞蛋，城裡若是賣兩文一個，那賣一百個雞蛋她便能賺差價五十文，這生意倒也能做得。

雞蛋是易碎的東西，就是到松山集也是很遠，若是價錢一樣，或是能多賣一些錢，想必應是有人願意把雞蛋拿給她代賣的……

一切都得等明日到城裡看了後再說，她遂也不多想，洗了手把東西收拾了一下，進廚房看明琦做飯。

次日，姊弟兩人因為要賣雞蛋，起得比昨日還要早些。

明珩果然實踐自己的話，一路上抱著裝雞蛋的筐子，像捧著難得的寶貝。

喬明瑾坐在他身後，知道他這是想向她證明他能護住這些雞蛋，這門收雞蛋的活計也是能做的。

忍著心中酸澀，喬明瑾默默從後面攬緊他，給他一些力量。

這孩子忍著睏盹，一路上一直在睜大眼睛，跟她沒話找話地說了一路，就是怕自己一個疏忽，打了盹把雞蛋弄破了。

到了城裡，喬明瑾怕趕不上早集，叮囑了明珩兩句，讓他抱著雞蛋一個人去集裡賣，她則去周府送柴火。

收了周府的六十五文柴資，又寄了牛車，這才匆匆去找明珩。

找到明珩時，他已經抱著個空筐等在那裡了。

「姊，我把蛋全部賣出去了！兩文一個！還有好些後面來的人沒買到呢！我跟她們說請她們明天再來。」

他說完小心翼翼地看了看喬明瑾，生怕喬明瑾說他自作主張。

只聽他又說道：「姊，這雞蛋根本就不愁賣。有一個人帶了兩個籮筐的雞蛋，有一百多個呢，一家糕餅鋪就全部買走了。那大府採買的也是幾十個、幾十個地買，可是雞有時候兩天才下一個蛋。」

說完，他抬起頭十分緊張地看喬明瑾的臉色。

希望姊姊能應下來在村裡收雞蛋代賣，這樣能多掙些銅板呢……

喬明瑾笑著揉他的頭，誇了兩句，才道：「那好，今天回去後，我們就去村裡說一說，看有沒有人要託我們賣雞蛋的。姊沒想到才這麼一會兒你就把雞蛋全賣了，做得不錯。」

明珩被誇，心裡高興得很，連連點頭，一回到村裡他就到處說去。

而喬明瑾原本還怕這弟弟頭一回做買賣會生澀，賣了柴急急忙忙地趕了來，可沒想到她這弟弟倒是個好手，腦子也活泛，才這一會兒就把雞蛋全賣完了。

喬明瑾接過空筐就出了集市，明珩則喜孜孜地跟在她後面，兩人邊走邊在集上逛了起來。

早集賣的東西很多，都是農家自產的東西，菜、雞蛋鴨蛋、雜糧、野物、野果、菌菇一類，五花八門。

這一條街上還有好些小商小販，或挑著擔子後巷前街的走，或支著攤子，販賣各種吃食用品，一條街上吆喝聲不斷，此起彼伏。

喬明瑾聽著，絲毫不覺得聒噪，反而覺得有一股濃濃的生活氣息。

不管日子怎樣，不管身分如何，起碼他們都在努力地生活著，這樣真好。

街上行人很多，匆匆錯身，錦衣華服的、棉布土衣的，甚至還有全身打著補丁的，行人來來往往，往來如織。

兩旁店鋪林立，小夥計在門口賣力吆喝，門面上店旗飄揚……

喬明瑾帶著明珩微笑走過。

岳仲堯從一個鋪子裡出來，後頭跟著三個衙役。

現在朝野清平，青川縣太平年景，他也沒什麼平匪的事做，就是每天巡街，逮些乘機做亂的，維護店鋪的利益和保護縣裡的太平而已，倒是清閒。

有個小娘子從他身邊走過，岳仲堯驚訝地回頭，往前努力探看，卻只見到行人交錯，再不見那抹麗影。

眼花了？

岳仲堯又往潮水一般的街巷上尋了尋，良久才擠出一絲苦笑。

她應該不會到這裡來吧？

店主追出來，把一個荷包塞到岳仲堯手裡。「岳捕，這是點小意思，拿去跟幾個兄弟喝酒。」

岳仲堯推拒了兩下，沒推掉，想起剛才那抹身影，他還有妻女要養……想了想便擱到懷裡，道了謝就領著人走了。

邊走邊回頭往那條路上又看了看，他才對跟著他的三個兄弟道：「走，一會兒我請吃飯。」

「好，我就說要跟著岳捕的，還是岳捕爽快！」

「對對，以後我就跟定岳捕了！岳捕以後要是升官了，可得關照我們兄弟。」

「去去去，捕頭算什麼，岳捕是要當縣尉的！」

「縣尉算得了什麼……」

岳仲堯一掌拍過去。「今天話這麼多！」說得都沒邊了。

幾個人也不以為忤，訕訕地笑了笑。

他們又嘿嘿笑著奉承了幾句，就跟在岳仲堯後面巡街去了。

喬明瑾並不知道自己有跟他擦身而過，目光只盯著兩旁店鋪，看有沒有什麼是自己可以利用的，如今，掙錢是第一要務。

再者，過一段時間秀姊家裡就要使用牛了，一旦沒有牛，她的柴便賣不了。

逛了幾條街，她還真是瞧不出有什麼是目前她能做的，物價倒是瞭解了不少。

需要雞蛋的人也挺多。這年代還沒有什麼大型養雞場的概念，雞蛋多是莊戶人家自己家裡的雞下的，捨不得吃攢下來拿去賣。

而大戶人家的莊子當然也養雞，數量還不少，但那還不夠家裡自己消耗的，所以雞蛋仍是供不應求。

吃不起肉的人覺得吃個雞蛋也算是添了營養，這時代坐月子的人沒辦法每天吃雞，也多以糖水雞蛋代替。

只是她這門生意也做不了多久，一旦沒了牛，她什麼都做不了。再者雞蛋多了，她如何護住它們讓它們不破損呢？這一路顛簸的，路程又遠，前世的托架她沒材料也做不出來。

喬明瑾帶著明珩把幾條街都逛遍了，然後才準備回家。想了想，她又給明琦和琬兒買了半斤糖。

下午，一家四口仍是在山上撿柴火。

撿了一車柴火，喬明瑾又砍了十幾根竹子，這才回家。

雙胞胎不明所以。「姊，妳砍竹子做什麼？」

「姊打算做些竹耙拿去賣賣看。」

明琦皺著好看的眉說道：「能賣出去嗎？好像也不是很難做。」說完舉了舉她手中的竹耙來回翻看。

明珩駁斥她道：「那妳會做嗎？看吧，妳也不會。咱家的竹耙還是買的呢，娘是花了五文錢在集上買的，姊做出來怎麼會賣不出去？誰家不備上一、兩根的？就是不耙松毛，曬穀子、曬花生、曬糧食也是需要竹耙的，人多的家裡都要備上三、四根呢。」

喬明瑾回頭看了看這個弟弟，她這個弟弟腦子實在活泛，也許還真是個做生意的好手呢。

家裡窮，明珏考了秀才就再也供不起他了，明珩也沒上過學，都是喬父和明珏在家裡教他的。

「明珩，你想不想上學堂？等姊掙了錢送你上學堂好不好？」

明珩聽了眼睛一亮，定定地望向喬明瑾。

不一會兒，他的眼神又黯淡了下來，小聲道：「姊，妳要有了錢，就讓二哥去唸吧，爹說他是個好苗子，一定能考上舉子的，只是咱家沒錢給他上書院。我經常看見爹和祖母對著二哥的背影嘆氣呢。」

喬明瑾忍著心中酸澀，摸著他的頭說道：「好，等姊有了錢，姊就送你二哥去城裡書院唸書，再送你去上學堂。」

「真的？那我幫姊多掙一些錢！姊，我們去收雞蛋賣吧？」

喬明瑾聽了明珩的話想了想，把竹子放下，又低頭算了算，就從包裡拿出八十五文錢給明珩。

「這七十五文是按三文錢兩個雞蛋的價格賣得的錢，另外十文，你跟秀姨說，我們按集上三文兩個幫著賣，但我們會每十個多給兩文錢，這樣我們每幫著賣五十個雞蛋，就能得十五文錢，賣一百個就能得三十文辛苦錢。」

明珩想了想便說道：「那按集上的價錢給不就行了嗎？為什麼還要每十個多給兩文錢？本來我們五十個雞蛋能掙二十五文的。」

喬明瑾笑了笑說道：「我們一個雞蛋賣兩文，別人也是知道的，若別人覺得我們掙得太多，反而不會託給我們，寧願自己挑去松山集便宜賣。我們還要在這裡生活，還是不要做會讓人眼紅的事。

「而且，只有讓人覺得我們是在賣柴的時候幫他們捎帶著賣，並不是專門做這個生意的，才能讓別人覺得我們是在幫他們的忙，而不是從他們身上掙錢。這樣我們在村子裡才會過得好，才會得到別人的同情，以後掙了錢，別人也不會說一些歪話。」

明珩眼光灼灼地看著喬明瑾，狠狠點了點頭，就拿了錢出門去了。

明珩腦子活泛，喬明瑾一點也不擔心，這弟弟懂得怎麼說話。

她轉身拿出今天買的糖塊給明琦和小琬兒吃，看姨甥兩個人高高興興的，小琬兒很是開心地在院子裡跑來跑去。

喬明瑾看著女兒笑了笑，便轉身專心對付起那十幾根竹子來。

她埋頭苦幹，做好三支竹耙後，明珩才回來。

還沒進門就聽見他嚷嚷的聲音。「姊、姊！」氣都沒喘勻他便接著說道：「我把錢給秀姨送去的時候，正好有幾個人在她家聊天，她們聽說姊可以幫著賣雞蛋，還比松山集賣得錢多，都紛紛回家拿雞蛋去了！」

這的確是個好消息，喬明瑾笑了笑。

青川縣雖然賣得貴，可是也沒幾個人會拿著雞蛋大老遠跑到縣城去賣，如今她不僅價錢收得高，且還省了他們的麻煩，估計一定會有人樂意的。

只是一次、兩次還能自己捧著筐子，可是若是多了呢？

或是路上牛車顛簸了，或是有什麼意外摔了、碎了，這可得不償失。

掙不到錢不說，沒準兒還得賠錢。

用托架是最穩當的，前世，媽媽也常從老家拿雞蛋給她……

喬明瑾眼前忽然浮現倒在血泊裡的媽媽，耳邊響起媽媽氣弱的聲音。「媽……怕疼，不要火葬……回老家……土葬……不跟他……埋一起……」

她耳邊嗡嗡響，整個身子都蜷縮了起來，從凳子上跌到地上，手緊緊捂著心臟的位置。

痛，全身都痛……

「姊、姊，妳怎麼了？」

明珩原本就在喬明瑾身邊喋喋不休地說著收雞蛋的事，只見姊姊原本還在沈思，一下子卻跌到了地上，立刻嚇傻了，無措地愣在那裡。

明琦也扔了木桶，拉了小琬兒跑過來。「姊、姊，妳怎麼了？」

「娘，娘……」

琬兒哇地大聲哭了出來。

明琦、明珩一左一右上前想攙著喬明瑾起身，怎奈喬明瑾還沈浸在過往的舊事裡，身子沈得很，兩個人竟是攙不起來。

喬明瑾已是淚流滿面，三個孩子嚇得哇哇大哭。

正巧秀姊和三個小媳婦在門外聽見了，互相對視一眼，便大力撞開門進來。

「怎麼了？這是怎麼了？」

「秀姨，快來看看！我娘不知道怎麼回事，好像很痛的樣子。」

明琦臉上淌著淚，哽咽著朝雲錦秀說道。

雲錦秀和三個小媳婦嚇得忙放下籮筐，上來攙扶喬明瑾。

喬明瑾終於斂了部分情緒，在她們的攙扶下順勢站了起來。

待好些，她便朝她們幾個訕訕笑著說道：「沒事，可能是中午吃得少了，肚子有些抽搐。」

雲錦秀和三個小媳婦一聽，臉上滿是同情。

秀姊一臉擔憂地看著她，說道：「妳這一個人出來住了，還帶著個孩子，雖說有明珩、明琦幫著妳，可他們還是小孩子，妳可不能有什麼事，不然這個家可要怎麼辦？」

三個小媳婦聽了，臉上同情之色更濃，竟是餓的嗎？

要換了她們，可沒有勇氣一個人帶著個孩子獨自出來生活。那岳家真真是個缺德的，苦守了四年，就等來這個結果！瞧這都淌了滿臉的淚了，定是餓得狠了，痛得厲害了，才會如此。

其中有一個小媳婦是老岳頭四弟家的長子媳婦蘇氏，以前也跟喬明瑾極說得來話，便勸著說道：「瑾娘，妳看開些，既然帶著孩子出來單過了，就多為孩子想想，妳這要是出了什麼事，琬兒可怎麼辦？那一家子可沒人真心疼她。」

說完她一臉憤憤，想著得找機會跟自己公公說道說道，讓他去跟二伯父說一說，這哪像是人幹的事？琬兒還是他們岳家的子孫呢。

喬明瑾朝她笑著點頭。「謝謝堂嫂，我沒事了，一會兒緩過來就好了。」

說著抹了一把臉，她俯身抱了琬兒，哄道：「琬兒別怕喔，娘沒事了喔。」

琬兒趴在她的肩頭，哇的一聲更是哭得大聲，肩膀還一聳一聳的。

明琦和明珩也一左一右拽著喬明瑾的袖子，不停抹眼淚。

秀姊和三個小媳婦對視了一眼，齊齊上前安慰了起來。

喬明瑾很快斂了神色，不一會兒就平復下來，又跟她們談起正事。

那三個人是跟著秀姊來送雞蛋的，蘇氏家裡養的雞多，送來的也多些，共有八十幾個。她對著喬明瑾說道：「就按八十個給我錢，那四個妳就給幾個孩子煮了吃。」

喬明瑾也不推託，忙向她道謝。

另兩個小媳婦一人是五十個，瞧見蘇氏的做派，便也說道：「妳也拿幾個給孩子吃，雞蛋都是自家雞下的，不值什麼錢。」

這三個人一個是老岳頭四弟家的長媳，一個是秀姊的鄰居張氏，另一個則是蘇氏的鄰居方氏。

這三人都沒有分家，上有公婆，喬明瑾也不好接受她們這樣的好意，就推辭道：「不用的，有堂嫂這幾個雞蛋，再加上昨天秀姊也送了幾個，這些夠吃得了，妳們攢這些雞蛋也不容易，放心吧，我明天就幫妳們賣出去。」

幾個人陪著她聊了一會兒，又叮囑她照顧好自己的身子，這才起身離去。

四個人走後，三個孩子還圍在她身邊不肯挪動一步。

喬明瑾看著嘆了一口氣，說道：「明琦，妳去做飯，這天晚了，姊也餓了。明玕，你去柴房裡看看上次搭房頂的稻草可還有？搬一捆出來。」

明琦以為喬明瑾真是餓的，立刻轉身到廚房做飯去了。

明玕也轉身去柴房搬稻草，只有小琬兒還拉著她的衣襬，緊緊地跟著她。

喬明瑾搬來一張小凳子，讓女兒坐在身邊。

「姊，妳要稻草做什麼？」

明玕搬了一大捆稻草過來放到地上，也不敢離開了，就蹲在旁邊看著喬明瑾。

喬明瑾一邊抓著稻草看了看，一邊回他。「姊想用稻草編了托架裝雞蛋，這樣運得多遠都不怕雞蛋破了。」

她也是剛剛才想起來的，雞蛋托架那種材料她沒有，但她想起前世聽過雲南多山區，山上的人翻山越嶺挑著雞蛋到集上賣，為避免路上雞蛋打碎了，就用乾草將雞蛋捆紮成串來賣，這樣既避免了碰撞，蛋也不會破損。

而且一串雞蛋五、六個，挑選的時候還不用一個一個對著陽光檢查是好是壞，一串五個一起看，還省時省心。

她如今做不出托架，但這稻草托架還是可以做出來的。

她抓了十幾根稻草在手，把它們弄整齊了，又從中間折了一道，再抽了一根稻草把尾端紮成一束，然後在裡面塞上雞蛋，每塞一個又用稻草再橫著捆紮一道，又放一個雞蛋，再橫著紮一道，如此一串稻草便能裝上五、六個雞蛋。

明珩一看，嚷嚷道：「哇，姊，妳怎麼想到的？這辦法真好！」

小琬兒也在旁邊拍手。「娘最厲害！」

最後連明琦都被舅甥兩人大聲嚷嚷的聲音吵得從廚房跑出來看熱鬧，一看手癢了，也抱了一捆稻草進去紮，一邊燒火做飯，一邊做稻草托架。

一百八十個雞蛋沒一會兒就串好了。

明琦、明珩竟還有些意猶未盡，到處找是不是還漏了雞蛋沒串的。

雞蛋串好後，喬明瑾便去弄竹耙，再把它們搬到柴房放著，就去洗手吃飯。

夜裡，三個孩子因被喬明瑾嚇了一回，連明珩都搬著枕頭要到她房裡睡。

喬明瑾沒法，也只好四人打橫睡在一張床板上。

這床板離地還是低了些，雖有褥子墊著，也能感覺到濕氣直往背上冒，還是要攢錢買兩張床才好，三個孩子還小，身子也弱，接觸太多濕氣久了，對身子也不好。

四個人說了好一會兒話後才沈沈睡去。

喬明瑾不知道的是，秀姊和那三個小媳婦一起出了她家的門，各自對視一眼之後，都看得到對方眼中濃濃的同情之色，心裡都在罵老岳頭家做事過分。

分頭回家之後，她們又對著自家人說了一回，引起了這四家人的同情。

後來，這四家人對喬明瑾母女更是關照，還經常去田地裡拔了新鮮的菜讓家裡的孩子送了來。

經過這幾個人的宣傳，村裡人大多都聽說過喬明瑾自離了岳家後，竟是餓得吃不上飯了。

一個女人帶著孩子上山砍柴，還要星夜裡趕著進城賣，沒田沒地的，省了糧食給孩子吃，自己餓得直哭……

村裡人聽了以後，對這母女倆更是同情，平時見著了，很是熱情，噓寒問暖，家裡有多餘的菜或是地瓜等雜糧，也會送一些過來。

偶爾村裡人見著了琬兒他們，也都會塞一個雞蛋或自家做的一些吃食什麼的，給幾個孩子吃。不僅送雞蛋託她賣，雞啊鴨的或是一些其他東西也都託她拿去城裡賣，好讓她能賺幾個小錢。

這樣的結果倒是讓喬明瑾想不到，就是後來她掙多錢了，也沒人說一些歪話。

次日，姊弟倆仍是寅初就出門了。

早上更深露重，喬明瑾找了一件厚衣裳把自己和明珩包著，一起坐在牛背上。

牛身上搭了厚氈布，再支根扁擔，兩頭各放著一個裝雞蛋的籮筐。

牛走得慢，籮筐也不見晃動，筐裡的雞蛋有稻草托著，一百八十個雞蛋竟是紋絲不動。

姊弟倆瞧著很是高興。

不過，在這樣天未明的寒露裡趕路，挺著身子坐在牛背上，路上還要晃盪兩、三個時辰，真是挺不好受的。

若是像馬匹一樣快速奔跑還沒什麼，這牛車慢慢悠悠的，晃得人直想睡，長路無聊得很。

這要是天天這麼星夜裡趕路，還真是吃不消。

還好今天是最後一趟往周府送柴火了，明日開始供余記，隔一天送一次，倒是有時間可以休息一下。

因今天雞蛋多，喬明瑾也沒把明珩放下來，而是帶著他一起到了周府。

那位周嬤嬤剛好也在。

喬明瑾到的時候，門上小廝進裡通報，周嬤嬤也跟著出來了。

「周嬤嬤。」

喬明瑾向她微笑著打招呼。

「欸，妳今天可是早。」

「是啊，今天村裡有鄉親託我們幫著賣一些東西，要趕早集，所以早了些。」

喬明瑾一邊看著府裡的小廝們搬柴火，一邊和周嬤嬤說話。

周嬤嬤看著她說道：「若不是府裡那送柴火的人不好打發，我還真想長期訂下妳的。妳送的柴劈得好，弄得又齊整，我都不用操一點心。」

喬明瑾笑著向她道謝，說道：「從明天起，我隔日會向後街上的余記打鐵鋪子送柴火，嬤嬤要是額外有需要柴火，就到那裡尋我。」

周嬤嬤聽了連連點頭。

這家大府大，人多，也不定什麼時候就會有這樣的喜事宴請什麼的，備著一些人脈總是好的。

兩人正說著，周嬤嬤看到牛身上橫著一根扁擔，左右各掛著一個籮筐，很是好奇，上前問道：「帶的什麼東西來賣？我看看可是我們府裡需要的。」說著便上前掀了蓋在籮筐上面的稻草。

她手上還抓著稻草，整個人卻愣在了那裡。

「這是……雞蛋？」

喬明瑾也走上前，把上面一層稻草全掀了。「是呢，就是雞蛋。」

說著她拿起一串，遞給還在錯愕的周嬤嬤看，說道：「我們村裡到城裡路途遠，路況又不好，這都是別人託著賣的，也沒收幾個辛苦錢，可若是路上打了，還得賠上柴火錢，實在不划算，我便想了這法子。」

周嬤嬤一臉驚奇，拿著那串雞蛋看了又看，還對著早晨的陽光照了照，嘖嘖稱奇。「妳這是如何想出來的？真真是妙極。我們府上也有不少莊子，莊裡也是隔三差五要送菜蔬肉蛋到府裡來，那雞蛋裝在籮筐裡一路上可是打碎了不少，我們老夫人每回都心疼地緊。老人家也是吃過苦的，若是讓她知道有這樣的法子，還不知有多開心。」

她說完眼睛轉了轉，又道：「瑾娘，妳在這等著，我拿這雞蛋去給老夫人看看。我們府裡雖然不缺雞蛋，但這種裝雞蛋的法子我還是頭一次見，我們老夫人若見了定也是極高興的。妳在這等等，若是我們老夫人瞧著高興，說不定會把妳這雞蛋都買了下來。妳先等一等啊！」

也不等喬明瑾反應過來，她就拿起兩串雞蛋轉身往院內小跑著去了。

喬明瑾只好在門外等著。

柴搬空後，守門的小廝、幾個搬柴火的小廝、丫頭也湊到筐子旁邊圍著看。像是見著了什麼難得的寶貝一般，每人抓了一串在手，左瞧右瞧，只差沒把稻草拆下來細細研究一番了。

喬明瑾也不在意，任他們拿著看，她和明珩則拆了包袱，拿了烙餅捲鹹菜吃。

一個七、八歲的小男孩從門口竄出來。「你們在看什麼？」

幾個小廝丫頭站直了身子向他行禮。「四少爺。」

男孩打扮得渾身貴氣，頭上戴著一個金箍，身上杭綢直裰，腰纏玉帶，左右香包玉珮壓身，臉蛋圓圓的，瞧著一副討喜的模樣。

男孩如小大人一般挺胸地應了一聲。「嗯。」然後就背著手踱到籮筐前，往籮筐裡探頭看。「你們剛才在看什麼？」

男孩後面跟著的兩個小廝一個拎著食盒，一個背著書箱，兩人連忙撥開人群，湊上來，伸手進去拿了一串。「少爺，他們在看這個。」

小男孩拎過來湊到眼前。「這是什麼？」

「少爺，這是雞蛋啊。」

那小男孩回身踢了他一腳。「本少爺不知道這是雞蛋嗎？」他又轉身問身邊站著的幾個家下的小廝、丫頭。「這是什麼？是咱家莊子裡送來的嗎？」

有個小丫頭就答道：「不是的，四少爺，是這位小娘子拿來賣的。」

小男孩便轉身看了喬明瑾和明玕一眼。「是妳拿來賣的？為什麼弄成這樣？雞蛋不是一個一個的嗎？這樣還要拆開多麻煩。」

喬明瑾看了他一眼，也不知這小少爺為何從偏門裡出來了？這是廚房的位置，怕是一早過來找吃食的。

她看了明玕一眼，明玕便說道：「回小少爺，我們家裡離城裡遠，這樣綁著是為了避免它們碰撞，這樣就不會打碎了。」

小男孩喔了一聲，又巴著籮筐的邊緣，踮著腳往籮筐裡看，伸手拿了幾串出來，對明珩說道：「這多少錢一串？我要拿到書院給同窗們看，我要告訴他們，這麼聰明的法子可是我們家下人想出來的。」

喬明瑾翻了一個白眼，小少爺，咱們可不是你家的下人。

明珩看了他姊一眼，又說道：「這一個雞蛋是兩文錢，我們還要花時間綁稻草，還要浪費稻草，一串便多賣兩文。」

喬明瑾看了明珩一眼，她這弟弟還真是個人才，精明著呢，得好好培養。

那小少爺一聽。「這麼便宜？」他低頭想摸腰間的荷包，卻發現自己兩隻手都抓著雞蛋串，便回頭對兩個小廝揚聲道：「阿大、阿二，快給錢！嗯，就給一兩銀子吧，多的是賞你們的，以後想出什麼好玩的一定要告訴我喔，我是這個府裡的四少爺！」

他說完也不看後頭兩個小廝，就左右提著兩串雞蛋跑遠了。

其中一個背著書箱的小廝立刻跟了上去，另一個一邊掏荷包付錢一邊喊道：「少爺，等等我！」

明珩把一兩銀子接了過來，道了謝，那小廝立刻飛跑著追他家少爺去了。

不一會兒，他們遠遠看見周嬤嬤走了過來，幾個圍著的小廝、丫頭便飛快地溜走了。

周嬤嬤對著喬明瑾笑容滿面。「瑾娘啊，也不知妳是如何想出這等好法子來的，我們老夫人瞧著可高興了！說以後她吃雞蛋啊，就是再遠的莊子送過來都不怕破了！府裡不缺雞蛋，不過妳還是要留十串給我，老夫人說她要讓府裡的老爺、太太們都看一看，還有一些相好的家裡也拿過去，他們也跟我們一樣，每個月莊子送雞蛋過來也都是要損失不少的，有了這法子，這下可好了。」

她說著從懷裡掏了一錠銀子塞到喬明瑾手裡。「拿著，這是老夫人賞的，說是我們買下妳這個法子了，還說年年打壞的雞蛋都不止這個錢了。妳也別推，快收著，老夫人也不缺這個銀子。今天不逢初一、十五，不然府裡的太太們也是要過去請安的，怕也是要賞下銀子，她們手裡哪個沒一、兩個莊子的？」

喬明瑾聽了，連忙道謝。誰還嫌錢多的？再說這創意確實是她想出來的，他們這樣大的府，還有鄰近相好的一些人家，誰沒有莊子？

那老夫人賣個好給別家，得的好處就不少。

周嬤嬤又多拿了十串，總共二十串雞蛋，姊弟倆才告辭離去。

在這周府門口賣了二十四串雞蛋，竟得了十一兩銀子。

姊弟倆對視了一眼，都能從對方眼中瞧出那股歡喜，就是這兩筐雞蛋全拉回家裡自家吃了，也是夠本了。

第七章

從周府離開，姊弟倆寄了牛車便徑直去了集市。

有些人還認得他們，很快就給他們姊弟兩人騰了一個空位。

一百八十個雞蛋總共串了三十六串，周府門口去了二十四串，如今也只剩下十二串了。

她也不著急，本來就不愁賣，就是賣不掉帶回去，今天也賺夠本了。

見別人給她騰了地，喬明瑾連連點頭道謝，和明珩一起把筐子放了下來。

「小娘子，妳這是賣的什麼東西啊？不賣柴了？」一個大嬸問道。

旁邊的人也很是好奇地望了過來，這稻草蓋著，還挺嚴實的。

喬明瑾還在喘氣，這幾十個雞蛋雖不重，可拎了一路也不是件輕鬆的活。

明珩便回道：「還賣柴的，這筐裡是鄉親們託著賣的雞蛋。」說完快手快腳地把筐子上面的稻草掀開了。

「咦？小娘子，妳這是雞蛋啊？」

「這怎麼串成一串了？」

「還挺新鮮的。」

周圍還在擺攤的人全圍了過來。

姊弟倆看著圍上來湊熱鬧的人，有些錯愕，有那麼新鮮嗎？

周圍都是一些跟她一樣來集上賣自家出產的鄉里人，喬明瑾和明珩也很是大方地有問必答，把來由說了一遍。

這雞蛋不僅把周圍賣東西的人都吸引來了，連來採買東西的顧客都引來不少。

眾人紛紛稱奇，抓了一串圍著看。

打鐵趁熱，喬明瑾姊弟倆很快就把剩下的雞蛋全賣了。

明珩是個嘴皮子索利的，每一串雞蛋都加了兩文錢。來採買的人瞧著新鮮，人家也確實加了稻草、加了人工，頭一回也新鮮，倒沒人在意多那兩文錢。

有好些來採買的，甚至來賣東西的鄉人，都向喬明瑾請教如何捆紮稻草。

喬明瑾也大方，這一看就會的東西，自己也不是為了拿它來賣錢的，於是也不藏著掖著，很熱心地教了一遍。

姊弟倆的雞蛋賣得快，明珩樂得見牙不見眼。

來晚的人還在扼腕，明珩就說明天還有，請早來，臉上笑咪咪的，動作極索利地把筐子往扁擔上一套就扛在肩上，離開了集市。

喬明瑾買了一把小刻刀，一點紅漆，又到肉鋪那邊割了三刀五花肉，共花了她五百文。

姊弟倆把肉放進筐子，對視了一眼，不免咋舌，這肉還真是吃不起哪！

他們也不敢再買其他東西了，取了牛車便匆匆趕路回去。

明珩這會兒才有空問他姊。「姊，妳買這麼多肉做什麼？」

「給大舅、二舅和咱家裡一家一份。」

「姊要回雲家村？」

「嗯。」一邊應著一邊看路上沒人，她便把包袱解了，數起錢來。十兩多呢，終於看見銀子了！喬明瑾歡快地與明珩一路說笑。

牛車一路晃晃悠悠的，終於到了雲家村。

「奶奶，爹，姊回來了！」明瑜遠遠見了他們就喊開了。

喬明瑾笑了笑，在門口的大樹上拴了牛車，就和明珩拎著筐子進了家門。

「奶奶，爹！」

喬明瑾看著迎出來的兩人很是親熱，好像自己就是在這裡生長的一樣。

「怎麼回來了？琬兒和明琦呢？哪裡來的牛車？」

「是秀姊的。我們沒從家裡來，是剛從青川縣回來的。」

喬明瑾剛說完，明瑜就已鑽進廚房端了兩杯涼開水出來。

喬明瑾接過來仰頭喝盡，又讓她去倒。

她也沒太多時間在雲家村耽擱，打發了明珩去看大表哥在不在，或是讓小舅過來一趟也成。

見明珩拎著兩串五花肉小跑著出了門，喬明瑾便把別居之後的事說了一遍。

「妳是說妳砍柴賣？」

藍氏看著坐在身邊嬌滴滴的孫女，有些難以置信。

喬父也看向她。這女兒從小到大被母親教養得跟大家閨秀一樣，大門都不輕易出的，那手就只是拈針拈線的手，去、去砍柴賣？

「是啊，奶奶。只有賣柴不用出本錢，而且明珩和明琦也能幫我。這幾天我都是跟明珩到集上賣柴，一車能賣六十五文呢！」

藍氏看著喬明瑾一臉開心的模樣，忙拉過喬明瑾的手，掰開來細看，見掌心上、手指上都有被劃破的傷痕，頓時心痛難忍。

她不斷地撫摸著喬明瑾的頭髮，有些哽咽道：「祖母這裡還有一些絲線，妳拿回去，好好繡幅大的繡圖，也能賣上幾兩銀子。」

喬明瑾笑了笑，說道：「沒事的，奶奶，那繡圖大些的要繡好幾個月呢，等到能拿到錢，我們幾個都餓死了，如今這樣就很好，從明天起我就不用天天去了，只要隔天去送一趟就成，還有一天時間可以在家休息，我還能做些別的事。這賣柴總不是長久之計。」

喬父看著這個女兒，眼裡有些酸脹。

都是他沒用，才讓兒女跟著他吃苦，自己這副身子，連下地都不行！他很是沮喪。

喬明瑾看了他一眼，知道他心裡不好受了，便和他說起鄉親們託她賣雞蛋的事，還翻出包袱裡的十兩銀子給他們看。

喬家養了幾隻雞，也存了一些雞蛋，喬明瑾看他們驚訝得不敢置信的樣子，就讓明瑜去拿一些稻草和幾個雞蛋來，演示了一遍。

藍氏和喬父看了都嘖嘖稱奇。

明瑜更是歡喜地拿在手裡看了又看，又快手快腳地把餘下的幾個雞蛋也照著樣子串了起來，成品比喬明瑾做得還要好。

不一會兒，喬母和明玨從地裡趕回來了，明珩也領著雲錦和雲小舅過來了。

幾人自然又是一陣熱鬧。

眾人聽說喬明瑾這幾天在砍柴火賣，也都沈默了。

雖然明知辛苦，但這也是目前最好的法子，他們便沒多說什麼。

雲錦看著喬明瑾。「妳也不要太拚命了，妳一個女人哪裡砍得動那些大的柴火？我們兩家總不會看著妳和琬兒吃不上飯的，那床再有幾天就做好了，到時我再給妳拉過去。」

喬明瑾聽了，笑著說道：「沒事的，那些大的我砍不動就揀小的砍，我會注意要休息。對了，這次來，還要拜託小舅和大表哥一件事。」

她把包袱裡的十兩銀子拿出來，又把今早的事說了一遍。

把那十兩銀子交到雲小舅手裡，她說道：「門口那牛是秀姊的，再過不久地裡就要忙起來了，我也不好再借。我們幾個人沒有腳力什麼事都做不了，表哥和舅舅拿著這錢，幫我看著買一頭牛，再打一副車板子，這樣我們出門也方便些。我一是不懂怎麼挑牛，二是買牛也太顯眼，到時表哥買了再送過去，就說是娘家送的就好。」

幾個人聽了都點頭。

喬明瑾姊弟幾人，瞧著都是弱不禁風的，又沒田沒地，做什麼都要拿到城裡集上賣，沒有腳力的確是不行。

雲小舅接了錢便道：「好，等我尋著了就給妳送過去，不過也用不了這麼多，八兩就夠了。」

喬明瑾便說道：「那舅舅先拿著錢，若有剩下的，再幫我看看能不能打四張床出來，再弄些盆子、簡單的家具什麼的；對了，再幫我買一個大水缸，家裡那個太小了，也舊了，還是別人留下來的。」

雲小舅和雲錦聽了後連連點頭，說是會盡快幫著辦妥的。

幾個人又說起那些肉，都說要割了一半讓喬明瑾拿回去，喬明瑾連忙推拒了。

藍氏看了孫女一眼，幫著她攔了，總歸是孫女的孝心，以後兩家再多幫襯些就好。

因著路遠，喬明瑾也不放心兩個孩子自己在家，坐了不到半個時辰，姊弟兩人便駕了牛車離開。

姊弟兩人回到家時，仍是到山上把明琦和琬兒撿的柴火拉了回來。

今天要把剩下的竹耙做完，他們便沒有繼續在山上撿柴枝。

回家把牛卸了，又整理了一車柴之後，喬明瑾就讓明珩把賣雞蛋的錢給秀姊等人送了過去，又讓明琦帶著琬兒做飯，她則在一旁埋頭做剩下的竹耙。

昨天她只砍了十幾根竹子，去頭去尾再分段後，能做竹耙的也不過二十來根。

等喬明瑾全部做好，準備加工打磨、刻字、上漆的時候，明珩回來了，後頭還跟著五、六個孩子。

有三個是帶著雞蛋來託賣的，另外三個一個是秀姊的兒子長河，另一個是蘇氏的大兒子星河。

星河一手抱著個籮筐，一手還牽著他的妹妹。

「三嬸，這是奶奶和娘讓我帶給你們的菜。」

星河的奶奶呂氏是老岳頭四弟的妻子，喬明瑾是要叫四嬸的。

岳星河是呂氏的大兒岳立夏和蘇氏所生的長子。

蘇氏嫁到岳家，生了一兒一女，星河五歲，楊柳三歲，楊柳比琬兒還要小幾個月。

呂氏和吳氏不同，她是個很和氣的婦人，為人也大方，平時對喬明瑾和琬兒也多有照顧。

長河也把手裡的籮筐放下，說道：「瑾姨，我這裡也是菜，剛摘下的，是我娘讓我送來的。」

秀姊的兒子長河雖然也姓岳，不過因為喬明瑾和秀姊都是雲家村出來的，秀姊的兩個孩子都稱喬明瑾「姨」。

喬明瑾站起身，一邊讓明珩去數雞蛋，一邊去看兩個孩子帶來的菜。

兩個筐子裡裝滿了菜，很新鮮，看得出都是剛從地裡起的。

喬明瑾很是感激，她如今也沒什麼可以交換的東西，只有先收下這些好意，以待往後再報了。

她誇了兩個孩子幾句，就把兩個籮筐的菜騰出來，把空籮筐遞給他倆，又揚聲叫琬兒。

「娘給妳買的糖還有沒有？去拿給楊柳和兩個哥哥吃。」

「還有呢，娘，琬兒去拿！」她說完邁著小短腿就跑進房裡拿糖去了。

不一會兒琬兒又蹬蹬地跑出來，攤著手裡的紙包，捏著糖分送給楊柳、星河和長河，另三個拿雞蛋來的半大小子也不落下。

女兒日漸開朗，為人也不小氣，還沒有眼皮子淺的毛病，喬明瑾看著很是高興。

那三個孩子都很不好意思，見喬明瑾笑咪咪地看向他們，便臉紅紅地把糖接了過去含進嘴裡。

糖雖然不是很好，但還是夠甜的，莊戶人家的孩子也不是經常能吃到這些零食，幾個孩子都揚著嘴角向喬明瑾道謝。

廚房裡，明琦往灶肚裡塞了一把柴火，也跑了出來和幾個孩子說話。

幾個孩子在院裡轉了一圈便回去了，說是以後會經常來玩。

友。

孩子的友誼向來簡單，明琦和明珩在村裡人生地不熟的，喬明瑾希望他們能多交些朋

孩子們走後，喬明瑾問道：「今天收了多少個雞蛋？」

「他們三家各拿了五十個，有一個人還替他家大娘拿來了六十個，總共是兩百一十個。」

喬明瑾點了點頭。

代賣雞蛋終究不是長久的生意，要攢下這麼多雞蛋，也不是一日之功，只怕下次再送過來得要好久，她還是得找找別的門路。

今天那十一兩銀子，十兩留在雲家村買牛，有半兩拿來買肉了，再付了三百零六文的雞蛋錢，她身上只剩六百多文了。

等打了床後，還要買床帳、買褥子、買被面，還要換了那稻草枕頭，還要再做一些簡單的家具……真是什麼都要錢。

喬明瑾加快了手裡的動作。

這二十幾根竹耙也不知能賣多少錢，再過幾日，家裡的米糧油鹽也是要再買一回的。

她只覺得頭脹得厲害。

天將黑盡時，喬明瑾才把竹耙做好了。

這三十八根竹耙，有十根是短的細的，本來這十根是不打算要的，明琦卻把它們拖了過

來，央求她做幾把小的，琬兒也在旁邊搖著她，讓她做一把小竹耙。

喬明瑾想著莊戶人家的孩子從小就幫著做活，竹耙太長太粗，可能還真的不利於他們使用，遂又就著明琦的身高做了十二把小的，沒有刻字，倒是刻了一些紅梅花，簡單喜氣。

明琦和琬兒見之心喜，又央她在她們專用的小竹耙上也刻上花。

除了刻花，她還在琬兒的竹耙上刻了一隻紅兔子，明琦的竹耙上刻了一隻紅野雞，可把兩人高興的，抱在懷裡細細地瞧，恨不得抱著睡了。

喬明瑾笑著搖頭。

次日，姊弟兩人仍是早早就出發了，今天是頭趟往余記送柴火，不能遲了。

在後街的余記打鐵鋪內，姊弟兩人找到了掌櫃。

那掌櫃四、五十歲的年紀，高大精壯，一身短打，腳上一雙黑布鞋，目光灼灼，看著像是個歷盡滄桑的人，更像是從腥風血雨裡走出來的。

喬明瑾打量那人，那人也在打量她。

片刻後，那人也不多話，徑直去看牛車上的柴火，還在兩個麻袋上按了按。

喬明瑾便跟在旁邊說道：「這兩袋都是松毛，原先送到別家是為了引火用的，若是這裡不需要，我再拉回去。」

那人聽了便道：「裝得挺實，原來妳送一車柴是什麼價？」

「松毛一袋五文，一車柴給的是五十五文。您這裡都是用粗大的柴枝，我這個可能細了些，您給個五十文一車就行了，以後我會撿些大的粗些的拿過來。」

那人點了點頭，又看了她一眼，許是覺得對一個小娘子說讓她劈些粗柴送過來有些不合適，便道：「妳也不要勉強，不過我這打鐵鋪和尋常人家燒的柴確實不一樣，細柴在這裡不經燒。」

喬明瑾點了點頭，再次表示以後會送些粗的柴來。

那人便又道：「我姓余，以後我不在，會吩咐底下的人給妳銀錢，妳隔日就送一車來，若有哪日不能正常送，須提早告知我們，我這裡日日都離不得柴火。」

喬明瑾聽了後又點頭。「余掌櫃放心吧，我家也指著這個活計穿衣吃飯呢，若真有事不能送，會提前跟你們說的。」

說完她接過那人的六十文錢，等夥計們把柴搬空了，姊弟兩人便牽著牛出了余記的門。讓明珩去寄牛車，她則挑著兩筐子雞蛋，抱了一小捆竹耙往集市上走，三十幾根竹耙她可抱不完，剩下的一捆要等明珩再抱過來。

沿路好些人在看她，害她心慌臉紅了一把。欸，還是臉皮薄了些。

在集上，她剛把兩個筐子放下，就有那相熟的人圍了上來。

「小娘子，是挑的雞蛋嗎？」

「是啊，今天比昨天多了些。」

「哎呀，妳還會做竹耙啊？」

喬明瑾笑著點頭。

一同擺攤的人把她的竹耙拿起來看。「哎呀，小娘子的竹耙還刻了字呢！這都什麼字？紅紅的挺喜慶的，這還有花呢，可新奇了。」

喬明瑾便一一指著竹耙上的字說了一遍。

「這倒是個好意思呢。小娘子妳準備賣多少錢啊？我正好家裡缺了一把呢。」

喬明瑾沒想到這生意這麼快就上門，按捺住驚喜，說道：「我也是頭一次賣，各位都是常擺攤的，可知這竹耙的價錢？」

有一個大嬸便說道：「這尋常的竹耙有八文的有十文的，若是松山集，可能五文錢也能買到，不過這裡賣東西是要交錢的，進城也要收費用，所以東西都賣得比松山集要貴些。小娘子妳這個竹耙還刻了字、刻了花，十一、二文也是能賣的。」

喬明瑾想了想，十文已是到了她心裡的價位了，便對那個有意購買的中年漢子說道：「若大叔想要，就給十文吧，我也不指望靠著它發財。」

那大叔倒是個爽快的，很快就掏了十文錢，樂呵呵地挑了一把刻著「五穀豐登」的走了。

等明珩抱了剩下的竹耙過來的時候，喬明瑾已是把雞蛋賣出一大半了，竹耙也賣了一半。

明珩到了後，喬明瑾也鬆了一口氣。
她這要回答別人的詢價，還要應付別人的討價還價，還要點雞蛋，還要收錢，還要賣竹耙，著實有些忙亂。
姊弟兩人一配合，加上明珩的精明索利，很快地雞蛋又賣了一小半，筐裡就剩幾串了。
這稻草捆的雞蛋還是瞧著新鮮，來買的人也不在意多那一文、兩文錢，讓她的雞蛋賣得比別家的要快了一些。
而竹耙剩下七、八根，那些小的倒是全賣出去了。
看來這耙松毛、翻曬穀物雜糧的活計還是家中的小孩做得多呢，做父母的也樂意買一把照小孩身高做的竹耙哄孩子高興……
「瑾娘？」
喬明瑾抬頭。呵，他怎麼來了？
一身捕快的衣裳，腳上蹬著一雙皂靴，怎麼腰間沒有配把大刀或是劍什麼的？
喬明瑾與之對視了幾息，也不知道要說些什麼，良久才問：「你怎麼到這來了？」
岳仲堯一臉驚疑，還以為是看錯人了，錯愕中便答道：「我……我巡視至此。」
也是，人家是捕快嘛，只是不去抓賊，倒幹起了城管。
「瑾娘，妳怎麼到城裡來了？這賣的是雞蛋？哪裡來的？這竹耙又是哪裡來的？」
喬明瑾聽了並不想回話。

明珩看了她一眼，只好說道：「雞蛋是鄉親們託我們賣的，竹耙是我姊自己做的。」

岳仲堯還是有些糊塗，拿起地上的一把竹耙，這是瑾娘自己做的？他又看了喬明瑾一眼，怎奈喬明瑾只顧著給人拿雞蛋，並沒有看他。

後頭跟著岳仲堯的幾個衙役則好奇地問道：「岳捕，這是——」

岳仲堯剛想張口，喬明瑾便快速說道：「我們是同鄉。」

岳仲堯聽了，臉上一片黯然，沈默地點頭應付幾個同僚的詢問。

有一個衙役便說道：「妳是岳捕的同鄉，今後若是有人找妳麻煩，就報岳捕的名號，這樣就沒人敢找麻煩了，這條街有我們罩著呢。」

旁邊擺攤的人眼睛一亮，全圍過來把喬明瑾剩下的幾根竹耙買去了，剩下的幾串雞蛋也被來採買的人分了去。

喬明瑾一陣錯愕。

這些人對於岳仲堯幾人都是一副討好的表情，也不知是巴結還是畏懼。

她錯愕歸錯愕，自己帶來的東西賣完了，心裡還是挺高興的，收拾了籮筐扁擔，便要挑上肩走人。

「瑾娘……」

岳仲堯想拽住她，但這裡人還很多，他只能訕訕地叫住了她。

「岳捕有事嗎？我女兒還在家，我還要趕著回去呢。」

岳仲堯想要搶過她的擔子，被喬明瑾避開了。

他對後頭跟著的那三個衙役吩咐了幾句，那三人便告辭離開。

「瑾娘，這也近午時了，我帶妳和明玕去吃飯吧。」

「不了，我這還趕著回去，家裡也有活做，我帶了乾糧來。」

岳仲堯發現他一遇上喬明瑾就詞窮，愣愣地看了明玕一眼，發現明玕也不正眼瞧他，只好訕訕地跟在姊弟倆的後面走。

路上遇見賣糕餅糖塊的，他本想叫住喬明瑾，怎奈喬明瑾並沒停下腳步。

岳仲堯便一邊著急著叫人過秤，一邊回頭盯著姊弟倆的身影，一邊又不停催著攤主。

攤主瞧見縣衙裡的捕快跟他買東西，哪敢不快的？連錢都不敢收了。

岳仲堯沒看也沒空細說，抓了一把銅錢就扔在攤子上，拎了糕餅點心跑去追姊弟倆。

他把幾包點心糖果塞給明玕，道：「拿著路上吃，你再等等姊夫，姊夫給岳父買些茶葉和酒讓你拿回去。」

明玕看了他姊一眼。「我現在不住在雲家村，我和明琦現在在下河村和姊姊、琬兒一起住呢。」

岳仲堯愣了愣。「你和明琦住在下河村？」

「嗯，我奶奶讓我們來幫姊姊。」

岳仲堯又看了看走在前面的喬明瑾，小聲問道：「那你和你姊哪裡來的雞蛋賣？一大早是從下河村走過來的？」

明珩搖頭。「沒有，我姊借了秀姨的牛車。這些天，我們都是砍柴來賣，雞蛋是收了村裡人的幫著拿來賣，兩個雞蛋我們差不多能掙一文錢。」

岳仲堯聽完愣在原地。

她上山砍柴賣？她怎麼劈得動那些粗柴？現在還不到午時，她是幾時就出的門？

他只覺得心裡針刺一般，隱隱作痛，默默地跟他們，一直到了寄放牛車的地方。

看見姊弟倆坐上了牛車，要往回趕，他大步上前，拉著喬明瑾的手，從懷裡掏了一個荷包遞過去。「瑾娘，這些錢妳先拿著，不要那麼辛苦，我會養著妳們母女兩人的，那粗柴妳如何砍得動？以後有我呢，我——」

喬明瑾不待他說完，把荷包推了回去，道：「大的柴劈不了，我就劈小的，我能養得活琬兒，你不須擔心。」

鞭一揚，牛就小跑了起來。

岳仲堯拽著荷包愣愣地站在那裡，直到再也看不見他娘子的身影……

次日一早，寅時初，喬明瑾便醒了。

今天雖然不須往城裡送柴火，她還是按著時辰起了。

天還未亮，喬明瑾摸索著起了身，又給同在一張床上睡覺的琬兒和明琦掖了掖被子，這才出了正屋。

摸索著進了廚房，她點了柴火，廚房便一下子亮了起來。

她在大鐵鍋裡放了半鍋水，淘了兩把碎米扔了進去，轉身又在廚房角落裡掏了幾個地瓜，煮起了地瓜粥。

她又舀了水把自己收拾乾淨了，才到柴房搬來一捆稻草，坐在灶膛前編起網兜來。

這是一會兒上山要用的，若是漁網會更好，只是漁網對於她來說，目前還是個奢侈的東西。

喬明瑾坐在灶膛前，一邊編網兜，一邊不時起身攪一攪鍋裡的粥，以免糊鍋或溢出來。

網兜編好後，她又到院子裡把一根長竹竿拖了來，再用竹條子拗了個圓環，把網兜編了上去，一個簡易的網子便做好了。

她仔細地瞧了瞧，還挺滿意的，想了想，再拖了一支短竹竿來，又照著編了一個短些的竹網。

等喬明瑾把竹網做好後，粥也好了。

她起身把粥盛在四個粗瓷碗裡放涼，然後把剩下的舀在大盆裡面，這時，明珩也起了。

「姊，妳起這麼早啊？」

「嗯，今天咱早些進山。」

明珩以為喬明瑾要進山砍柴，遂也沒多問，嗯了聲就去洗漱，洗好後，才發現廚房裡還有兩根怪怪的東西。

「咦，姊，這是什麼？像是一個兜。」

「這就是網套，一會兒我們上山捉野雞要用。」

「捉野雞？用這個捉野雞？姊，妳真的會捉野雞？我還以為妳是說著玩的。」

喬明瑾白了他一眼，她像是說著玩的嗎？她說她有法子就是有法子，只是現代的很多法子，這邊沒法使用罷了。

事實上，捉野雞最好的時辰是夜裡。

那時候野雞歸巢了，或趴在草叢裡，或歇在枝杈上，這時，拿著一支手電筒，往雞眼睛一照，雞不能夜視，強光一照就只能傻愣愣地呆在那裡，這時就能隨便網隨便抓。

她前世的母親是在山上出生的，她去外祖家玩，常跟著上山捉野雞、野兔，也學了好些如何捉捕野雞、野兔的本事，對野雞和野兔的習性也瞭解得不少。

明珩拿著兩支竹網看了又看。「姊，這、這真能捉到野雞？」他心裡有些不敢相信。

「怎麼不能？你快些吃飯，太陽出來就不好捉了，捉野雞最好是在辰末之前和申時太陽落山之後。早上野雞還沒外出覓食，都在窩邊活動，而且也沒那麼靈活，最是好捉，而太陽落山後，野雞的視力都不好，都歸巢了，也好捉得很……」

明珩聽她說得頭頭是道，也沒起疑心，他那姊夫慣常到山裡打獵，沒準兒是姊夫之前教她的。

「那姊，我去叫琬兒和四姊。」

喬明瑾張了張嘴，算了，都去吧，幫著追趕也好，她轉身便去準備上山要用到的東西。東西備好後，明琦和小琬兒也睡眼惺忪地跟到廚房來了。

「姊，明珩說姊要帶著我們上山捉野雞？」

「是啊，姊之前不是說過的嗎？不過妳們要是不想去，就待在家裡也成，我還怕妳們咋咋呼呼地把野雞嚇跑了，等晚一些再上山找我們就好。」

兩人聽了，立馬醒了，連連搖頭。「我們動作很輕的，絕對不說話，我們也要去捉野雞！」

明琦也不待喬明瑾回答，生怕她拒絕，很快拽了小琬兒就去洗漱。

喬明瑾笑著搖頭，又轉身進了廚房用小灶燒了一鍋開水，洗了大鍋準備烙些烙餅帶到山上吃。

等一家四口全部弄好，已近卯時。四個人裝備齊整，趁著天剛露白的濛濛天色進山了。一路往山上走，村裡的公雞這會兒才陸續打鳴，村裡的小道上也沒見一個人。

喬明瑾看了看女兒和兩個弟妹的打扮，都是綁腿綁袖，腰上也用腰布纏得嚴實，身上穿著鄉間孩子都會穿的短打。

明琦、明珩一路上興致勃勃，一邊走一邊討論著捉野雞的事。

喬明瑾看著笑了笑，再看女兒正牽著明琦的手緊緊地跟著。

她怕喬明瑾不讓她跟，一路走來也沒喊過一聲累，也不讓人抱，抿著小嘴緊緊地跟著他們。

喬明瑾心裡多少有些安慰，又有些心酸。

「琬兒，來，娘來揹妳。」

「不，琬兒自己能走。」

明珩把扁擔遞給明琦，走到她面前彎下腰。「來，琬兒，小舅舅揹妳，咱們得快些走，趁著雞還在窩裡，這會兒才好捉，得快些把牠們捉住，不然慢了的話，牠們就跑了。」

小琬兒一聽，連忙爬到明珩背上。

「舅舅，我們快走，一會兒雞該出門了！」

「好，咱們快走！」

他說完揹著琬兒就飛跑起來，明琦也在後面跟著跑，三人嘻嘻哈哈地一路追著往山裡跑。

喬明瑾一邊搖頭笑笑，一邊也大步跟了上去。

一家四口到山腳時，只用了不到兩刻鐘。

三個孩子一路很是興奮，一到山腳，腳步就自覺地放輕了。

喬明瑾找了一處空曠處把扁擔和籮筐等物都放下，腰間別著一把柴刀和一捆草繩，讓明琦牽著琬兒跟在後面，她和明珩則一人拿著一支竹網，小心翼翼地走在前面，尋得都是些草叢茂密的地方。

這時天剛露白，草叢裡枝葉上還帶著露水，只一會兒，走在前頭的喬明瑾衣襬長褲就被打濕了。

也許是山裡枝葉遮天蔽日的緣故，天色看起來還比較暗，不過對她來說是正好。

喬明瑾小心謹慎地踩著草叢，眼睛四處張望，不時還用長竹竿在草叢裡撥一撥，很快就讓她發現了一窩野雞。

果然是一隻野公雞帶著好幾窩母雞。

喬明瑾大喜，示意後頭興奮的明珩放輕腳步，明琦和小琬兒則呆在原地，姊弟倆慢慢朝牠們靠近。

想把這一群野雞全部捉住，不大現實。喬明瑾權衡了一下，很快就和明珩做了決定，兩人一左一右，選了兩窩野雞就撲了過去。

不過因為是頭一回操作，喬明瑾的網子雖大，也網住了兩隻野雞，卻有一隻很快就從網子裡竄飛出去。

明珩因為情緒激動，動作有些急躁，所幸這群雞還沒反應過來，倒也讓他撲到了一隻。剩下的全都被驚飛了。

喬明瑾和明珩的動作不小，驚飛了一群野雞，兩個小東西在後頭看到了，自然是喜上眉梢，也不顧露水是不是會打濕衣裳就跑了過來。

等明琦和小琬兒奔過來看到野雞時，眼裡皆冒著興奮的光。

明珩把手伸進網子裡，將野雞捉了出來，緊緊拽住牠。

喬明瑾很快用草繩把兩隻野雞的爪子綁了，再把兩隻野雞綁在一起。

野雞比家雞要小得多，兩隻加在一起也沒多重，明琦喜孜孜地說要提，喬明瑾便讓她提著去了，她自己則去檢查兩個網子。

雖然編得很嚴實，她還用稻草加強了兩、三道，只是這一撲，野雞一掙扎，那稻草做的網子就有些鬆垮了。

看來這網子還是要魚線做才成，而且還要再做得大些，若能一撲便撲到一窩才是最好。

等明日送了柴，定要把魚線買回來，沒有材料可是做不成網子的。

隨後，姊弟兩人又如法炮製，很快就又網住了兩次，又捉到了五隻野雞。

喬明瑾很是索利地把野雞綁了，再回頭看了一下戰果，這才一個時辰，他們就捉了七隻野雞，還是在工具如此落後的情況下，不可謂不欣喜。

三個孩子更是高興，圍著七隻野雞看了又看，評頭論足。

喬明瑾抬頭看了看天色，這會兒太陽已經昇起來了，野雞也四處活動去了，正是精力充沛的時候，她便歇了要再繼續捉的心思。

而且，她還想著再進山裡看看。

今天進山的目的不是以拾柴為主，她主要是想看看還有沒有別的什麼東西是可以換錢的。

山裡雖然草木蘢蔥，可是她不想砍一輩子的柴，除了柴火，應該還有其他的東西或山貨什麼的可以賣，她想尋一尋。不是說靠山吃山嗎？總不能守著這一座青山餓死。

喬明瑾把野雞分別放到兩個籮筐裡，包袱則讓明珩背著，自己挑了兩個籮筐，領著三個孩子往山裡走。

四個人一路往山腹裡前進。

越往裡面去，山木越多越粗壯，一路上也有好些野果開著好看的花，只是這會兒還不到收穫山果的時節。

明琦和小琬兒對這滿山的野花起了興致，兩人邊走邊摘，很快就都捧了一大捧，還高高興興地舉著給喬明瑾看……

四個人一路歡聲笑語，倒像是在踏青。

喬明瑾一路四下探看，不肯錯過一絲一毫。

也許在別人眼裡不起眼的東西，對她來說卻是能用來換錢、換糧食的好物事。

如今她看著這滿山高大粗壯的林木，眼裡直冒光，這可都是錢哪！

前世植樹的人得等多少年，才能看到長成這麼高大粗壯的樹？

後世子孫若擁有這麼一大片樹木，一棵普通的樹種都能賣個幾百上千的，論斤賣柴火那也是不少錢，都吃穿不愁了。

而這時代還沒有山裡哪片林木是誰家私有的說法，也不會在樹身上刻字上漆，說是哪家的，可以隨便進山砍呢，嘖嘖嘖……

喬明瑾越往裡走，心情越是起伏不定，不過她也不能砍這些林木去賣吧？她不是木匠，這年頭也沒人大量伐木去賣，都是木匠們有需要了，就進山來尋一些砍了去，或是莊戶人家家裡需要做什麼家具了，再來砍上一、兩棵。

雖然沒有明文規定，但似乎自律性不錯。

喬明瑾在林子裡邊走邊看。

這林子裡樹種很多，好的樹種也有些被人砍了，有些樹樁周圍已是長滿了木耳。

喬明瑾讓明珩和明琦把黑木耳都摘下來，這些黑木耳洗淨曬乾了，能存放很久呢，也是一道美味的菜。

明珩摘了一會兒，看到她只是在林子裡找樹樁，很是奇怪。

他知道他這個姊姊不會做無用之功，於是他木耳也不摘了，就跟在她後面走。

他看她蹲著身子繞著看那些樹樁，一副若有所思的樣子，還看得極仔細，連周遭的地都不忘上前踩一踩，再跺上兩腳，看到一些大的樹樁，有時眼裡還泛著光。

姊是要幹麼？

第八章

明珩看她一副念叨的樣子，圍著一個個樹樁細看，還不時在地上又踩又跺的，有時候還用柴刀在樹樁子上敲敲打打，越發好奇。

「姊，妳這是要做什麼？這樹樁有什麼好看的？」

喬明瑾看著他笑了笑，神秘兮兮地道：「這可都是錢。」

「錢？哪裡來的錢？」

明珩一聽，也圍著樹樁細看，只是看了一會兒，仍是不明所以，起身問道：「姊是說這樹樁能換錢？挖了它賣柴火倒是能裝半車、一車了，只是這樹樁可不好挖呢，底下也不知埋了多深，還有好多樹根。」

喬明瑾看著這弟弟笑了笑，能看出來她想挖了這樹樁，還不錯。

不過如今她沒錢也沒那力氣，更沒那閒心，最主要是沒那個能力。

這東西雖然是個好東西，可現在的她還做不了，還得再尋合適的機會。

看著明珩一臉好奇，等著她解答的樣子，她也只是笑了笑。

她並不想說自己想拿這些樹樁子幹麼用，孩子的嘴都比較快，再說這樹樁在這裡也礙不著誰，等她準備妥當了，說不定還能靠它發達致富，她可不想替別人作了嫁衣。

她沒有詳細解釋，只說這些樹椿有大用，但現在他們還沒這能力。

明珩瞧著她的樣子，便也不多問了。

幾人又往山裡走去。

喬明瑾看了明琦手裡的麻袋，只這一會兒工夫，這黑木耳就摘了大半袋，就算曬乾了會縮水，泡了還不是會漲回來？這大半袋可是夠吃好一段時間了。

她很是高興，把兩個孩子誇了又誇，可把兩個孩子高興壞了。

小琬兒更是高興，都不用人揹了，蹦蹦跳跳地往前跑，不時彎著小身子四下裡找黑木耳，讓喬明瑾看了很是心酸。

沒多久，幾人就走到一處山澗處。

河面寬有四、五尺，兩邊長滿了茂密的蒲草，河邊地上還有野兔、野雞的足印，想必都是尋到這處來喝水的，若在此處做些陷阱，倒是有可能捕到一些野物。

喬明瑾便帶著三個孩子在此處停了下來，讓三個孩子待在原地，她則沿著溪澗走了走，走到一處水草尤其茂密的地方，卻突然驚起幾隻野鴨飛起，把她結結實實地嚇了一跳。

三個孩子見著了驚飛的野鴨，很快就跑了過來。「姊、姊，快網住牠！」

話音才落，野鴨連影子都看不見了。

幾個孩子嘗到了撲野雞的樂趣，什麼東西都想撲一把，這野鴨可是比野雞重得多了，一隻能抵兩、三隻野雞，賣得錢也多。

「哎，怎麼跑了？」

明琦和小琬兒看著蕩漾著漣漪的溪面，又看著晃動的草叢，很是洩氣。

喬明瑾看著她們，笑了笑，說道：「野鴨走了，說不定草叢裡會有野鴨蛋呢。」

「娘，真的嗎？會有野鴨蛋嗎？」

「姊，那我們去找一找！」

「找什麼找？在對面呢，這怎麼過去？又沒橋。」明珩說完白了明琦一眼，看著對面的草叢，也跟著嘆氣。

喬明瑾看了三個洩氣的小東西一眼，笑了笑，對明琦說道：「把竹竿給姊姊。」

她接過明琦遞的竹竿便往溪澗中間戳去，一直戳到底，觸到的是平整的河床，又往下用力戳了戳，竹竿又下去了些，再壓，就有些費力氣。

看來這河床下面並不是淤泥。

喬明瑾又把竹竿往兩邊幾處戳了戳，稍後就把竹竿提了上來，用手按著竹竿最上端的濕處在身上比了比，還好，在肩部以下的位置，沒不了頂，這河水還不算深。

她又把竹竿橫著比了比，心裡便有數了，對三個孩子說道：「你們三個在這邊待著，姊到對面看看。」

「姊，這河面這麼寬，妳怎麼過去？」

喬明瑾笑了笑，說道：「那你們可看好了。」

她說著往後退了十來步，舉著竹竿開始小跑，這河面不算太寬，用不著跑太快。跑到河面兩步處，她便用竹竿往自己這邊的河面上一戳，身子騰空飛起，利用慣性，一下子就躍到了河對岸，到了對岸，整個人往前撲了撲，還好沒撲到地上。

多少年沒玩了，躍過來都不能站穩了。

等她站穩身子回頭看三個孩子時，發現三個孩子都張大了嘴巴，愣愣地看向她，喬明瑾揚著嘴笑了起來。

「哇，姊，妳是怎麼做到的？」

「哇，娘會飛呢！」

「姊，我也要過去！」

「不行。」喬明瑾制止了明珩。

這種遊戲她可是從小玩到大的，她家那邊是水鄉，河多，若要走橋，有時候要繞很遠的路，她不耐，所以經常這樣撐竿跳，只要河面不超過兩米，都能輕鬆躍過去，但明珩沒有經驗，若不慎掉進去，可就整個人都沒頂了。

「姊！」

他瞧著他姊做起來挺容易的樣子，竹竿一撐、腳縮起來，就躍過去了，沒理由他不能。

喬明瑾瞪了他一眼。「你先在那邊地上練練再說。」

明珩聽了，什麼都不管了，就拿著他自己的網兜練了起來。

以後遇到這樣的河面，他也要不走橋不沾水就能像姊一樣輕鬆地一躍而過。

喬明瑾看了他一眼，也不多說，隨他去了，她自己則往剛才野鴨驚起的地方走去，在草叢裡撥了撥，並沒有見到野鴨蛋。

她直起身子又在附近尋了尋，連撥了好幾處，也是她運氣好，終於瞧見了一些淺青色的野鴨蛋，她見之大喜，忙用柴刀砍了一些蒲草，做了蛋托架，一串五個，串了三串才串完，又撐著竹竿跳回對岸來。

小琬兒和明琦看見野鴨蛋，早就興奮不已地等在對面了。

喬明瑾一躍過來，兩個孩子就把蛋接了過去，興高采烈地舉著蛋看了又看。

明珩則還在那裡又蹦又跳的，喬明瑾看了哭笑不得，說道：「好了，以後閒時再練吧，這裡面還有很多要注意的地方，以後閒了姊再教你。現在，先把這些蒲草拔了。」

明珩連忙收了竹竿走過來。「拔這些水草做什麼？」

明琦和小琬兒也把鴨蛋放好後，跟了過來。

「蒲草韌如絲，這蒲草可是好東西，不僅能編草繩，還能編草蓆、編籃子，能做很多東西，而且它還能吃，是一種野菜。」

「這水草還能吃？」明珩、明琦都不大相信。

「是呢。咱家現在菜還沒長芽，也不能老是吃別人送過來的菜，人情欠多了，以後可不好還，若用錢買，一是要花錢，二是村裡人也不會收。現在咱們把這蒲草拔了，晚上做菜吃，別人都不知道這蒲草能吃，沒準咱明天還能賣些錢呢。」

明珩一聽能賣錢便來了興致。「姊，這蒲草真的能吃嗎？還能賣錢？」

「嗯，能吃。這蒲草其實是一種野菜，上面的草不能吃，能吃的是水下和泥裡的部分，咱們把它賣到酒肆，也許別人看著新鮮，能花錢把它們買了去呢。」

她一邊說著一邊動起手來。「琬兒別過來，別掉到水裡了，在那邊看著野雞，別讓牠們跑了。」

「嗯，琬兒看著野雞。」

喬明瑾看了女兒一眼，就跟明琦、明珩說起如何拔這蒲草，不一會兒，三人就拔了好大一堆，連水裡的泥都帶了出來，長的有三、四尺長。

喬明瑾把上面碧綠的草用柴刀割了去，只留著下白色的嫩莖，這樣就是別人看到了，也不知道是何物。

這下面能吃的部分又叫蒲菜，也叫香蒲，炒起來很是爽口，前世她在鄉下經常吃，有時候菜市場裡也有賣。

三個人用草繩捆了三大捆，又把野雞騰出來，把那些蒲草堆在籮筐裡。

也不知能不能賣掉，所以他們不想多拔，只收拾了三大捆就罷了。

三人又在溪澗邊挖了幾個陷阱，想著若是能捉住一些野兔什麼的，也能賣些錢。

下午，喬明瑾便領著三個孩子在前山砍了大半車柴。

日落時，她有些筋疲力盡，只好讓明玠回家牽了牛車來。

臨走前，她又在溪澗邊的陷阱裡瞧了瞧，他們今天運氣不錯，三個陷阱裡落了四隻野兔，不過都是灰撲撲的山兔。

若是白兔，就是憑著一身白色的毛皮還能多賣上一些錢，不過這幾隻山兔挺肥的，也能賣上幾個銅板了。

把四隻野兔、七隻野雞用松毛遮了遮，一家四口便帶著大半車柴回家去了。

次日寅時初，喬明瑾和明玠從家裡出發。

姊弟倆仍是坐在牛背上。

喬明瑾身上揹著裝乾糧和水的包袱，牛背兩邊仍支了根扁擔，一頭掛了裝了三大捆蒲菜的籮筐，一頭掛了兩個籮筐，裝著那四隻野山兔和七隻野雞。

喬明瑾一點都不擔心蒲菜會賣不出去。

昨晚他們就是吃蒲菜，家裡缺油少料，做出來的蒲菜還是讓三個孩子差點連盤子都舔乾淨了，還直嚷嚷說以後都不用拿錢去買菜了，就去拔蒲菜吃。

下河村有一條長河，河邊長滿了這些蒲菜。

這時代的人並不懂得這蒲草是能吃的，遮掩起來也方便，若有人問，就說是拿了蒲草回家編蓆編繩，一定沒人跟他們這窮人家爭搶。

那不認識蒲菜的菜集上，買的人少倒不要緊，酒樓可都是吃新鮮貨的，越是旁人沒有的，越是要爭著搶著買回去。

還有那幾隻野物，本來她還想留著兩隻野母雞生蛋，但是現在家裡沒積蓄，還是把牠們全帶了出來，先換了錢再說。

這回村裡沒人寄賣雞蛋，倒也好，不然這牛背上還真不好放。

姊弟倆一路晃晃悠悠，辰時就到了青川縣的城門口。

喬明瑾把兩文錢遞出去的時候，兩個衙役看了姊弟倆一眼，把她的兩文錢推了回去，沒多說什麼。

喬明瑾愣了愣，是新規矩？不再對進城做生意的人收進城費了？

可是旁人還是收的啊，喬明瑾左右看了看，有些不解。

有一個小個子的衙役瞧她那模樣，便湊過來對她悄聲說道：「妳是岳捕認識的人，我們可不敢收妳的錢，妳在岳捕面前多幫我們說些好話，讓岳捕記著我們就行，若能跟著岳捕巡街——」

他的話還沒說完，就被旁邊的人拉扯了一下，說道：「我看小娘子是要趕早集的，快些進去吧，晚了怕是不好賣。」

喬明瑾向兩人道了謝後就牽著牛和明珩走了進去。

她回頭還能看到兩個衙役低頭在說話，只是聽不到他們在說些什麼。

這次送的柴比上一車要粗大的多，所以余掌櫃給了他們六十文錢，連同兩袋松毛，一共給了七十文。

他又看到喬明瑾籮筐裡的野雞和野兔，很感興趣，說他們打鐵鋪裡每日都要有肉食的，不然幾個夥計和徒弟都沒有力氣，遂向她買了兩隻野雞和一隻野兔。

喬明瑾帶的野雞、野兔都是活生生的，就是今天不吃明後天再殺也可以，再者，她也不知明後天可還有沒有貨。

只是她不好定價錢，因為她是頭一次賣這野物。

倒是那余掌櫃像是極熟的，隨手掂了掂，就說道：「妳這野雞一隻三斤多四斤不到，野兔倒是肥，能有八斤左右。外面賣的野雞是一斤十五文，比家雞貴了三文，野兔二十文一斤也能賣，我看妳是頭一次做這買賣，按這個價也虧不了多少。」

喬明瑾聽了，感激地朝他點頭。

那人便讓人連同七十文的柴錢，一共數了三百五十個銅板給她。

喬明瑾知道以這三隻野物的價錢怕是給多了，便從另一個籮筐裡解了一大把蒲菜給他。方才，這一籮筐的蒲菜他也掀開看了的，只見是不認識的菜便沒有張口。

她說道：「這是一種野菜，把外面的皮剝了，切了清炒，做湯、燉肉都是極好的，吃著很是爽口，余掌櫃且拿去吃吧，方才給的那些錢多了，這算是我姊弟兩人送給掌櫃嚐鮮的。」

余掌櫃看了她一眼，點了點頭，也不客套，讓人接了過去，又說道：「那就多謝小娘子了，吃著好，我再向小娘子買。」

喬明瑾朝他道了謝，姊弟兩人牽著牛車走了出去。

寄了牛車，他們就挑了擔子往集裡趕。

為了不耽擱時間，路過一個酒樓時，喬明瑾便解了裝蒲菜的籮筐走了進去，讓明珩挑著那幾隻野兔和野雞去集裡賣。

明珩人精明腦子又活泛，已是能獨當一面了，她一點都不擔心。

當然酒樓也有可能會買下野雞和野兔，只是給的價不會太高，還是送去集上零賣得好，青川縣很大，不怕賣不出去。

喬明瑾不打算進酒樓的大門，問明後門的位置，就挑了菜往後門走去。

酒樓的後門這會兒正大開著，不時有人進出送各種東西，還有收泔水（注）的，人來人往。

喬明瑾也不急，靜靜地等了會兒，直到沒人了，才挑著筐子走了進去。

裡頭一個胖乎乎的管事模樣的中年人看到她，問道：「妳是哪家的？送什麼東西來的？」

喬明瑾便笑著對他說道：「管事的，我並不是哪家的，只是自家得了一些新鮮的菜，想著拿過來問問看你這裡要不要。」

那管事倒沒有不耐煩，反而走了過來。「喔？是什麼新鮮的菜？」

喬明瑾把遮擋的稻草掀了去。之前在寄牛車的地方，她和明珩已是在上面灑了水，這會兒，白白嫩嫩滾著水珠的蒲菜，一段一段的瞧著甚是喜人。

那管事的方才在院裡清點送過來的各種物事，喬明瑾能瞧得出來這人定是酒樓的採購一類的人物，這種人見多識廣，她也不想說太多，只是這個蒲菜，這時代的人還只當它是水草，水面上長得碧綠碧綠的，誰會想到下面是另一種模樣，而且竟還能吃呢。

那管事到了近前，略彎了腰看了看，拿著喬明瑾遞給他的一段嫩白根莖聞了聞。

喬明瑾便說道：「這是一種蔬菜，聞著是不是有種淡淡的香氣？這叫香蒲，是我家人從外地帶回來種的，我保證這青川縣只我一家有，你這飄香樓也是青川縣排得上號的，若是有我家這獨一份的蔬菜，客人願意嚐個鮮，那些貴人也多喜吃一些別人沒吃過的菜蔬，也許你這酒樓還能藉這菜再長長名氣也說不定呢。」

那管事的看著喬明瑾講了一通，很意外地看了她一眼，這才問道：「這真是只有妳一家種出來的？」

喬明瑾看他有五分心動的樣子，便說道：「掌櫃的放心吧，我也不是只打算做這一回生意的。」

看他一副洗耳恭聽的樣子，她又笑道：「這香蒲我家種得多，每次一割就是幾大捆，今

注：淘米、洗菜或刷洗鍋碗後的水。泛指用過的髒水。

天也是頭一次賣，拿來的便少了些，這麼大的縣城，我也不怕沒人識貨，更何況現在就我一家有，我更不怕賣不出去。這縣裡的酒樓，也不只你們飄香樓一家呢。」

那管事聽完看了喬明瑾一眼，才說道：「這菜我也是頭一回見，味道如何還不知道，有沒有人願意嚐鮮，我更是不得知，不過衝著小娘子這獨一份的生意，某也願意試試看，就是不知妳這菜要怎麼做？」

喬明瑾便說道：「這菜看著跟茭白差不多，做法也可比照茭白來做，或炒或做湯或燉肉都可，切塊、切絲、切片、切丁亦可，吃起來口感脆脆的，很是爽口。貴酒樓廚子多，想必能摸索出更多的菜式和做法出來，小婦人說的也只不過是一些家常做法，在管事面前實不敢托大了。」

那管事的看著她，很是滿意。

這小娘子很實誠，不卑不亢，明明是來求著他買下菜的，但就是瞧不出有一絲求人的模樣，而且話語中還隱隱透著不買定會後悔的樣子。

那管事的想了想。「不知這香蒲，小娘子準備賣多少錢？」

喬明瑾心裡撲通跳了一下，忙按捺住，看了對方一眼，略想了想便說道：「管事的瞧著便知是個見多識廣的，恐怕在管事的手裡，也過了沒有數百也有上千的物什了；小婦人實不瞞管事的，這菜還是小婦人頭一次來賣，具體能賣上什麼價，卻是不敢托大的，要不管事的給小婦人定個價吧！飄香樓財大氣粗，管事的瞧起來也不是那等小氣的人，定不會誆了小婦人的。」

那管事的又正兒八經地瞧了喬明瑾一眼，眼睛裡含著笑。

這小婦人話說得漂亮，若是給的價低了，她等會兒挑著這菜到別的酒樓賣了，若人家給的價比他高，豈不是說他們酒樓檔次低了？讓人知道了，還會說他這個採購的不識貨。

那管事的眼睛轉了轉，便說道：「妳這菜我也確實是頭一次見。小娘子一個人來賣菜也不容易，旁的菜大約就幾文錢一斤，有那稀罕的也高不過十五文，總不能比肉貴了。妳這香蒲就按十文一斤給我吧，若是客人吃得好，下回某再跟妳多訂些，到時我再跟東家說一說，也好給妳提提價。」

喬明瑾笑了笑，跟東家說不說的，她不知道，這管事的是個採購，哪能定不了價？不過這十文一斤她也挺滿意了，便點頭應了。

那管事看喬明瑾點頭，便又說道：「今天某就信了小娘子這一回，只是這麼多，今日我們的採購已經都有定數，怕是要不了這麼多。」

喬明瑾也沒指望他能全部要了，他們三個人昨天拔了三大捆，昨天家裡只炒了一盤吃了，又留了一些給明琦和琬兒今天中午吃，如今這三大捆，一捆能有個三、四十斤左右。

酒樓一般當天的菜前一天都會採購好了的，她這麼插一杠子，別人也確實為難。

那管事的話音剛落，喬明瑾便順著他的話說道：「那管事的便看著要吧，能要多少就要多少，管事的能幫著銷掉一些，小婦人已是感激不盡了。」

那管事的點點頭，轉身吩咐兩個小夥計帶著秤過來，先是秤了一捆，有三十八斤。

那管事的想了想，又讓喬明瑾解了一捆，要了其中的一小半，湊了五十斤。

那管事把半兩銀子遞給喬明瑾的時候說道：「鄙人姓黃，是這飄香樓的採購，明天小娘子這個時候再來一趟，若是今天客人吃著好，我再跟小娘子買一些。」

喬明瑾把那半兩銀子收好，便說道：「謝謝黃管事，只是我隔天才進城一趟，家裡事多，不能天天都來。我後日這個時候再到這裡來，您看如何？」

黃管事想了想便點點頭，又跟喬明瑾說了幾句，這才送了喬明瑾出門。

喬明瑾挑著剩下的一捆半香蒲，又連走了十幾家酒樓食肆。

有一些酒樓很乾脆地拒絕，有一些婉轉地說是沒見過，這種入口的東西不敢輕易買，而幾家聽她說飄香樓要了一大半，就也跟著要了些。

有一些食肆見她年紀輕輕的一個小娘子獨自來賣菜，目光透著憐憫，也出手買了十斤、八斤的。

有一家食肆叫張記食肆，那掌櫃娘子看她說得嘴唇發乾，便爽氣地把剩下的三十斤香蒲全包了，說若是食肆客人不愛吃的話，她就帶回家做給家人和幾個孩子吃。

喬明瑾很是感動，給她打了八折，零頭還不要她的，那掌櫃娘子樂呵呵地直送她走了好遠。

三大捆的蒲菜賣完後，共是一百三十斤，總共得了一兩一錢多銀子。

喬明瑾很是滿意，高高興興地挑了兩個空籮筐去集上找明珩。

這會兒，莊戶人家集中的市集已是快散市了，只有零星的幾家還在賣著。

零落的集市上，喬明瑾遠遠就看見岳仲堯站在明珩旁邊，兩人面對面，似乎在說話。

喬明瑾腳下頓了頓，在原地默默地站了一會兒，還是挑著筐子走了過去。

「瑾娘！」

岳仲堯先發現了她，跟著往前邁了幾大步，不顧喬明瑾的推拒，硬是把她肩上的籮筐接了過去。

「妳在家還沒挑過重物呢，可還挑得動？肩膀疼不疼？」

喬明瑾聽了，面上淡淡的，沒應。

「姊，妳把菜全部賣光了？姊夫還說妳若是賣不掉，他就幫妳拿去賣呢！本來還想去找姊來著……」

說話間，瞧見他姊瞪了他一眼，他連忙訕訕地止了話頭。

「野物賣完了？」

「嗯，可好賣了！一斤野雞能賣十五文呢，野兔也能賣二十文一斤，那余記的掌櫃說得一點都沒錯，可準了，後面還有兩個人過來沒買到呢！」

明珩聽到他姊問他買賣的事，那眼睛又晶晶亮了起來。

「人家吃的鹽都比你吃的米多，且還住在城裡哪能不知道物價？」

岳仲堯聽著姊弟兩人自顧自在說話，也沒人搭理他，眼神暗了下來。

等姊弟兩人歇了嘴，他連忙斂了神色，搶著說道：「我聽明珩說捉野雞和野兔還是妳想的主意。瑾娘，我沒想到妳——」

喬明瑾不欲與他說起這些，打斷他的話頭，問道：「你今天休息？」

他一身的差衣，瞧著也不像是個休息的模樣。

岳仲堯聽著妻子不鹹不淡的話，眼神越發黯淡，應道：「沒有，只是差事比較閒。瑾娘，我這給琬兒和明琦、明珩買了些糕餅點心，妳拿回去給他們吃。我還給你們扯了幾尺布，妳帶回去給妳自個兒和三個孩子做身衣裳穿，再過幾日休沐，我就回去了。」

他說著便把手裡一個大大的包袱遞給喬明瑾。

他也知道瑾娘心高氣傲，定是不會拿他的錢的，買一些東西娘子興許還能收下。

喬明瑾盯著那個大包袱，只看著並不接。

岳仲堯有些忐忑，又說道：「只是一些吃的用的，不值什麼錢，都是給孩子買的。琬兒和北樹一樣大，長得還沒北樹一半重，比玲瓏也是差得遠了。」

喬明瑾想起留在家裡的女兒。

還是後來跟著她別居出來，女兒臉上才長了一些肉，在岳家，女兒連哭都不敢高聲哭的，哪敢跟吳氏的兩個寶貝孫子搶東西？

她看了明珩一眼，明珩便把那個包袱接了過去。

喬明瑾對岳仲堯說道：「你且忙去吧，我們要回了。」

岳仲堯張了張嘴，伸手想去拉喬明瑾，到了近前卻又縮了回去，嘴上訕訕地道：「我聽明珩說妳想買漁網魚線之類的東西，我知道哪家的好，我帶妳去買。」

他說完生怕喬明瑾拒絕，動作迅速，把明珩身前裝野物的那個籮筐也疊到野菜筐子上，就挑著三個籮筐率先往前走去。有扁擔籮筐在，他也不怕喬明瑾不跟著。

喬明瑾其實真想索性不要那兩個籮筐了，只是明珩拽了拽她，她自己想了想，只好跟了上去。

等岳仲堯帶著她買了魚線漁網等物，她也不想再逛了。

本來她還想到家具店去看看的，只是跟著這麼一個捕快一起，路上那回頭率不是一般的高，連店鋪中掌櫃夥計瞧她的眼光都不一樣，紛紛巴結岳仲堯甚至不收他的錢。

喬明瑾連細細挑選的機會都沒有，她覺得彆扭，總覺得是自己欠了岳仲堯的，便沒有再逛下去的興致，出了店鋪的門，她拉著明珩的手就往寄放牛車的地方走了去，一路上抿著嘴，都不跟岳仲堯說話。

她把籮筐放到車板子上，使勁揮了一鞭，那牛便得得地跑了起來。

岳仲堯往前伸了伸手，嘴巴張了張，最後也只是眼神黯然地抿緊了嘴，愣愣地看著牛車消失不見。

一路上，明珩看著只專注揮鞭的姊姊，嘴巴張了數次，總想著要說點什麼，又生恐惹得她不高興了，只憋得他難受，頻頻扭頭去看她嚴肅的側臉。

不一會兒，他眼睛轉了轉，把岳仲堯給的包袱打開了。

「哇，姊，好大一塊布，夠我們每人都做一身新衣裳了！」

喬明瑾在這一路上的眼睛餘光也看得出弟弟想找她說話，但她正煩心著，並沒搭理他。這會兒看他咋呼，嘆了口氣，轉過身來，拿起那塊布看了看。水藍色的布料，顏色並不鮮亮，布也只是鄉下尋常見到的土布，但難得的是那顏色男女都能用得上，他們一家四口都能做成衣裳穿。

也算他有心了。

她把布看了看，又放了回去，然後翻了翻包袱裡其他幾個油包。包袱裡有好幾樣糕餅點心，還有一大包糖果及一大包炒貨，雖不是什麼特別矜貴的物事，但對於三個孩子來說，已足夠讓他們驚喜了。

明珩素日裡瞧著是最沈穩不過，這會兒也禁不住找了一塊點心塞進嘴裡，還不忘塞一塊給喬明瑾，自己吃得眉開眼笑的。

喬明瑾心裡重重地嘆了口氣，轉身專心駕起牛車來。

看來這賺錢大計是一日都不能停歇了，若落個讓人接濟的下場，又何必大張旗鼓地搬出來呢？

她有些急躁，牛鞭大力揮了出去，那原本慢悠悠的老牛便撒著四蹄往前小跑了起來……

喬明瑾姊弟兩人駕著牛車進了村，靠近自家院子的時候，隱約聽見小琬兒在哭。

這些天，喬明瑾跟兩個孩子說，讓她們早上到山上拾柴、耙松毛，中午回家吃飯的時候就在家裡歇息，等她和明珩回來再一起上山。

兩個孩子很懂事，本來不肯，喬明瑾便跟兩個孩子說，讓她們吃了飯在家裡一邊搓草繩，一邊等他們回來。

這些天，家裡處處都用得到草繩，且以後這些草繩也是能賣錢的，兩個孩子聽了，這才不再像之前一樣整天都待在山上了。

只是這好端端的，女兒怎麼哭了？

喬明瑾心裡著急，牛車也顧不得了，鞭子扔給明珩，自己跳下車子就朝家裡跑去。

院門大開著，喬明瑾一隻腳剛邁過門檻，就揚聲喚道：「琬兒？明琦？」

「娘……」

小琬兒聽到喬明瑾的聲音，大哭著跑了過來，一陣風般撲到喬明瑾身上，整個人趴在喬明瑾的大腿間，兩隻手圈著她的腿哭得厲害。

喬明瑾看她哭得都抽噎了起來，心疼不已，連忙彎下腰一把將女兒抱了起來，看她臉上糊著眼淚，兩眼通紅，心裡抽抽地疼了起來。

自母女兩人搬出來後，小琬兒已不再到哪都跟著她了，且自從明琦開始陪她之後，她已日漸開朗。

平日裡也會跟村裡一些親近人家的小孩玩在一處，只是瞧她今天這麼放開地哭，就知道這孩子知道這是自己家呢。

喬明瑾看明琦也跑了過來，便問道：「這是怎麼了？」

「東根搶了琬兒的小石子，還搶了姊買給琬兒的糕餅和糖。」

趴在喬明瑾肩頭抽噎的小琬兒一聽，哭得越發大聲。這會兒見了自個兒娘親，尤其委屈，緊緊地抱著娘親的脖子，淚水直往下掉，喬明瑾只覺得脖子裡濕漉漉的。

聽了明琦說的話，她皺了皺眉頭，這才看到自家院裡還站了好幾個人。

「三嫂。」

岳小滿一臉訕訕地走過來跟喬明瑾打招呼，身後還跟著玲瓏、東根和北樹。

東根看了喬明瑾一眼，立刻就垂下頭躲到岳小滿身後，倒是玲瓏和北樹朝她叫道：「三嬸。」

「三伯母。」

喬明瑾按捺自己的情緒，對玲瓏和北樹笑著問道：「玲瓏和北樹也來了啊，是來和我們琬兒玩的嗎？」

兩個孩子看她並沒有生氣的樣子，便朝她點了點頭。

岳北樹只比琬兒大了兩個月，自生下來就得他父母和爺奶疼愛，于氏更是把他捧在手心裡都怕化了，就是到村裡串門子，也是抱著他的，還不愛放他下來走路，總擔心磕了碰了。

這會兒瞧著北樹的身形倒是比琬兒要大一些，只是這孩子到現在連路都走得不穩當，更不要說像琬兒一樣能幫著大人拾柴了。

而玲瓏這個堂姊比琬兒大了好幾個月，雖然東根是哥哥，但因為東根是長孫，孫氏又把他看得跟眼珠子一樣，養成了那孩子驕縱的性子，事事都要爭先，瞧著好的東西都愛扒到自己懷裡。

兩兄妹站在一處時，倒像玲瓏是姊姊，東根是弟弟一樣。今天他能搶了琬兒的小石子也足見一斑。

喬明瑾對孫氏和于氏淡淡的，但骨子裡還是喜歡小孩子的，且這兩個孩子又都還小，並不見有什麼不好的毛病，只是那東根……她就敬謝不敏了。

喬明瑾問了兩個孩子幾句，又轉身問岳小滿。「五妹今天來是有什麼事嗎？」

岳小滿飛快地往喬明瑾臉上掃了一眼，發現喬明瑾並沒有什麼不高興的樣子，很是鬆了一口氣，忙說道：「也沒什麼事，就是來看看嫂子和琬兒，順便再帶些菜過來。」

說話間，喬明瑾已和她走到了院中。

喬明瑾聽了岳小滿的話，看了明琦一眼，明琦便說道：「小滿姊來了一會兒了，帶了一筐子菜過來，我都放在廚房了。」

喬明瑾聽了有些意外。她母女兩人都搬出來好些天了，這還是頭一次岳家除了岳仲堯之外有人上門來看她們母女呢，且還帶了菜過來。

吳氏不是說有本事搬出去，就不要向岳仲堯要撫養孩子的費用嗎？這還能讓岳小滿拔了菜送過來？

岳小滿看著喬明瑾一臉不相信的神情，臉上燒了燒，低著頭小聲說道：「原是早就要過來看嫂子的，只是家裡一直忙，今天一早，娘到外婆家去了。」

喬明瑾聽了方才了然，笑了笑，拍拍趴著她肩頭已止了哭、小聲抽噎的女兒，在她耳邊悄聲道：「琬兒去找舅舅，舅舅給琬兒帶了好吃的回來了，琬兒快去藏起來，不給東根哥哥吃。」

小琬兒一聽，用小手背抹了一把眼淚，喬明瑾剛把她放下地，就蹬蹬地跑到門外去了。

喬明瑾帶著岳小滿在院子裡轉了轉，跟她說話。

「嫂子，妳是不是能幫著賣雞蛋？」

喬明瑾看了她一眼，便點了點頭。「是啊，這些天村裡也有好幾戶人家拿雞蛋過來讓我幫著賣，我比集上兩個蛋多賣了一文錢，但每十個蛋，我還多付兩文錢給鄉親們，其他的便算是我路上的損失和辛苦錢。」

岳小滿聽了連連點頭，說道：「應該的，咱這裡到城裡要好幾個時辰呢，一路上運到城裡，也不是每個蛋都是完整的。」她頓了頓又道：「不知道嫂子能不能也幫我們家把雞蛋賣了？」

喬明瑾有些意外，看著她說道：「等妳三哥回來，再讓妳三哥拿去城裡賣不是更好嗎？還能多賣一些錢。」

岳小滿道：「娘倒是說要等著三哥回來再賣的，但爹說三哥每旬才回來一次，每次三哥走的時候若沒遇上趕牛車的，還都要走路進城，也不想三哥辛苦；再說家裡十幾隻雞，那蛋天天都下，沒幾天就攢下好幾十個了，放久了也怕壞了。」

喬明瑾聽了不語。

其實她並不想替岳家賣雞蛋，這實在是個吃力不討好的活。

以後自家過得好了，指不定兩個妯娌又說是他們岳家養活了她們母女呢，而那吳氏更是個不省心的，喬明瑾不想讓她們有機會說一些歪話。

這老岳頭怕三兒辛苦，且雞蛋也等不及那麼長的時間，而吳氏又覺得賣得比集上便宜了。

之前大家都賣去集上，沒人比較，吳氏倒也不會說些什麼，這會兒跟村裡人一比較，自然覺得雞蛋賣得錢比別人少了。

岳小滿看她一副為難的樣子，大抵也猜到是什麼原因，便說道：「嫂子且放心賣去，不會有人說什麼的。咱家如今缺的東西，三哥每次回來都會買回來，倒不用專門為了賣雞蛋跑一趟集上，辛苦不說，雞蛋還賣不上價。嫂子給我們的錢就跟村裡人一樣就行……」

喬明瑾聽岳小滿說了這一番話，也不想她為難，便應了下來。「那妳一會兒就把雞蛋送過來吧。」

說完，她看岳小滿一臉欲言又止的模樣，便問道：「可還有什麼問題？」

岳小滿脹紅了臉，好一會兒才說道：「娘說要嫂子先給錢。」

喬明瑾一聽，眉頭皺得死緊。

這是怕她吞了雞蛋的錢？她不由得氣笑了，說道：「我這牛車裝了柴，也騰不出太多地方裝雞蛋，村裡其他人家都是之前說好了的，所以只能先給他們把空間騰出來，且我們母女兩人連買菜、買米的錢都沒有，賣柴的錢買了米麵也沒餘錢了，是不夠墊付雞蛋錢的。要不，讓妳兩個哥哥帶去松山集上賣？」

岳小滿聽完臉上越發紅了，良久才吶吶道：「那我先回家問問爹吧。」

她說完拉了玲瓏和北樹的手便走了出去。

那東根兩手緊握著放在胸前，跟在岳小滿身後快速竄了出去。

「娘，琬兒的小石子……」

明珩已在院內停了牛車，琬兒看東根要出門，立刻跑過來拉著喬明瑾的衣襬委屈控訴。

喬明瑾摸了摸女兒細軟的頭髮，說道：「沒事，娘以後再給我們琬兒尋更好的石子來，還有好看顏色的，好不好？」

小琬兒聽了，這才高興地點了頭，又拉了拉喬明瑾，示意她娘彎下腰，在喬明瑾耳邊悄聲說道：「娘，舅舅說，這次娘帶了好多好吃的回來呢。」

喬明瑾笑了笑，說道：「是呢，琬兒高不高興？」

「高興！娘，這要不要很多錢？」

喬明瑾聽了，不由得一陣心酸。別人家一樣年紀的小孩連路都走不穩當，她的女兒已是能幫著幹活，還懂得幫她省錢了。

「不要很多錢，等以後娘賺多的錢了，一定給琬兒買更好吃的糕餅。去吧，跟小姨去找舅舅要好吃的。」

看女兒邁著小短腿在院子裡跑開了，喬明瑾眼裡帶著笑，鑽進了廚房。

下午，喬明瑾帶著三個孩子在山上砍了一些柴火，又在河邊挖了幾個陷阱，還尋了一些野兔的足跡，在牠們經常出沒的地方設了機關。

這野雞、野兔賣的錢比辛辛苦苦砍一天柴火得的錢要多得多，若是能每天有些收穫，她也能緩口氣了。

還是每日早早起來好了，早上捕捉的效果也很不錯。

下午，一家四口拾了大半車柴，喬明瑾又在竹林處砍了兩根竹竿。

今天在城裡，她還了好大一塊漁網，還有一捆編漁網用的線。

下河村有一條長河，還有幾條小河，山裡也有好幾條溪澗，裡面的魚都不少。

這年代的捕魚工具落後，魚繁殖得也快，加上莊戶人家大多不願意去料理魚。

淡水魚一是有土腥氣，二是魚刺小且多，三是莊戶人家也捨不得做魚的時候要費油、下料、下薑蒜、下料酒什麼的去腥，四是大人們大多都心疼孩子，有魚肉都是給孩子吃，可那魚刺多，孩子又大多不會吐刺，醫術又落後，卡了刺要人命的也不少，於是河裡的魚便越加多了起來。

能捨得吃魚的人也多是那城裡的有錢人家，若不是死魚賣不上價，她也想撈些魚去賣的，有錢人可不會省油鹽薑蒜。

但是，偶爾捕些魚給三個孩子增加營養還是好的，三個孩子瞧著都比同齡人要長得小。喬家過得比岳家還不如，明珩和明琦都是從小就沒吃到什麼肉的、油的，喬明瑾看著三個孩子，經常暗自心疼。

因為已是隔日再送一回柴火，所以晚上他們在山上待的時間並不那麼長，太陽暈染著昏黃的時候，一家四口就牽著牛歸家。

他們剛到家不久，岳小滿就拎了一個籮筐過來了。

「嫂子，這是八十個雞蛋，爹說等妳賣了錢再給我們，還說若是沒菜吃了，請嫂子去家裡的菜地裡拔。」

喬明瑾聽了也只是笑了笑，並不接話，這都送上門了，還能退了不成？沒得讓人說她沒良心，徒惹一些歪話。

喬明瑾聽著岳小滿說的話，顯見吳氏是還沒回來，不然老岳頭說錢後給倒是不勉強，但沒菜吃讓她去地裡拔，若吳氏在家定是要吵嚷一番的。

岳小滿見喬明瑾不說話，訕訕地不知該說些什麼好。

喬明瑾看著這一籮筐雞蛋，心裡轉了幾圈。

收了，孫氏、于氏還有吳氏會說歪話，不收，難道她們就不說歪話了嗎？

為了以後耳根清靜，就按兩文一個給他們好了，不去占他們這個便宜，搞不好還能由此得到村裡人的同情呢。她也不指望村裡人能幫襯，只要村裡人能多替母女兩人說一些好話，不在背後編排就極好了。

岳小滿見喬明瑾應了下來，鬆了一口氣，想了想又說道：「嫂子，那柳母又託人帶信來了，說讓三哥儘早遣媒人上門去提親，還說我們家沒誠意什麼的，娘本來還想著今天要上城裡找三哥，只是外婆那邊有事，娘便到外婆家去了。」

岳小滿說完話後就盯著喬明瑾看，想著或許能從喬明瑾臉上瞧出什麼不一樣的情緒來。只是她到底失望了。

喬明瑾像聽著別人的事一樣，眼裡古井無波。

「小滿，我要去挑水了，再晚些路都看不見了，要不妳在家裡跟琬兒玩一會兒？」

「不了，嫂子，我也要回家去了。」她說完就匆匆走了。

喬明瑾在她走後便吩咐明琦做飯，明珩做蛋托架，她則去挑水。

水挑滿後，四個人吃了晚飯，她開始在一旁做網套，再做一些捉野物的簡單工具，三個孩子則在比賽著搓草繩。

第九章

次日，喬明瑾姊弟倆仍是按平時往城裡趕路的時間起床。

明琦和小琬兒昨晚聽說早上要去捉野雞，也鬧著說要去，只是喬明瑾覺得一來早上更深露重，二來兩個孩子跟著的作用也不大，就不讓她們跟著。

如今她已算是得到了一些經驗，相信定能比上回捉得多，讓兩個孩子跟著反而會影響她，於是她哄著兩個孩子，說是等白天再教她們另外一種捕野雞的法子，以後她和明珩到城裡送柴，她們兩個小的還能一邊拾柴一邊自己捉野雞。

兩個孩子聽了，這才作罷。

姊弟兩人帶了工具，腰上別了一把柴刀、一捆草繩，漁網、麻袋、竹耙等物也都準備好，便挑著籮筐、扛著網套上山去了。

天還黑著，村裡的雞還趴在窩裡歇著，離第一遍雞叫還有一段時間。

姊弟兩人進了山，尋了好幾處地方，天才慢慢濛濛亮起來，樹葉間投射出一些斑駁的細微光線。

兩人在山裡已是走得極熟了，即便光線很暗，對兩人也並沒多大影響。

這次兩人學乖了，工具又在手，看見一窩野雞，也不分頭一人兜一隻了，喬明瑾把手裡的漁網以極快的動作朝前方撒開。

趁著這會兒野雞還把頭埋在翅膀裡熟睡，她一網就把一窩野雞全捉住了。

喬明瑾的準頭一向不錯，且又不是捉活動著的野物，倒是便宜了她這個半桶水的。

姊弟兩人掩飾不住驚喜，配合默契，動作極快速地把牠們全部捆了，又用籮筐、粗柴和麻袋把牠們扣在空曠處，又去別處尋找。

直到山林裡野雞紛紛叫，日頭高升，姊弟兩人才停了手。

今天的運氣比上一回還好，總共捉了好幾窩野雞，大約有十八隻以上，還不算半大的雞崽、母雞占了多數。

野山兔也捉了幾窩，共有九隻，加上河邊陷阱裡的三隻，總共有十二隻兔，都活蹦亂跳的，並沒受傷。

姊弟兩人臉上露著笑，對視一眼，都能從對方眼裡看到濃濃的歡喜。

日頭漸高，野物已是極難捉到了，捉到的野物在山裡還不好放，喬明瑾便讓明珩回家去取牛車。

等明珩牽著牛車來的時候，她已耙了好大一堆松毛了。

兩人把野雞和野兔放到車板子上，又在上面鬆鬆垮垮地覆了一層松毛，再加了一些柴枝，外人看來只以為是半車子的松毛和柴火。

兩人拉著牛車進了村子。

路上遇上一些村民，紛紛跟她打招呼。「是瑾娘啊，這麼早就拾了這半車柴火了啊？」

「是呢，三奶奶，您下地啊？」

「是呢。瑾娘啊，妳可要悠著點啊，琬兒還小著呢，以後還要靠妳呢，可不能那麼拚命啊，早上露水重著，染了風寒可不好。」

「欸，我記住了……」

等姊弟兩人拉著牛車到了家裡，很快就把那些野雞、野兔鎖進了柴房裡。

他們的院子裡還沒有雞籠，也沒有避著人的後院，只能放在柴房了。

明琦和小琬兒很是興奮，吱吱喳喳地圍著那群野雞、野兔數著有多少隻，又能賣多少錢。

那幾隻剛孵出不久的小雞崽，被小琬兒當好玩的物事一般捧在手心裡，樂呵呵地看個沒完，讓喬明瑾看了又是一陣心酸。

喬明瑾和明珩在家裡就著鹹菜吃了一碗地瓜粥，又上山去了，這次也沒有把兩個孩子帶上。

姊弟兩人到了山上，一刻不停歇地在山上砍柴撿柴火。

不久，兩人似乎聽到明琦的聲音從山下傳來，對視了一眼，在原地聽了聽，明琦的聲音只一會兒便越發近了。

「姊、姊……」

喬明瑾心裡一咯蹬，莫不是出什麼事了？她趕緊和明珩順著聲音走了下去。

咦，那不是明玨？

「姊，大表哥來了，二哥也來了……」

「姊，我來了。」喬家老二喬明玨笑咪咪地看著喬明瑾和明珩說道。

「二哥？」

喬明瑾看著這溫文爾雅的二弟問道：「可是拉了牛車和床來了？」

「嗯，大表哥和兩個舅舅幫著在附近村子裡找了一頭才兩年的牛，外公他們瞧了，都說極好，才要了七兩銀子。舅舅看著還剩了錢，便找人做了車板子，又打了三張床，做了一些家裡得用的家具，水壺、鐵鍋還有裝水的大水缸也各買了一個。」

明琦笑著補充道：「姊，三姊也來了呢，和大表哥在家等著呢。」

「明瑜也來了？」

「嗯，奶奶不放心，就讓她來看看可有什麼需要幫忙的，說讓她住幾天幫姊的忙。」明玨笑著說道。

喬明瑾心裡暖暖的，連忙招呼明珩。「快，把柴搬到車上，今天早點收工。」

她想了想又說道：「明琦，跟姊姊去撈一些蒲菜，一會兒讓妳二哥和表哥帶回去。」

「什麼蒲菜？姊，妳種的菜能吃了？」

「沒有，是姊姊發現了一種好吃的野菜，賣十文錢一斤呢！我和姊去拔，等會兒讓二哥帶給爹娘、奶奶、外公他們吃。」

明琦說完便樂呵呵徑直往山裡跑了。

明珩也說道：「姊，我們一起去拔吧，正好二哥在，還能幫著多拔些，也把明天要賣的一起拔了。」

喬明瑾看著明玨一副很想幫襯一把的樣子，只好帶他去了那條溪澗。

明玨到了溪澗處，聽到這水草能吃，驚奇不已。

不知姊是怎麼知道這蒲草能吃的，難道是家裡沒菜吃，把這水草都吃了？他頓時心裡一陣難受，把岳仲堯罵了無數遍，也不多說話，照著他姊教的，跟著快手拔菜，又幫著砍去綠草部分，只餘了半臂長的一段嫩白根莖。

四人捆了五大捆，裝在兩個籮筐裡，由明玨挑著到了拴牛車的地方。

等柴都裝好，一行人便牽著牛往家走，喬明瑾一路問著家裡的事情。

姊弟四人到家裡的時候，雲錦正在院子裡劈竹條編雞籠子，明瑜正領著小琬兒在搓草繩。

「姊！」明瑜很是高興地跑到喬明瑾跟前。

「妳怎麼也來了，家裡可怎麼辦？」

喬明瑾看到這個懂事的三妹也很是高興。

尋常莊戶人家的女子在十五歲時已是開始說親了，只是喬家家境不好，藍氏也一直看不中，明瑜便一直耽擱了下來。

如今家裡家外都靠她操持著，她這一來，家裡奶奶和母親就有得忙了。

「奶奶讓我來的，說是家裡也沒什麼大事，有她和娘呢，讓我過來幫姊幾天，還說能省下家裡不少糧食呢。」

明瑜仰著一張明媚的笑臉看著喬明瑾。

喬明瑾不由得眼眶泛紅，心裡很不好受，這才是她至親的家人哪……

「妹妹，快去看看，那床妳還滿意嗎？這次我打了三張，可是把妳給的錢全花完了。」

「娘、娘，還有水缸，好大的水缸！雲舅舅拿來的，還挑滿了水！雲舅舅還說要給咱家編雞籠子。還有床，還有琬兒的小床！」

雲錦在一旁笑著說道。

「是嗎，我們琬兒也有床呢。」

「嗯、嗯，娘，琬兒領妳去看！」她說完拉著喬明瑾的手就往屋裡走。

屋裡，墊著磚頭鋪在地上的床板已不見了蹤跡，在她和琬兒、明琦睡的房間裡，一張大床靠牆擺著，另一邊還擺了一張略小的床。

兩張床連床帳子都有，鋪在四根床柱上，用兩支鐵鉤鉤著，床帳子上還繡著簡單的花草，小床上也是如此。

這一看就知道是她奶奶的手藝。

喬明瑾細看了看，又忍不住在嶄新的床帳上摸了又摸，在床前幾欲滾下淚來。

雲錦在她身後看她一眼，便說道：「妹妹，看著可好？若是有不妥的，表哥再給妳使人改了去。」

喬明瑾吸了吸鼻子，齉聲道：「不用的，這床做得極好，連琬兒的小床做得都精細得很，此人手藝不錯。」

雲錦剛想說話，明玠就一邊叫著一邊跑進來說道：「姊，我房裡的床也做得很好呢！奶奶也給我的床帳子上繡了花呢！」

喬明瑾笑著說道：「那你可得好好感謝表哥，不然你還得睡在地上。」

明玠聽了便真的朝雲錦道謝，說是那床做得比他在家裡的那張還好。

雲錦笑著道：「我可不敢擔你的謝，這做床的錢不是我掏的，做床的人也不是我，你道哪門子的謝？不過呢，這床還真是我去拉回來的，這謝倒也謝得有理由。」

眾人都笑了。

喬明瑾又細看了看屋子裡擺著的兩張床，想了想，便問道：「表哥跟做床的這人熟不熟？」

雲錦便說道：「熟得很呢，就是妳大表嫂的父親帶著她弟弟做的。」

喬明瑾一拍腦袋，真是，倒把大表嫂家給忘了。

大表嫂何氏的父親何大本就是個木匠，早年是正經拜過師的，給人當了快十年的學徒。後來出師了便自己接些活，只因家裡條件不好，也沒開什麼鋪子，就領著唯一的兒子在附近的村子做事，有時候也到大戶人家裡做些活計。

雲錦看了她一眼，問道：「妹妹是想做什麼東西嗎？妳儘管開口，哥回去就幫妳找岳父和小舅子給妳做出來。」

喬明瑾看著他笑了笑，說道：「表哥幫我打了三張床，還刻了花，又做了一些其他的家具，木盆、浴盆、桌子之類的，還買了水缸等東西，這木工活定是你家岳父打了不少折扣，不然那錢哪裡夠？」

雲錦訕訕地笑了笑，說道：「嘿嘿，岳父家還過得去，本來聽說是妹妹要做的東西，連錢都不收的，後來還是妳嫂子說給個木料錢，他們才收下。」

「那你可得幫我向嫂子和伯父道個謝，欠了伯父這麼大個人情，不過，以後我會還的，現在我還真有活要請他們做，等他們做好了，我賣了錢，不會虧待他們的。」

雲錦一聽便問：「是什麼活？還要拿去賣錢？」

喬明瑾點頭。「嗯，表哥，你那小舅子手藝怎樣？若是我請他駐家來做活，他肯不肯做？」

「駐家？妹妹要打大的物件嗎？我岳父和小舅子也經常到別人家領活做，有時候要等活做完才能回家，也是經常駐家的。我小舅子悟性極好，連我岳父都說他青出於藍勝於藍，妹妹若是有活做只管吩咐他，定是肯的。」

「那他近期可是有時間？我想請他幫忙做些東西，東西不大，也不難，但我目前不想讓人知道我在做什麼，那東西做出來，我還要指望它賣錢的。」

喬明瑾看著雲錦說道。

雲錦聽了便拍著胸脯。「妹妹放心，只要妳吩咐，他不敢不來的，不然我揍他！他人雖木訥了些，不過人很好，口風也緊得很，妹妹儘管放心使喚，回去後我就打發他過來。」

喬明瑾點了點頭，看雲錦沒細問，她也不細說，只問了雲錦一些事情，就跟著他到了院子外面，又看了他送來的桌子、椅子、木盆、浴盆等物，還有那口大缸及廚房裡放著的鐵鍋、燒水用的鐵壺。

家裡這麼一添置，才算是像個住家的模樣了，先前可是連張吃飯的桌子都沒有。

喬明瑾在院裡一邊看雲錦編雞籠，一邊聽他嘮叨。「家裡都說砍柴不是長久之計，大家也怕妳累著了。姑姑和奶奶說，讓妳看著養幾隻雞，再種些菜，等攢夠錢再買上一、兩畝水田，種上稻子，省著些也夠妳和琬兒一年嚼用了。有我們在，也不會讓妳們餓著，妳若是天天去山裡砍柴，這身子壞了，琬兒可怎麼辦？」

喬明瑾看了一眼玩得歡快的小琬兒，嘆了口氣，才說道：「我也知道砍柴辛苦，只是如今我沒什麼本錢，又沒田沒地，砍柴倒能餬口，不過以後的日子定是會越過越好的，你讓他們不要擔心。」

她又看了一眼幫著遞竹條子的明玨，對兩人說道：「你們看到柴房裡我捕的野雞和野兔了嗎？」

說到野兔，雲錦和明玨都來了興趣。「妹妹，這野物妳是怎麼捉到的？竟是比尋常獵人捉得還多，聽說只是早上兩個時辰不到，就捉了這些？」

喬明瑾笑著點頭，跟他們說起野雞的一些習性，及一些捉捕的經過，兩人聽了又是興奮又是心酸。

被喬家祖母護著嬌滴滴養大的喬家長女，被生活所迫，不僅幹起粗人才做的砍柴活計，現在竟是連獵人的險活都做了。

喬明玨不錯眼地看著他這個姊姊，他這個姊姊從小就被奶奶養得跟大戶人家的閨秀一樣，這才多久？姊姊的兩隻手就起了厚厚的繭……奶奶看了，還不知道有多心酸……

喬明瑾並不知曉兩人在想些什麼，又問道：「表哥覺得養兔子如何？」

「養兔子？」

「是啊，就是養兔子。」她看了兩人一眼，說道：「這兔子繁殖能力極強，一年能生好幾窩，一窩多的話能生七、八隻呢。現在且不說我家只我娘和明玨在地裡忙活，家裡也就那兩畝地，除此也沒個別的進項；而兩個舅舅家也過得並不寬裕，大舅母賣菜僅夠餬口，若是把兔子養起來，給家裡多添個進項也是極不錯的。」

雲錦和明玨聽了若有所思，良久才說道：「可是這兔子不好養吧？若是好養只怕誰都養起來了。」

喬明瑾點了點頭，說道：「這兔子確實難養，比養雞要精細多了。我是想著三家合起來尋一塊荒地圈著養，這樣兔子有活動的地方，可能也比圈在籠子裡要容易養。到時三家合起來養，輪流伺候，也不會影響地裡的活計。這事，我奶奶也是能做的。」她頓了頓又道：「不過現在先試著養幾隻看看，若是能活下來，再圈了荒地多養些。兔子若是養好了，對三家來說多少也是個進項，就是每年光賣兔毛也能得不少錢，那灰兔毛雖然不好看，但是做成衣裳也一樣保暖，價錢賣便宜些，也是能有些錢的。」

雲錦和明玨聽了，便和喬明瑾認真地討論了起來。

最終他們決定把喬明瑾今天捉的十二隻野兔都帶回雲家村養著。

三人又聊了一個多時辰，因時辰已經不早，喬明瑾便催著他們歸家。

臨走時，她又讓明珩抱過來兩大捆蒲菜，讓他們帶走。

雲錦聽說這是她要賣錢的，死活不要。

「姊姊，這蒲草真能吃啊？」明玨一臉的懷疑。

喬明瑾便笑著說道：「怎麼不能？好吃著呢。這嫩白根莖瞧著是不是有點像大蔥？不過炒起來倒有點像茭白，吃著爽口呢，回去就跟茭白一樣炒。」

她又看著雲錦說道：「這些帶回去給外公、外婆、舅舅們嚐嚐鮮。表哥，你在雲家村附近尋尋看，若有這蒲菜也讓大舅母拔些賣賣看，賣的時候把翠綠的草芽部分切了，就像我這樣，這樣別人也瞧不出什麼。」

「妹妹，嚐鮮也要不了這麼多。」

雲錦說著便又把那兩捆菜搬了回去，解了一捆，只想取一小部分，喬明瑾連忙阻止了，把一大捆蒲菜又放回籮筐裡。

這一捆雖然看著多，可是分了三家，一家也炒不了兩、三頓。

兩人看她這樣也只好作罷。

因著時辰已是不早，路途也不近，且他們還要挑著十二隻兔子，還有喬明瑾給的野雞，更不好拿了，耽誤腳程是一定的，天黑前能不能進村也說不準。

「你們把牛車牽回去吧，這樣才能趁天黑之前回到家，待明日我賣了柴，再順道過去把牛再牽回來。」

他們兩人想了想，也只好應了下來。

喬明瑾帶著明琦和明珩往車上搬了一些松毛，把東西都蓋了一層，直到外人瞧不出來了，才送兩人出村。

當天夜裡，因著明瑜的到來，明琦和小琬兒都在床上又叫又鬧的，興奮地睡不著覺。

喬明瑾坐在一旁看她們在嶄新的大床上笑鬧著，感受著姨甥三人的熱鬧，嘴角跟著揚起好看的弧度。

連明珩都捨不得走，連著趕了幾次才回房睡了。

次日寅初，一家五口就全起床了。

喬明瑾答應過小琬兒和明琦賣柴賺了錢就帶她們到城裡吃麵，正好明瑜也在，就把她帶到城裡一起逛一逛。

五人在星夜裡趕著路，終於在巳時進了城。

城門口的衙役仍是沒收她的進城費，還熱情地跟她打招呼。

後面有排隊等著交錢進城的人，看著拉著堆得滿滿一車柴火的小娘子從他們面前經過卻沒交錢，便對衙役說道：「她拉了那麼一車柴你們都不收她的錢，我只帶著一筐菜你們卻要收我兩文錢！」

那衙役看了他一眼，閒閒地說道：「人家一下子交了一兩的銀子，你也要交嗎？」

「騙人吧！交一兩銀子？我看你們不是瞧著人家小娘子長得好看，就是她是你們中誰的親戚！」

「嘿，還真讓你說對了，誰讓你沒親戚在衙門裡呢！不然我也不收你的錢放你進去了……」

喬明瑾隱隱約約聽了兩句，就被牛車行駛的聲音蓋過了。

他們先去余記那裡送柴。

余記掌櫃一早就在那捶打鐵器，叮叮噹噹的很有節奏，整個人揮汗如雨，瞧見喬明瑾又拉了野雞過來，還看到籮筐裡的蒲菜，便說道：「留一隻野雞，那蒲菜也留二十斤。」

喬明瑾聽了連忙高興地應了聲，便和明瑜、明珩解了一捆蒲菜，估計著有二十多斤的樣子，秤完菜，最後連一車柴火總共收了余掌櫃三百文錢。

十幾文零頭，喬明瑾倒是不好意思再收了。

那野菜能占個先機賣十文一斤，也是賣到酒肆去才有的價，尋常人家哪裡願意花十文錢買一斤菜來吃？野雞肉也才十五文一斤呢。

那余掌櫃看了喬明瑾一眼，笑了笑，說道：「那還真是謝謝喬娘子了，這菜雖貴了些，不過倒也稀罕，就衝著稀罕也能賣上這個價，吃著也新鮮，倒便宜某了。」

他說完又看了看站在喬明瑾身邊的明瑜，問道：「這小娘子長得跟喬娘子真像，也是妳的妹子？」

喬明瑾回頭就看明瑜臉紅紅地低頭，笑著說道：「是呢，是我三妹，家裡還有一個二弟。」

余掌櫃點頭說道：「嗯，不錯，妳父母倒是有福氣的。」

喬明瑾聽著笑了笑，很快帶著弟妹告辭了出來。

寄了牛車，她便帶著明瑜去賣菜，讓明珩帶了明琦和小琬兒去集上賣野雞，順便把岳家那八十個雞蛋賣了。

她帶著明瑜到了飄香樓，那採購的黃管事早就在那裡探頭張望了，待看到喬明瑾挑著擔子過來，忙帶了一個小夥計迎了上去。

「哎呀，喬娘子，妳可來了！」

喬明瑾笑了笑就把擔子放了下來，那小夥計極有眼色，很快就接過擔子，略蹲了身子把菜挑了進去。

「黃管事，今天這菜可是還要？」喬明瑾拉著明瑜跟在後面問道。

「要，怎麼不要？客人吃著都說好呢！倒不是說它有多好吃，只是新菜出來，客人都要捧上一段時間的。那來酒樓吃飯的，兜裡也不缺兩個錢，不就是吃個新鮮嗎？」

喬明瑾聽了喜在心頭，若是飄香樓能要了她這菜，也省得她挑著到各家酒樓後門叫賣了。

三人進了酒樓後院，那小夥計已是領著人在那裡秤那幾捆蒲菜了。

「管事的，四捆共兩百八十斤。」

那管事的聽了便衝那幾個夥計點頭，又轉身對喬明瑾說道：「我看喬娘子一個女人家這麼辛苦賣菜也不容易，兩次都沒看到妳家當家的，這樣吧，以後小娘子的香蒲全賣給我們飄香樓，每斤我再多提兩文錢。」

他看了喬明瑾一眼又說道：「這兩百八十斤不說我們酒樓一定能吃盡，就是再多一倍也是能的，即使酒樓裡用不完，往那相熟的人家裡也是不夠送的，這便不須小娘子再辛苦挑著菜到別處叫賣去了，小娘子看如何？」

如何？這當然好了！

雖然這黃管事是想做這獨一份的生意，有著他的私心在裡面，不過對於喬明瑾來說，這被人當水草一樣，只用來編蓆子、編草繩的蒲草，能賣個十二文一斤，她已是極滿足了，便笑著說道：「不瞞管事的，我還真的不想挑著它沿街叫賣，家裡回程遠著呢，若是賣得晚了，回去又得摸黑趕路了；若是貴酒樓能全部買下，自然是極好的，倒省了小婦人不少工夫呢。」

兩廂皆大歡喜，事情便這麼定了下來。

那黃管事還想讓喬明瑾每天送兩百斤來，喬明瑾卻沒答應，只說隔一天送三百斤來，不過建議那黃管事若是不夠賣，可限量賣，再留一部分到次日再賣；又說這蒲菜本就是水裡長的，到時把它豎著養在水裡就好了，只隔一天也不會萎了。

兩人談好後，喬明瑾接了三兩四錢銀子，帶著明瑜告辭了出來。

喬明瑾摸著懷裡的荷包，喜上眉梢。

黃管事還多給了她四十文錢，湊成了三兩四錢給她。

她也沒拒絕，這四十文也就是四斤不到的菜錢罷了，對於他一個採購的管事來說，這點小錢他還不放在眼裡，但對於喬明瑾來說，這可是近一車柴火的錢了，能買不少東西呢。

等姊妹兩人出了酒樓的門，挑著空籮筐走在街上的時候，彼此對視一眼，皆能瞧得出對方臉上的喜意，也不多說，便加快腳步往集上尋三個小的。

她們走到集市上的時候，只看到三個孩子站在自家籮筐後面，並沒看見岳仲堯的身影。

喬明瑾沒來由地鬆了一口氣。

她目前還不想見到他，不知該以什麼身分面對他，兩廂對著也只是徒惹煩惱罷了。

「娘！」

「姊。」

喬明瑾對著三個孩子點頭笑了笑。

「賣了幾隻了？」她看了籠子一眼問道。

昨天捉了十八隻野雞和七、八隻半大的小雞崽，給明珏拿回去一家送一隻，小雞崽也讓他帶回去養著，又賣給余掌櫃一隻，還剩了十四隻。

這新做的兩個雞籠子裡還真瞧不出有幾隻雞在裡面。

「娘，賣了這麼多隻了！」

小琬兒伸了兩隻小手，一隻小手張著，一隻小手不停擺弄，手指又伸又縮的，始終讓人看不明白。

喬明瑾看著她這樣便笑了。

「笨琬兒，是賣了六隻了，這隻手再添一根手指頭就夠了。」

小琬兒重新舉起兩隻手給喬明瑾看。「娘，是賣了六隻了。」

喬明瑾笑著揉揉她的頭。「好，等賣完了，娘帶妳和舅舅、姨姨去吃好吃的。」

「好，還要吃上次好吃的麵！」

喬明瑾又看了看裝雞蛋的筐子，那裡面已經空了，看來雞蛋還真的挺好賣的。

明珩看到喬明瑾的目光盯著空筐看，便道：「姊，雞蛋挺好賣的，擺出來才一下子就全賣完了，不過現在很多人都學我們用稻草做了托架，把蛋串起來賣。」

喬明瑾聽了，笑著說道：「沒事，這又不是什麼稀罕難學的，只看一遍，別人就都會了；再說我們也不是靠它賺錢的，只是為了防止路上顛簸，人家學了就學了，也不會影響我們的買賣。」

明珩點了點頭，跟著一起賣起野雞來。

不一會兒，來了幾個人，詢完價後，有兩個人買走四隻野雞，也沒秤，用手掂著估了三斤，得了一百八十文錢。

筐裡還剩下四隻雞，姊弟幾人也不急，這四隻即便賣不掉，等會兒去雲家村送給娘家人吃了或養著也是行的。

集上這會兒已是有賣完了東西的莊戶人家挑著空籮筐陸續離開。

有些跟喬明瑾混熟的，還跟他們打招呼辭行。

幾個人又等了一會兒，又來了一個中年男子，那人倒是爽快，把四隻野雞全包了。

喬明瑾也沒秤，仍是按三斤一隻估價，向他收了一百八十文錢。

今天賣野雞加上賣菜得的，共有四兩銀子，還有余記那裡收的三百文，這一天得的錢是這些日子以來最多的。

喬明瑾也沒瞞著幾個孩子，三個孩子聽了都是高興得很，一路蹦跳著往上次那家麵攤走去，還一路大聲說著要葷麵不要素麵。

喬明瑾挑著空籮筐跟在後面，極為心酸。

在幾個孩子心裡，也許能吃上一碗葷麵便已是極奢侈的事了。

「老闆，我們要吃麵，要五碗！全部要葷麵！」明琦和明珩揚著聲叫著。

「好勒，馬上就來。」

老闆高聲應著，手下不停地揉麵去了。

與此同時，岳仲堯在集上轉了一圈，沒發現喬明瑾，心下焦急。

今天衙門裡事情有些多，他直到現在才得空出來，也不知瑾娘是不是回去了？

雖然還有兩、三天就休沐，就能回去看到她們母女了，但他還是希望能在集上看到娘子一眼，哪怕娘子從沒正眼看過他。

只要讓他瞧見她就好了。

岳仲堯問了一圈，得知他們一行人往西街去了，便大步趕了過去，還有人跟他說一共有好幾個人，還有一個小孩子。

是琬兒嗎？女兒也來了嗎？岳仲堯心裡泛起喜悅，腳下生風。

「瑾娘、琬兒！」岳仲堯在麵館門口揚聲喚道。

喬明瑾愣了愣，但沒有抬頭往岳仲堯那邊看去，依舊埋頭用筷子挑著麵條餵女兒。

「明瑜和明琦也來了？明瑜是什麼時候到下河村的？」岳仲堯看著明瑜問道。

明瑜偷偷看了自家姊姊一眼，小聲答道：「昨天和哥哥、表哥送床過去的時候。」

送床過去嗎？岳仲堯聽了，心裡有些懊惱，自己妻女睡的床倒是讓外人惦記著。

他沈默了。

過了一會兒他才揉著小琬兒的頭髮，問道：「琬兒不叫爹嗎？不記得爹爹了？」

小琬兒抿著嘴朝她爹看了一眼，又悄悄地瞥她娘一眼，再往舅舅和姨姨那邊望了過去，大眼睛眨啊眨的，不知要不要叫這個爹。

喬明瑾挾了一筷子麵條放在勺子裡餵女兒，小琬兒便扭頭過來吃，臉上也不再糾結了，高高興興地吃起來。

麵條真好吃，湯湯也好喝，她吃得腮幫子鼓鼓脹脹的。

岳仲堯臉色暗了暗，看了喬明瑾一眼，默默地挨著琬兒坐了，眼睛盯著女兒不放。

他望向喬明瑾說道：「妳快吃吧，麵該軟了，我來餵琬兒。」說著便動起手來。

喬明瑾朝他看了一眼，決定隨他去了。

琬兒見她沒有異議，又小心翼翼地抬頭看了她爹一眼，得了她爹一個微笑，便就著她爹的手吃起麵條來。

小東西吃麵條還發出很大的聲音，小嘴巴一蠕一蠕地，把麵條一點一點地吸進嘴裡，看得岳仲堯又是喜又是酸。

他的女兒把這尋常的麵條看成是難得的佳餚一般，吃得一臉滿足。

岳仲堯心情複雜地又往喬明瑾那邊看了一眼，才低頭專心餵女兒。

看著女兒就著他的手吃得歡快，他心情也漸漸地好了起來。

琬兒長得有幾分像他呢……

明瑜和明琦幾人開始還有些拘謹，後來便慢慢放開了，這麵條可不是天天能吃到的。

喬明瑾看著仔細地挑著麵條餵女兒的岳仲堯，想了想問道：「你吃過了嗎？要不要幫你叫一碗？」

岳仲堯一臉驚喜地看她，看到喬明瑾又埋下了頭，臉色又暗了暗，說道：「不了，一會兒回衙門再吃。」

等幾人都吃得差不多時，他們聽到門口一個聲音帶著些驚喜地叫道：「岳大哥，原來你在這裡啊？我上衙門去找你，他們說你剛好出門了。」

那細細柔柔的聲音，連喬明瑾都忍不住望了過去。

店門口站著一個十七、八歲的少女，穿著粉色的襦裙，面容姣好，臉上帶著笑，手裡提著一個食盒，望著岳仲堯的眼神很是專注。

岳仲堯有些緊張地看了喬明瑾一眼，發現喬明瑾並沒有在看他，鬆了一口氣的同時，心裡也堵著些什麼。

「妳怎麼找到這來了？」岳仲堯問道。

「我給你做了些吃的，本想帶到衙門去給你的，但他們說你出門了，我想著你定是在街上，就尋來了，沒想到真讓我尋到了。」

那女子一臉喜色。

「這幾位是……」她看著喬明瑾問道，目光有些放肆地打量。

喬明瑾眉頭皺了皺。

「吃好了嗎？」喬明瑾看著幾個弟妹問道。

「吃好了。」明珩幾個人點頭。

喬明瑾便抱著琬兒下地。「老闆多少錢？」她掏了荷包欲付錢。

「二十五文。」

「瑾娘，我來付吧。」岳仲堯說著便先掏了錢。

喬明瑾也不看他，數了二十五文錢放在桌上。

「小娘子，錢已是付過了。」那老闆說道。

「這是我們的麵錢。」喬明瑾說完就牽著女兒，帶了幾個弟妹走了出去。

岳仲堯看著桌上的二十五個銅板，愣在那裡，良久才抓起錢追了過去。

「岳大哥？」那女子喚了聲，便也跟了上去。

「瑾娘！」岳仲堯三兩步就追上他們。

「這錢妳拿著，留著給妳們娘倆以後用。」他說完就要把那錢塞給喬明瑾。

喬明瑾淡淡地看了他一眼，又低下頭搖了搖正仰頭看岳仲堯的女兒的手，牽著她往前走了。

明珩幾個人也不說話，緊緊跟在後面，明瑜挑著空擔子，默默地跟在姊姊後頭，沒人想過跟這個姊夫說上一句話。

「瑾娘！」

岳仲堯看著妻子漸行漸遠，女兒一隻手牽著她娘，還一邊走一邊回頭看他，他只覺得抓心撓肝似地疼痛難忍。

妻女就在前方幾步遠的距離，他卻覺得兩隻腳沈重得邁不開。

怎麼會到了現在這個地步……

「瑾娘，我沒有讓她送飯來……」

岳仲堯嘴巴一張一合地喃喃著，說著只有自己聽得見的話語。

他知道瑾娘定是誤會了，他想著要解釋，只是瑾娘似乎不再正眼看他了。

什麼時候開始，他會那麼害怕看到瑾娘淡漠的眼神了呢？

新婚夜，她羞澀地躺在他的身下，忍著痛咬著香唇的模樣，他始終忘不掉……

這些年來，妻子的面容一直在他的眼前浮現，支撐著他從死人堆裡一次又一次地爬起來。

好不容易撿了條命回來了，想重拾夫妻過往的溫馨甜蜜，怎麼就不行了呢？

他也不知道為什麼柳媚娘會找到麵館來。

之前好幾次她帶來了飯，他也只是接了並不吃，都被其他同僚分吃了。他曾想制止，讓她不要再送了，只是從什麼時候開始，大家都知道她是救了他一命的恩人之女了呢？連知縣大人都說做人莫要忘本……

岳仲堯看著妻女且行且遠的身影，越加煩躁，他不知道自己該做些什麼。

「岳大哥，這飯我都拎著走了幾條街了，怕是要冷了，我們回衙門吃吧？」柳媚娘的聲音在他耳邊適時響起。

岳仲堯冷冷地看向她，良久才說道：「柳姑娘，妳不須為我費心準備這些東西，我岳仲堯還沒有到沒錢吃飯的地步；再者衙門裡還有免費的飯食，即便再難吃，對於我這個從鄉下出來的，連白米一年都吃不上幾次的人來說，也是難得的美味了，以後就不勞柳姑娘費心了。」

柳媚娘聽完，咬著下唇，眼眶裡很快便噙了淚，有些哀怨地看向岳仲堯。

她想起剛才那個女人，沒想到一個生過孩子的鄉下女子，竟是比她還要奪目。她以為自己會看到一個受著風吹日曬、粗手粗腳的黃臉婆一樣的婦人，卻沒想到她竟是長了一副好顏色，絲毫看不出是生過一個幾歲孩子的人。

柳媚娘臉色微暗，此時聽了岳仲堯的話，心裡有些著惱。

她從小生長在城裡，家境雖不是很好，但從沒想過要嫁給一個鄉下人。

可母親卻說那岳仲堯是有擔當的，有著父親救他的情分，將來必不會慢待了她，對她娘和弟弟也只會順著心意。

再者推薦他到衙門裡當差的人跟知縣大老爺關係也好，他自己能從死人堆裡爬回來，想必也是有能力的，以後定會有他出頭的日子。

只要他記著父親救他的情分，將來弟弟讀書需要銀子，他一定會不遺餘力地幫忙。若換了城裡的別家，她即便嫁過去，也不可能隨心所欲地拉寡母和兄弟一把。她那個弟弟，若沒錢供其讀書，只怕就只能回家幹粗活了。

可是家裡幾代單傳，弟弟從小就被爹娘護得好，除了會讀書，連燒個水都不懂得怎樣是開還是沒開，她可不認為弟弟能幹得了粗活。

可是讀書是個費錢的事，一個月下來要用的紙墨就是一大筆錢，靠她和她娘給人漿洗縫補，哪裡夠？

她心下雖不甘，但岳仲堯已是目前最好的選擇了。城裡好的人家哪裡會看上她？一般的人家又哪裡會讓她顧著寡母和兄弟的？

柳媚娘咬了咬下唇，看岳仲堯仍然一副神思恍惚的樣子，面上泫然欲泣，怯怯地用手去拉岳仲堯的衣袖，說道：「岳大哥，這是我親手做的飯菜，我只是怕你在衙門裡吃得不好，那些冷食吃到肚裡，對身子也不好。」

她說完，看岳仲堯還是不說話，又道：「岳大哥，我娘現在生病了，過幾天就是我爹的生辰，這些天我娘念著我爹，吃也吃不好，睡也睡不下……岳大哥，我爹走了，我家就跟失了支柱一樣，不只我娘身子越來越不好了，我也快撐不下去了，我好想我爹……」

說著，眼睫毛上帶了淚，她面上哀戚，一副痛不欲生的模樣，惹人見之生憐。

岳仲堯看著前面再也不見身影的妻女，心裡重重地嘆了口氣，看了柳媚娘一眼，說道：「妳先回去吧，下午下衙了，我會帶個大夫上門去看妳娘。」

柳媚娘聽了，雖然睫毛上帶著淚，臉上卻微微露著笑意，說道：「岳大哥不能現在過去看我娘嗎？這菜也涼了，正好隨我回去，熱一熱就能吃了。」

岳仲堯看了她一眼，搖頭道：「不了，我回衙門還有事，下午我再過去。這菜拿回去熱了，你們自己吃吧，以後不要送了，衙門裡有吃的。」

他說完又往前方看了一眼，才轉身大步走了。

柳媚娘隨著他的目光也往前方街角看了一眼，臉上神色未明，她又看著岳仲堯高大挺拔的身子漸漸走遠，那差衣甩著好看的弧度，愣了愣神，很快地也跟著走了。

第十章

今天賣得了這段時間以來最多的錢，喬明瑾便到糧店買了一些米麵，又去雜貨鋪子買了一些油鹽。

因為要去雲家村取牛車，她又到點心鋪子買了一些糕餅點心，還想切些肉的，但明瑜說昨日才送了一家一隻野雞，只怕買了回去還要挨罵。

喬明瑾只好作罷，如今她也確實沒那能力去做打腫臉充胖子的事。

這時一聲響雷在頭頂上乍起，又跟著連響了好幾聲。

喬明瑾攬緊抱住她大腿的女兒，抬頭看了看。

原本前一刻還豔陽高照，這一會兒就烏雲滾滾，濃雲很快就聚攏了，天色一下子變得暗了起來。

春雷滾滾，眼看著一場急雨就要兜頭澆下，喬明瑾連忙俯下身子把女兒抱起，又領著幾個弟妹往寄牛車的地方走去。

她記得寄牛車的地方有個棚子，是專門給看顧牛、馬車之人歇腳的地方。

這些天跟那人也混得熟了，應該能讓他們一家人避避雨。

只是沒想到幾人加緊了腳程，才走了半條街，雨就澆了下來。

先是一滴一滴，再是一大滴一大滴，然後沒等幾人開跑，雨就連成線一樣地下了，再跑幾步，就嘩嘩地兜頭澆了下來。

幾人閃避不及，頭髮上、身上都淋到了些，也沒細看，就往一家店那裡衝了過去。

希望店家是個好人，能讓他們幾個略避一避。

街上跟他們一樣的行人，或趕集的、或逛街的，一樣閃躲不及，匆匆忙忙地和他們一樣，很是狼狽地往就近的店鋪裡衝去。

不一會兒，街上各家店鋪門口就都擠滿了人，跑得慢的，連擠個身子的地方都沒有了。

喬明瑾領著幾個弟妹衝進一家店鋪，抱著女兒剛放下，就有好幾個人也衝著她所在的店鋪跑了過來。

喬明瑾怕相互撞到，連忙拉著女兒和弟妹往裡騰了些空間出來，很快，那間店鋪門口就被行人給擠滿了。

那店鋪的掌櫃看喬明瑾拉著幾個小的，忙揚聲讓他們往店裡站。

喬明瑾聽到店家的話語，心下感動，轉身向那人道謝。

那掌櫃是一個看著很是和氣的四、五十歲男子，面上瞧著極為憨厚，絲毫沒有生意人的精明幹練，倒像是和氣的鄰家大叔。

喬明瑾朝他道謝，那人還笑呵呵地說道：「這要道什麼謝，不過是舉手之勞罷了，這會兒下雨，店裡也不會有人來光顧生意，誰又沒有急難事的時候？」

喬明瑾聽他一席話，心裡很是安慰，對他高看了幾分。

生意人都怕別人堵他店門遮擋了他的財路，哪會這麼熱絡地把人往店鋪裡讓的？

那掌櫃的打量了喬明瑾一行人，問道：「小娘子這是帶著弟妹來趕集的？可是挑著什麼東西來賣？」

喬明瑾便回道：「是啊，大叔，這幾個都是我弟妹，這是我女兒，才三歲。我們是進城來賣柴火的，順便再賣些雞蛋和自家種的菜什麼的，這前一刻還是豔陽高照，哪裡想到會突然下起雨來。」

那老闆聽完又打量了他們一行人，看了緊緊牽著喬明瑾的小琬兒，對她招了招手，說道：「來，小丫頭，到爺爺這兒來，爺爺給妳糖吃。」

小琬兒盯著他看了一會兒，又仰頭去看喬明瑾。

喬明瑾便笑著說道：「看著娘幹麼？爺爺叫妳呢，可不能沒有禮貌。」

小琬兒就鬆開喬明瑾的手走到那掌櫃的面前，仰著頭清脆地說道：「爺爺好，我叫琬兒。」

那掌櫃的歡喜地摸了摸小琬兒的頭，說道：「好、好，叫琬兒啊？這名兒起得好，這孩子長得真好，才三歲就跟著來賣菜了，可是天不亮就起了？辛苦了孩子。來來，琬兒，爺爺給妳糖吃。」

他說著，在高櫃裡摸了摸，就抓了一大把糖出來，要塞給小琬兒。

小琬兒扭頭看了喬明瑾一眼，看她娘沒有反對，就歡喜地伸著小手去接，只是小手太小，接不住，還落了一個在地上。

小東西也聰明，蹲下身子在地上撿了落下的糖果之後，就兩手合捧著舉到那掌櫃面前，把糖果接了過來，歡歡喜喜地朝那掌櫃的說道：「謝謝爺爺！」

她帶著滿臉的笑跑到明琦身邊舉著給明琦，等明琦拿了，又跑去給明珩、明瑜，最後又跑到喬明瑾身邊，舉著讓喬明瑾拿。

喬明瑾就幫她把糖果都裝在荷包裡。

又聽那掌櫃的說道：「小娘子，妳這孩子可是精靈，還懂事乖巧，我那孫子若有這孩子一半乖巧，我可就安心嘍。」

喬明瑾便跟他攀談起來。

那人姓文，早些年做貨郎，後巷前街地積累了一些錢財，年紀大了，走不動了，就買了鋪子開起小貨鋪，家裡有一兒一女，有一個小孫子五歲了，據說皮得很。

喬明瑾一邊和那文掌櫃說話，一邊看外頭，雨還在嘩嘩地下著，兩邊街道上的店鋪門口都擠滿了來避雨的人。

有挑著擔子從鄉下來趕集的，也有出來逛街的城裡人，每個人無不望天，不時抱怨一、兩句。

喬明瑾看完，又轉身看向文掌櫃的這一間店鋪。

賣。

這是一間雜貨鋪，賣的東西很雜，一般家常用得到的碗筷罈罐之類的，這間店幾乎都有賣。

她眼睛很尖，在角落的一個圓筒裡看到放了滿滿一筒的油紙傘，不由得眼睛一亮。

「文大叔，你這油紙傘怎麼賣？」

文掌櫃看了喬明瑾一眼，說道：「喬娘子，這雨下得急，再多待一會兒，沒準兒這雨就停了。妳人多，要買至少得買三把才夠呢，這一把要二十五文，妳若買了，今天這一車柴可就白賣了。」

喬明瑾往外看了看，才說道：「文大叔，我幫你賣傘吧，大叔就按二十五文一把賣給我，若我賣得高了就算我的。你也讓我們一家人掙個小錢，這一場雨還不知要下到什麼時候，我家路又遠，或許還得在城裡過一夜呢，我可得把住宿錢掙出來。」

文掌櫃又看了她一眼，說道：「妳是說要買了我的傘拿去賣？」

喬明瑾重重地點頭。

這一場雨不只阻了很多進城趕集的莊戶人家的步伐，還阻了很多城裡人。

這其中說不定有些人是有急事的呢？總能賣出一、兩把的吧？

文掌櫃還從沒碰上過這種事。

細想了想，他家那傘也進了好長一段時間了，總共也沒賣出去幾把。

下雨天，富貴人家不愛出門，出門的普通百姓和大戶人家的奴僕，又都穿著蓑衣。

這傘進了有一段時間了，都是放在角落裡生塵。

這喬娘子若是能把傘賣出去，他也能跟著賺上一些小錢，原本下雨天就沒生意，多少也是個進項。

想清楚後，他就對喬明瑾說道：「我不先收妳的錢，妳先拿去賣，賣剩了還拿回來，等妳賣了錢，我們再來結算，妳就按一把二十五文給我錢，賣高了都歸妳。」

喬明瑾聽了大喜，看了一眼門口同她一樣到這間小雜貨鋪避雨的人，發現他們並沒有留意到她和掌櫃的談話，也許是雨聲太大了。

她拉了明玠和明瑜幾個進去，悄聲商量了起來。

這種事可不能讓人聽到了，再讓人分一杯羹，他們姊弟幾個可沒有湯喝。

幾個人很快就商量好了，喬明瑾帶著明瑜去酒肆兜售，而明玠則領著明琦沿街賣去。

酒肆就賣得高一些，五十文也會有人買的，沿街就賣三十五文一把。

四人商量好後，就把文掌櫃店中擺的傘都拿了出來。那文掌櫃看他們四人也才每人分到三、四把，連忙走進後面的倉庫又抱了一大捆出來。

喬明瑾分了每人各二十把，最後還多了十把，她和明瑜便帶著。

「娘，娘，琬兒也要去！要去賣傘！」

小琬兒看大家在一起商量，似乎沒她的什麼事，急了，緊緊拉著喬明瑾的衣袖不放。

喬明瑾看著女兒仰著小臉看她，大大的眼睛水汪汪的，好像是一隻被人拋棄的小狗一樣。

心下一軟，她便說道：「好，琬兒也和娘一起去賣傘。」

文掌櫃在旁聽了便說道：「小娘子，妳把琬兒放在我這裡吧，外頭雨大，這萬一淋到了，怕是會生病，妳放心，我會幫妳看好她的。」

喬明瑾正想應了，就看到女兒兩隻手環住了她的大腿，整個人緊緊地趴在她的大腿上。她嘆了一口氣，對文掌櫃說道：「沒事的，大叔，就讓她跟著我去吧，沒準兒別人看她可愛，還能買上一把呢。」

文掌櫃聽了搖搖頭，這娘，疼女兒都疼得沒邊了。

喬明瑾向文掌櫃借了一條長布條，把琬兒綁在背上。

小琬兒趴在她背上兀自笑得歡快，清脆地說道：「娘，琬兒幫娘打傘。」

喬明瑾想著她要抱著二、三十把傘，這還真是打不了傘，女兒願意舉著就讓她舉著吧，便點頭應了。

另一頭，明瑜和明珩、明琦也都準備好了，每人都打著一把傘，再抱著一大捆傘。

明瑜有些忐忑，她極少有機會出門，都是在家裡操持，這要往外兜售東西，她還真是有些緊張。

但明珩則完全是另一個樣，他一個人能在集市上賣雞蛋、賣野雞，還會跟人討價還價，膽子大，又精明又活泛，這會兒正跟打了雞血一樣，興奮得很，還說也要賣五十文一把。

喬明瑾笑著說道：「能賣到五十文一把，那便算是你的能耐。」

明琦聽了不服氣，說道：「哼，我也能賣五十文一把！」

這雙生弟妹沒事就喜歡抬槓，誰都不服氣誰，也沒等喬明瑾，兩人就一前一後率先出門了。

「兩個人要在一處！」喬明瑾揚聲說了句。

「知道了。」明珩回了一句後就頭也不回地出了店門。

喬明瑾也和明瑜一起緊跟著出了雜貨鋪的門。

小琬兒果真兩隻手緊緊地抱著傘柄子，舉在她頭頂上幫著打傘，小東西興奮得很，還樂呵呵地和她說話。

喬明瑾懷裡抱了大約三十把傘，明瑜帶著二十來把，還一手打著傘。

出了門，雨就潑濕了兩姊妹的衣裙，地上的積水很快就把兩人的棉布鞋浸濕了。

喬明瑾眉頭皺了皺，她都忘了這狀況了。

這年代大部分人穿的還是布鞋，一下雨，鞋就根本不能走路，跟在水裡沒什麼兩樣。

怪不得一下雨街面上就沒人，也沒人願意出門。

雨靴是如何做出來的呢？哎，無比懷念。

喬明瑾只覺得腳下濕得厲害，膝蓋以下的衣裙都被雨水打濕了，這種感覺真不好受。

可也不能打退堂鼓，扭頭回去吧？

一路上在躲著雨的行人都好奇地打量她們，路上也有人朝她們問傘怎麼賣的，但喬明瑾和明玕、明琦已有分工了，也沒應話，只埋頭朝前走，見到酒肆就往裡鑽。

她們很快就到了會賓樓，這間會賓樓比飄香樓的規模要大兩倍，上下三層樓。

會賓樓平日裡接待的都是城裡的富貴人家，聽說一個素菜都要賣上半兩銀子，吃上一席菜，沒個幾十兩銀子是出不來的。

當初喬明瑾賣菜並沒有選擇會賓樓，店大了就欺生，並不好開口做生意。

反倒是排名前列又想要再上一個層級的酒樓，為了抓住一些客人，會注重一些創新菜品。

但是這會兒不是賣菜，而是賣傘。

有錢人可不想在外頭乾等，人擠人的，哪裡比在家裡舒服？

喬明瑾帶著明瑜到了會賓樓，就在門口把背上的小琬兒解了下來。

小琬兒也懂事，緊緊地跟在喬明瑾後面進了樓裡。

喬明瑾往大堂裡看了看，店內大堂都坐滿了人，其中不乏一些有身分、有地位的人，穿著筆挺的綢衣，頭戴金玉髮冠。

想必是那二樓、三樓的雅間已經坐滿了人，人多了才擠到一樓來的，不然平時這些貴人哪裡會坐到一樓來？

喬明瑾三人進來的時候，裙襬還滴著雨水，很是狼狽。

有個夥計過來，要趕她們走。

喬明瑾正想分辯幾句，就聽到一樓大堂裡一個小孩子的聲音響了起來。「呀，我見過妳！妳不是到我家賣雞蛋的嗎？」

說話之人聲音脆生生的，在略有些吵雜的一樓大堂聽起來很是清亮。

喬明瑾聽了便朝那人看了過去。

那是一個七、八歲的小男孩，穿著富貴，這會兒正用手指著她們。

喬明瑾瞧著這孩子有些熟悉。

正想著，那孩子很快就竄到她的面前來。

「妳不是到我家賣雞蛋的嗎？就是把雞蛋串成一串一串拿來賣的，我還跟妳買了四串，妳不記得我了嗎？」

小男孩仰著微胖的臉蛋看向喬明瑾。

喬明瑾這才恍然，原來是那周府的四少爺。

當初送柴火到周府的時候，初次弄出來的蛋串就是讓這周四少爺買走了四串，還得了一兩銀子的賞。

喬明瑾想起來後，就笑著說道：「是周四少爺啊，我當然記得你，你今天怎麼不上學堂去了？」

「今天先生有事。妳今天又賣什麼好玩意來了？上次的串雞蛋，我的同窗都搶著要呢！

妳可有更好玩的東西沒有？」

周四少爺一臉期盼的看著喬明瑾。

喬明瑾正不知如何作答的時候，角落裡有一名男子喝斥道：「文軒！」

那孩子便訕訕地扭頭往聲音處看去。

喬明瑾也順勢往那聲音處看了過去。

呵，好一個翩翩佳公子。

天青色的杭綢直裰，玉冠束髮，鑲著玉片的腰帶，腰間一塊羊脂白玉正好垂了下來，腳上蹬著一雙暗紋金絲吉祥雲紋鞋，整個人端坐在那裡，氣質高華。

此時的一樓裡坐了各色人等，似他這等本應坐在最高層雅間裡的人物，這會兒坐在這一堆人中間，絲毫不覺得掉了價，反而有種讓人不容小覷，鶴立雞群般地出眾感覺。

那人見喬明瑾直愣愣地看他，本有些不快的，但他往喬明瑾臉上看去，又絲毫看不出那女子如尋常女子一般貪婪追隨的目光，好像……純粹只是一種欣賞。

周晏卿眉頭又皺了皺。

什麼時候，他淪為讓人觀賞的物事了？

女人黏著他，他不舒服，這女子大膽地看他，他也有些不舒服。

看她面容精緻，額前劉海被雨淋濕了貼在額上，衣裳也被雨水打濕，連鞋子都被浸濕了，一副狼狽的樣子，但是，並不讓人反感。

周晏卿打量了她一番，又扭頭喝茶去了。

那周四少爺周文軒看他小叔叔不說話了，便又高興地問喬明瑾。「妳是來賣傘的嗎？妳還能做出好玩的東西來嗎？」

喬明瑾看著他笑了笑，說道：「今天沒有，不過下次做了好玩的物事，一定去找四少爺。今天外頭下雨了，不知四少爺要不要買把傘？」

周文軒是賴著他小叔叔出來玩的，這會兒也不知要不要買，聽了喬明瑾的話，就轉身跑回去問他家小叔去了。

廳裡的人在喬明瑾三人進來的時候早想問她們傘的事，只是看到有人找她們說話，就先按捺住想發問的想法。

這會兒見那與她說話的小男孩走開了，他們紛紛問道：「小娘子的傘是賣的嗎？多少錢一把？」

有人乾脆起身朝喬明瑾走過來了。

「賣的、賣的，這雨下得急，眾位定是沒來得及準備吧？若是有急事要走的，可以買一把傘帶走。」

有人便上來翻看姊妹倆帶來的傘，還撐開來看上面的圖案。「小丫頭，這傘多少錢一把呀？」

有客人打趣小琬兒，小琬兒也不怕，朝著問話的人伸出一隻小手，五指張開，朝著問話的人晃了晃，大眼睛黑黝黝的，一眨一眨地看向問話的人。
那人看她可愛的樣子，便學著她的樣子，張著一隻手笑著問道：「這是多少啊，是五文嗎？」
小東西猛搖頭。「不是五文，五文要虧本的！是五十文！」
她邊說邊把手又朝問話的人伸展著，粉粉白白的五指張開，像五根麵條。
廳裡的人聽了哈哈大笑。
這下雨天，大家都避在這裡，茶都喝了好幾壺了，也沒個樂子。
這會兒正瞧著她們賣傘，又聽得小姑娘這麼可愛的話語，都是樂不可支。
那個問話的男子笑過後便說道：「小丫頭還知道虧本啊？五文賣了虧本，可是五十文又太貴了可怎麼辦呢？」
小琬兒聽了便扭頭去看她娘。
喬明瑾只微笑地看她不語。
這小東西也不知哪裡學來的「虧本」，她可沒教過她，想必是跟著明珩在集上學來的。
小琬兒從她娘那裡得不到提示，就搖頭對那人說道：「琬兒也不知道，不過我娘說了，若是一直下雨，我們就回不了家了，要在城裡住了，所以要把住宿錢掙出來。」
喬明瑾聽了心下不由得一酸，眼眶濕熱。
他們剛才在店裡說話商量的時候，女兒一直安安靜靜的，沒想到她把話都聽在腦子裡了。

三歲的孩子把話記得這麼牢，還說得這麼流利，知道她的辛苦……

那問話的男子聽了琬兒這話，看了喬明瑾一眼，也不說話了，在荷包裡掏了一把，就把一塊銀角子遞給琬兒。「來，拿著，叔叔買妳的一把傘。」

小琬兒開心地接過銀角子，低頭看了看，又舉向那人。「這才一個，要這麼多個！」她又張著一隻手比劃。

店內的人再次哈哈大笑。

有人就逗她。「來來，拿來給叔叔跟妳換，妳給叔叔一個，叔叔給妳這麼多個！」說著，也學著她的樣子張開著一隻手和她比劃。

小琬兒還真的往前走了幾步，眾人瞧了便又跟著笑得前仰後合。

明瑜臉紅紅地去把她抓了回來。

喬明瑾便對她說道：「這是一角銀子，可以買兩把傘了，五十個是銅錢，是圓圓的，帶個洞洞，可以拿繩子穿起來的，琬兒記得嗎？」

小東西似懂非懂地點頭，朝那個給她銀角子的人說道：「叔叔，要再給你一把傘。」

她說著還真的踮著腳去拽喬明瑾手裡的傘柄。

那人便說道：「不用了，多的錢給小丫頭買糖吃好不好？」

小東西這可懂了，便咧著嘴朝那人道謝。「謝謝叔叔。」

那人摸了摸琬兒的頭，就拿著傘走了出去。

很快地，有其他人過來跟她們買傘，他們也把錢拿給小琬兒，再逗她說一、兩句話。

小東西嘴巴都合不攏，看著那傘越剩越少，兩隻眼睛都要瞇在一起了。

周四少爺很快地也拿著一兩銀子過來買了三把傘，有一個小廝拿著傘快速地走了出去，想必是安排馬車去了。

周四少爺抓著一把糖過來給琬兒。「妳叫什麼名字？」

「我叫琬兒。」

「拿著，給妳吃的，下次妳娘做出了好玩的東西，就讓妳娘送到我們家喔。」

他說完幫著扯出琬兒懷裡的荷包，不由分說地把幾塊糖塞了進去。

喬明瑾正在賣傘，用眼睛餘光看了女兒一眼，就不理會了，看來小孩子與小孩子更好接觸一些。

那周四少爺和他小叔叔走向酒樓大門時，與喬明瑾擦身而過，周晏卿還偏頭看了喬明瑾一眼。

但喬明瑾沒發現，只顧著賣傘。

那兩人走出去不久，喬明瑾和明瑜帶來的傘便都賣光了，連兩人撐著來的傘都要被人買了去。

最後看有一個人確實有急事要買，喬明瑾便賣了他一把，三人最後只留下了一把。

沒想到傘賣得這麼好，喬明瑾和明瑜幾人如法炮製，跑回雜貨鋪又取了幾次傘，仍然帶著琬兒。

他們接著又跑了幾個酒樓，才用了不到一個時辰，就把文記雜貨鋪裡的兩百把傘全部賣了出去。

等她們再回雜貨鋪的時候，便看到路上也有人在兜售雨傘和蓑衣了。

等喬明瑾和明瑜她們回到雜貨鋪的時候，明珩和明琦已是回來等在那裡了，兩人臉上皆是笑意盈盈的。

瞧他們一副意猶未盡的樣子，想必若是文掌櫃還有更多的傘，兩人必是還要抱著出去兜售的。

明琦還抱怨說文掌櫃備的貨太少。

喬明瑾便笑著搖頭，這兩個孩子都當是多有趣的事呢。

她把兩百把傘的錢跟文掌櫃結算，按二十五文一把的價格，算了五兩銀子給文掌櫃。

文掌櫃接過錢，笑得見牙不見眼的。

本來下雨天，是公認沒生意做的日子，都是閒坐門庭數雨滴玩的。

但他今天不僅把倉庫裡囤積了好久的雨傘全部賣了出去，去掉本錢，竟還有三兩銀子賺，所以喬明瑾三人當著他的面數錢，面對攤在櫃上的那一堆銅子、銀角子他並沒有什麼眼紅的感覺，還好心給了一些麻繩，讓他們把銅板串起來。

喬明瑾並不覺得需要避著文掌櫃，這得了多少錢，那文掌櫃也是能算得出來的。

這一堆錢裡面，銀角子多是她和明瑜在酒肆賣得的錢及客人的打賞，而銅板多是明珩和明琦沿街叫賣收回來的。

兩人有的傘賣了五十文一把，有些賣了四十、三十五的，收的都是銅板，攤在櫃檯上堆了一小堆。

兩個孩子精明得很，都懂得看人出價，精明得讓喬明瑾不知是該喜還是該憂。

最後結算下來，扣除掉給文掌櫃的五兩，還剩了七兩又兩百三十文錢。

只是這種來錢的活計也就是逮著一回做一回罷了，回頭再想做這種借雞生蛋的事，怕是不能了。

那店鋪的夥計哪個不是精明能幹的？看別人做過一回也就都會了。

明琦和明珩還興致勃勃地討論，說是下回還要在下雨天到街上賣傘，喬明瑾聽了也只是笑了笑。

不說其他店鋪，就是文掌櫃，別說下雨，就是下回只要天一黑，怕是就會讓夥計抱著傘出門兜售。

這文掌櫃做過貨郎，哪裡不知道客人都需要些什麼？

姊弟幾人得了銀子都很是高興，看著一堆銅板和銀角子開心，就算是今天要宿在城裡，也不怕沒有銀子用。

文掌櫃也替他們高興，笑咪咪地說道：「今天我還是借了你們的光了，也跟你們學了一招。想著以前我當貨郎的時候走街竄巷的，現在倒是不願意走出去了，以後再有這樣的機會，我也多出去走走。」

喬明瑾心情正好著，外頭又下著雨，也走不了，便跟他攀談了起來，言語中又跟他提了幾個點子。

那文掌櫃聽了，大喜，扭身在他的店鋪裡四處找一些能送給他們的東西。

喬明瑾最後推卻不過，就收了一斤紅糖，一斤乾棗。

喬明瑾正看著幾個孩子捧著乾棗歡快地吃著，就聽到門口有聲音傳來。「瑾娘、琬兒！」

頃刻間，岳仲堯高大挺拔的身軀出現在店鋪門口。

「瑾娘，琬兒，妳們有沒有淋到雨？我聽人說看到妳們在賣傘，瞧這衣服都濕了。琬兒冷不冷？快來給爹看看。」

岳仲堯進了門來，不由分說地就拉過琬兒到面前，抱了在懷裡，上下查看了起來。

小琬兒對岳仲堯已是不再陌生了，今天還讓她爹抱著餵吃麵條，這會兒被她爹抱在懷裡，正大大方方地盯著她爹看。

「琬兒有沒有覺得冷？」

岳仲堯把女兒抱在懷裡，看到女兒的衣裳有些濕，很是心疼，忙不迭的用手去探女兒的額頭，又是摸脖頸又是摸手腳的。

發現女兒都還好，他又轉身去看喬明瑾，看喬明瑾不應他，就去問明瑜幾個。「你們幾個有沒有事？這衣裳都快濕透了，走，姊夫帶你們找個地方換洗一下，再歇一歇，這著涼了可不是玩的。」

文掌櫃在岳仲堯進來的時候，就好奇地看向他了，這會兒聽得他的話，忙說道：「原來你們是岳捕的家人啊？」

岳仲堯便說道：「是啊，文掌櫃，這是內子，這是小女，這幾個都是妻弟妹。多謝文掌櫃了，讓他們幾個能有個地方避避雨。」

那文掌櫃聽了有些惶恐，急忙說道：「哪裡用得著謝？早知道是岳捕的家人，我就帶他們到我家歇息去了。我這店鋪也沒個後院，我家離這不遠，你們跟我到我們家歇息去吧，再喝碗薑湯祛祛寒，等雨停了再回去。」

他說完便要領了喬明瑾一行人出門。

喬明瑾看他這店裡連個夥計都沒有，本來聽說還有他兒子跟他一起看店的，只是今天家裡有事，就只有他一個人在，若是走了，店裡就得關門了。

她便說道：「文掌櫃不必忙活了，這雨可能還得下一會兒，我們找個小客棧略歇一歇也就是了。」

喬明瑾不好意思去文掌櫃家，不過初次相識，人家也多是看在岳仲堯的面子上，這年頭老百姓對於衙門裡當差的，多是捧著的，不敢輕易得罪。

只是拒絕了文掌櫃，岳仲堯那邊就沒法拒絕了。

文掌櫃相讓了一會兒，便不再相勸，把幾人方才撐著的雨傘都送給了他們。

喬明瑾掏了三把傘錢給文掌櫃，那文掌櫃又推了回來，只象徵性地收了五十文錢。

出門的時候，岳仲堯把琬兒抱在懷中，裹在蓑衣裡，嚴嚴實實地打著傘就領頭走了出去。

喬明瑾帶著明琦，明瑜帶著明珩，四人跟在岳仲堯的身後出了雜貨鋪的門。

一行人很快便跟著岳仲堯到了一間不大的客棧。

喬明瑾看著岳仲堯吩咐夥計要房間、要熱水、要火盆、要薑湯、要熱食，又很是細心地照顧小琬兒和幾個弟妹，心裡多少有些感慨。

只是如今，她覺得這樣挺好的，沒必要誰要遷就誰。

客棧的房間挺大，雖不是上房，但東西都很齊全。

夥計們上薑湯上得也快，幾個人每人熱熱地喝了一碗薑湯後，全身就暖和了起來，也不覺得冷了。

等熱水上來，喬明瑾本來是想抱著女兒去泡一泡熱水的，但岳仲堯很快地把女兒搶了過去，說他幫著洗，小琬兒也樂呵呵地圈著他的脖子，一臉親熱。

岳仲堯看著喬明瑾說道：「妳快去把衣服放到火盆上烘一烘，這濕漉漉地到底不舒服，小心淋病了。」

喬明瑾看了他一眼，就轉身進到內室去了。

房間裡有一個大大的屏風，隔成一間臥室和起居室，岳仲堯讓人在裡外各放了一個火盆，想讓明珩到外間。

但是明珩跟明瑜幾個鬧慣了，又都是親姊弟，並不覺得有什麼需要避諱的。

倒是因為有明瑜和明琦在，岳仲堯會有些不大方便。

岳仲堯把小琬兒親自抱去了淨室，把女兒放在木桶裡，便親手幫女兒泡起澡來。

喬明瑾進了裡間，讓明珩把外裳脫下來，幫他把衣物烘乾，又讓他在外間捲著被子等琬兒出來再去泡熱水。

喬明瑾一邊幫著幾個弟妹和女兒烤衣裳，一邊聽著淨室裡傳出來父女倆的說話聲，不時還有小琬兒清清脆脆的笑聲……

喬明瑾臉上也帶了笑。

先前岳仲堯剛回來時，小琬兒是很抗拒她爹的，岳仲堯想抱她，她也總是躲在喬明瑾後面，怯生生地像看著陌生人。

只是這才多久，父女倆就親親熱熱起來了，也許真的是一種父女天性吧，血緣親情，誰也改變不了……

「娘，娘！」

不一會，小琬兒脆生生的聲音就打斷了喬明瑾的思緒。

脫得光溜溜的，被熱水泡得有些發紅的小東西像箭一般朝喬明瑾衝了過來。

明琦和明瑜見了，都打趣她，在她身上亂捏，撓她癢癢。

小東西趴在喬明瑾的懷裡，扭著身子格格地亂笑，心情好好的樣子。

岳仲堯在外間聽了，嘴角不由自主地揚起一個好看的弧度。

等幾人鬧夠了，他對喬明瑾說道：「快用被子把女兒包起來，受涼了可不好。」

明瑜抓過琬兒，抱她到床上，用被子把她包了起來。

明琦和明珩今天在外頭也淋了不少雨，琬兒泡了澡之後，岳仲堯很快地也讓人給他們送了熱水，又讓喬明瑾和明瑜也去泡泡。

明瑜和喬明瑾都覺得不大方便，姊妹兩個便只在火盆邊烤火，拽著衣裳烘乾身上的濕衣。

岳仲堯在外間隔著屏風和喬明瑾說話。

喬明瑾靜靜地聽著，有時候也會回應一、兩句，更多時候只是安靜地傾聽。

然後她再往外頭看一眼，雨還是嘩嘩地下著，一點都沒有要停的跡象。

喬明瑾心裡多少有些焦急。

待衣物鞋襪都烤得差不多的時候，她披著外裳出來，把荷包遞給岳仲堯。

喬明瑾是知道岳仲堯每次回去，吳氏都要問一問的，少了一文銅錢，吳氏都會盤問個半天，以前就是岳仲堯在外收到的好處也都如數上繳，不知付這店資他可有錢？

萬一沒錢帶回去，搞不好吳氏會上門找她麻煩。

岳仲堯看著喬明瑾遞過來的荷包，眼色暗了暗，看了她一眼，說道：「我身上還有些錢，我說過會對妳們母女負責，不是隨意說說的；以後我會從我的月俸裡留出一部分錢，給妳們母女倆用。」

喬明瑾聽完看向他，眼前這個男人一臉的嚴肅，一臉的不容置疑。

她未出口的話就吞了回去。

岳仲堯又看了她一眼，繼續說道：「瑾娘，妳放心，這間房間掌櫃的不收我的錢，我幫過他一個大忙，他算是欠了我一個人情，就是你們晚上住在這裡，他也不會收錢的，你們且安心住著；等會兒停了雨，你們也別回去了，這路上濕滑，回去半路天就黑了，我明早還要去下面的一個村子，不能陪你們回去，我不放心。」

喬明瑾聽完又往窗外望了望。

現在已是未時了，就算雨勢立馬停了，要趕在天黑前到家也有些勉強。

只是……住客棧嗎？

那個家雖然缺這缺那的，家徒四壁，但還是有幾分人氣，是喬明瑾在這世上賴以依存的地方。

岳仲堯看著沈默下來的喬明瑾，心裡有些難受。

良久他又說道：「家裡沒什麼可擔心的，琬兒和明琦、明珩幾個也沒在城裡住過，也好讓他們新鮮一下。晚上若是雨停了，就帶他們出去走走，明天一早再回去。這雨這麼大，路上沒準兒被水沖壞了，你們這樣回去，我委實不放心。」

明珩和明琦在旁邊聽了，眼睛一亮，齊齊看向喬明瑾。

這場雨一直下到申時，才淅淅瀝瀝地停了下來。

幾個人在客棧裡覺得有些無聊。

喬明瑾似乎也沒什麼話想和岳仲堯說。

岳仲堯和琬兒在榻上玩的時候，倒是頻頻看向她，只是喬明瑾雖然有聽著女兒清脆的笑聲，卻鮮少會拋個眼神給巴巴望向她的岳仲堯。

他心裡多少有些失落。

嬌妻幼女皆在身邊，多少次夢裡想過這樣的一回景象，妻兒在身邊圍繞，一家人和樂融融……

只是如今妻女近在身畔，卻又有不得志的無奈。

岳仲堯和女兒坐在榻上，看著女兒從荷包裡掏出小石子玩，還高高興興地邀他同玩，不時還教一教他，他心裡又軟軟的。

聽著女兒奶聲奶氣的話語，看著女兒不再怕他，越發願意與他親近，他感到有些安慰。

而明瑜、明珩、明琦幾個人心裡卻是對岳仲堯是有些怨氣的。在岳仲堯被徵去戰場之前，也就半年時間，他們沒怎麼跟這個姊夫有過接觸，回來了又是這般情形，便也就沒多少話與他說。

多是岳仲堯問一句，三個人才回一、兩句。

雨停下來後，眾人齊齊望向窗外，似乎都舒了口氣。

只是這會兒都已是申時，下過雨，天色也黑沈著，只怕出城門不遠天就要黑盡。只能在客棧裡住上一晚了。

喬明瑾有些無奈，但是看著幾個孩子一臉的期待，便也只好收拾了自己的心情。等雨徹底停了之後，明瑜就慫恿明珩、明琦再拉著小琬兒到外面逛。

喬明瑾不放心，本想跟著的，哪知明瑜幾個一下子就竄出老遠，還揚聲對她說會小心，一會兒就回來。

喬明瑾這些天覺得自己忙得團團轉，即便是不賣柴的日子，在家也是時刻不得閒，這會兒還真是不想多動一步。

看著幾個孩子走出房門，岳仲堯又跟在後面，遂放心地把自己扔在客棧的床上，裹進被子裡，瞇起眼睛來。

岳仲堯交代幾個孩子只在近處逛逛，不可走遠，又仔細叮囑了一番後才回到了房間。

他想趁著這個機會跟瑾娘單獨說說話。

他早想跟瑾娘好好說話，只是瑾娘身邊似乎總有人，她也似乎總是在避著單獨見到他。

岳仲堯心裡有些期待，又略帶著徬徨，在房門口徘徊了很久，來回挪著步子。

他想著要跟喬明瑾說的話、做的解釋，心口悶藏了許久的話，在嘴巴裡過了一遍又一遍。

他現在有點怕面對面地對著瑾娘，怕她的毫無反應，怕她淡漠的眼神，如今瞧見瑾娘面朝裡躺著，反倒覺得輕鬆了不少。

看到喬明瑾躺在床上，他倒是舒了一口氣。

等他覺得順溜了之後，便推開門走了進去。

岳仲堯輕輕地走了過去，躊躇了一會兒，才默默地坐在床沿。

他幫妻子拉了拉被子，便開口說道：「瑾娘，妳今天是不是生氣了？我也不知道柳媚娘是怎麼找到麵館的，我並沒告訴她……她之前送的飯我都沒有吃……對她，我沒有一絲感覺，我對她就跟對陌生人差不多，我心裡只有妳……和女兒……」

岳仲堯盯著自己的膝蓋，兀自說了一大段話，表達了他心裡對妻女的想念，及這些日子的徬徨無依。

「……在戰場上，我被人砍了好幾次，有一次躺在地上，還被人當成死屍扔到屍堆上去了，我本來想著死了便死了，也就解脫了，就不痛了；只是想著若我走了，妳可怎麼辦……我拚著最後一口氣從屍堆裡爬了出來，想著回家能再見到妳，能和妳好好過剩下的日子……」

想起過往的慘烈，岳仲堯不勝唏噓。

如今他能安然無恙地回到故鄉，回到妻子的身邊，還得了一個三歲大的女兒，真是老天眷顧。

岳仲堯說完一大段話，等著妻子多少能感動些，能回應他一、兩句。

只是他忐忑地等了半天，妻子別說是一句話，就是一個淡漠的眼神都沒有投向他。

岳仲堯抬起頭朝床上看去，只聽到妻子發出的輕淺呼吸聲。

他自嘲地笑了笑。

他幫著妻子掖了掖被子，把她裸露在外的胳膊輕輕地放到被子裡面，眼睛緊緊地盯著妻子的臉。

這張臉，無數次出現在他的夢裡，伴著他走過了一程又一程，多少次他覺得活不下去了，娘子的那雙眼睛便浮現在他的面前。

「瑾娘，我們以後還是一家人好不好？以後我們還好好地過……」

喬明瑾無知無感地一直昏睡，直到次日寅時初才醒了過來。

她很自然地往枕頭底下摸去，想摸出每晚睡前會放在枕頭底下的打火石。

只是眯著眼睛摸了好一會兒都摸不到，她猛地一下子坐起來。

掉床下了？

待坐起來後，在黑暗裡看到不一樣的床帳，她才回過神來。

她在床上呆呆地發了一回愣，看了眼床上睡的人。

明瑜、明琦都在沈睡，並沒有因她的動靜醒過來。

女兒呢？

喬明瑾連忙掀被下床，藉著微弱的光亮，在外間的榻上看到了並排躺著的三個人。

明珩睡在裡頭，小琬兒趴在她爹的胳肢窩下面，岳仲堯側著身，把女兒緊緊地攬在懷裡。

「瑾娘？」他警覺性很高。

「嗯。」

「怎麼醒這麼早？不多睡會兒？妳昨晚飯都沒吃就睡了。」

「我習慣這個時候醒了。」

岳仲堯也跟著起身，把女兒放好，又掖好被子，才壓低聲音說道：「這段時間妳太累了，這會兒天還沒亮，妳再多睡會兒。天亮後，妳帶著幾個孩子在城裡逛逛，等吃過早飯再慢慢回去。」

喬明瑾見女兒睡得很好，今天也不用早起到山裡捉野雞，想了想便點點頭，轉過身又躺回到床上。

岳仲堯看著妻子轉身掀了床帳又回到床上，默默地盯著妻子的背影看了一會兒，才又躺回榻上，睜著眼睛盯著房頂，黑暗裡，腦子紛紛亂。

喬明瑾已經習慣這個時辰醒了，現在雖然躺在床上，卻已是再睡不著，只是盯著床頂發呆。

沒過多久，喬明瑾就聽到岳仲堯起身梳洗，然後朝著她走來，在床前站住，輕輕喚道：「瑾娘？」

喬明瑾壓著呼吸，並沒有回應。

岳仲堯又叫了一聲，頓了頓，才壓著聲音說道：「今早衙門裡有事，我要到下面村子去一趟，就不送你們了，妳帶著幾個孩子吃些早飯再回去，昨天雨大，路估計不好走，妳趕車要趕得慢些。」

他說完又靜靜地聽了一會兒，仍然沒得到妻子的回應，暗自嘆了一口氣，輕輕地推開門走了出去。

喬明瑾轉過頭，在黑暗裡朝著房門的方向看去，能感覺到岳仲堯躡手躡腳地走路，輕輕地打開房門，再輕輕地合上房門。

她在心裡暗暗嘆了一口氣。

第十一章

一家人都醒了之後，喬明瑾等幾個孩子都梳洗好，便帶著他們出了客棧。

客棧的掌櫃顯然是得了岳仲堯的吩咐，很是熱絡地送喬明瑾等人出門，還很熱心地介紹他們哪裡的早點好吃。

喬明瑾謝過掌櫃的，幾個人在街上簡單吃了一頓早飯，又買了一些米麵油鹽，再給娘家和外祖父母各切了一刀五花肉，一家人便駕著牛車出了城門。

經過昨日的大雨，這一路上確實泥濘了不少。

這時代可都是完完全全的土路，被雨一澆，路上坑坑窪窪、泥濘得很，必須很小心才不讓車輪陷進坑裡去。

只要兩個多時辰的路程，他們卻比往常多用了一個時辰才到了雲家村。

祖母藍氏見了喬明瑾很是開心，拉著喬明瑾就是一陣打量。

這可憐的孩子，這才多久時間就被折磨成如今這般了。

瞧著她性子雖堅韌了不少，但藍氏還是更願意看到她一手帶大的孩子，被夫婿好好地呵護著，吃穿不愁，衣食無憂地待在家裡。

喬父也眼神複雜地看了喬明瑾一眼。

自從女兒與女婿別居析產之後，喬父就一直後悔著那天為什麼要到集上替人家寫信？還好巧不巧地讓岳仲堯救了。

明珏和喬母也很快地回了家，一家人齊聚，在家裡吃了一頓午飯。

那兩刀五花肉，一刀被明珩帶去給了外祖父母，另一刀藍氏讓喬母切了，做成紅燒肉。

吃完飯，一家人坐在一起，喬明瑾看了喬父一眼便說道：「爹，您有沒有想過在咱家裡辦個小私塾？」

「辦私塾？」喬父有些訝異。

喬母和幾個弟妹聽了也都看向喬明瑾，連藍氏也看向她。

喬明瑾的目光在一家人身上掃過，對喬父說道：「是啊，爹，您現在身子也不是很好，天天往集上寫書信也掙不到幾個銅子，且集上又能有多少生意？還辛苦。咱家這院子也挺大，現在天也暖和了，就在庭院裡支幾張小桌子，收些雲家村的孩子給他們啟蒙，一人一個月哪怕只收個十幾二十文的，收十個孩子，一個月就能有一、兩百文的進項，總比您辛苦往集上跑得好。」

她說完看向喬父，看到喬父一臉的若有所思。

喬明瑾又說道：「除了授課，若是爹授課之餘還有閒暇時間，還可以給人抄抄書。女兒在城裡的書肆問過了，那書肆除了一些賣的書籍要找人抄，還有外接的一些大戶人家的活，比如一些抄寫佛經和古籍之類的活計，抄寫一本也能有個二、三十文的收入，兩天應該能抄寫一本的，那佛經也不厚。咱家之前是沒錢買筆墨，若是收了孩子，收了束脩，就有錢買筆墨了。」

喬父聽了有些心動，但並沒說話。

藍氏聽完，看向喬明瑾說道：「這活計倒是不錯，瑾娘妳可問清楚了，抄寫一本書或佛經就能給二、三十文？」

「是呢，奶奶，而且有些大戶人家和書肆都有提供筆墨和紙張，因為怕抄寫的人用的筆墨紙張不好，那些佛經都是要供在佛前的。教小兒啟蒙也用不了多長時間，早上、下午加起來能有四個時辰就不錯了，應該有時間抄書的。」

藍氏聽了就說道：「嗯，這可比推著桌椅到集上代人寫書信好多了，就是妳爹沒有時間，我和明玨也是能幫著抄寫的。」

明玨也在一旁猛點頭。

藍氏又說道：「地裡的活，我和妳爹也幫不上妳娘的忙，如今家裡聽妳的話要養雞和山兔，我和妳爹就在家裡忙活吧，若是能替家裡掙些銀錢，到時候說不定還能供明玨去城裡讀書。明珩也大了，只跟著妳爹唸過幾天書，都沒正經上過私塾。這家裡哪都要用錢，妳爹不時還要吃上一、兩副藥，要攢些買藥的錢。」

喬明瑾聽了藍氏的話很是高興。

一般的秀才都不願紆尊降貴去替大戶人家抄寫佛經或替書肆抄書，總覺得這樣會沾了銅臭味，掉了身價。

但自家的祖母卻是個開通的，所幸喬父也不迂腐。

喬父沈默了一會兒，便開口說道：「之前雲家村的村長也找過爹，說是讓爹辦個私塾，只是咱家之前連飯都吃不飽，家裡也沒多餘的屋子；如今天氣漸暖，在院裡授課也是可行，若是少收些束脩，村裡是會有人送孩子過來啟蒙的。為父閒時再替人抄寫一些書籍佛經，也能減輕些家裡的負擔。」

喬明瑾聽完便笑了，說道：「那好，明日我送柴火到城裡，就上書肆幫爹領了活回來。」

喬父聽了後點了點頭。

藍氏和喬母在旁聽了就說道：「瑾娘啊，妳可要注意身體啊，這砍柴的活計哪裡是妳能做得了的？那粗柴砍不動，就撿些細柴賣賣就好，少掙些錢也總比把身體弄垮了強，琬兒還小呢。」

喬明瑾便笑著說道：「奶奶，娘，妳們放心吧，我會注意的。」

她又問道：「前天我讓表哥和明玨帶回來的蒲菜，妳們吃了沒有？昨天我光賣蒲菜就掙了好幾兩銀子呢！那蒲菜還能再賣一段時間，以後隔天就會送幾捆到酒樓去，如此，家裡也能輕鬆些了。」

說著她就掏了荷包出來，想給家裡留一些銀子。

藍氏連忙阻止了她，按住她的手說道：「如今家裡並不缺什麼，明珩、明琦又跟著妳，家裡少了他們兩人的口糧，那吃的又都是自家地裡產的，也沒什麼要花用的地方。倒是妳，地也沒一畝，吃什麼都要花錢買，錢妳且自己留著用，若是有了餘錢就悠著些，柴慢慢砍，別受傷了。」

喬明瑾推了幾次，見藍氏和喬母都不收，只好把荷包又揣進了懷裡。

「娘，奶奶，家裡多養些雞吧，現在城裡雞蛋都挺好賣的，養雞留著生蛋也好，那山兔也不知能不能養得成，且先試試看，若是能成，將來也是個進項。」

喬母和藍氏聽了都點了頭。

藍氏又道：「瑾娘啊，明玨前天帶回來的蒲菜可是好吃得很呢，這不，妳大舅母昨天就到處找去了。雲家村雖然沒有什麼湖泊，但是這種蒲草還算是常見，不過，妳是怎麼知道這蒲草能吃？」

喬明瑾笑著說道：「偶然從一本書上看到的。家裡種的菜現在還沒冒芽，我是想著也許能省些錢，這才想到它，沒想到在城裡酒肆竟能把它賣出去。」

眾人都知道這蒲草韌如絲，磐石無轉移，長在水裡的蒲草也只是被割來編蓆、編草繩的多，倒沒人想過蒲草竟是能吃的，大為驚奇。

不知不覺他們在雲家村就待了一個多時辰。

在喬明瑾又催著明珩到大舅家找雲錦表哥時，雲錦就帶著一個人上門來了。

雲錦妻子何氏的弟弟何曉春。

何氏家裡也是個窮的，她父親的兄弟多，分家後也沒得一、兩畝地，一家子吃不飽，何父便撇下新婚的妻子去給木匠師傅當學徒，一當就是十多年。

後來學成後，他沒錢開什麼鋪子，就回了鄉，在附近村子接些木工活做，偶爾會去城裡領些活計，或是到大戶人家裡做些木工活。

如此，一家子倒還能混了個溫飽。

何氏只有一個弟弟，就是這個何曉春。何父在他小時候，為了給家裡省下一口糧，便經常把這個兒子帶在身邊。

在主家裡做活的時候，主家是包飯的，何父就從自己的口食裡捨一口飯菜給兒子吃，如此兒子也能有個肚飽。

何曉春雖然只是拖油瓶一樣跟著蹭飯吃的，沒想到，他對木工活倒是極感興趣，硬是在旁邊玩耍著學了一身的本事，不僅把何父的本事學到了，還融會貫通有了自己的見解，正可謂青出於藍勝於藍，如今也算是學成了，經常會在外頭接一些活計做，或是在附近村子走街竄巷地攬活計。

只是雖然他的手藝不錯，但為人著實木訥，只懂得埋頭做活，話都說不全一句，就是走街竄巷攬活計也不會吆喝，張不開口，經常攬不到活，幾乎是白廢了一身本事。

他姊姊何氏看著心急，都十七、八了還說不上親，也沒存幾個銅錢，就經常讓雲錦進城的時候帶著他。

雲錦有空時，也會帶著他在身邊走街竄巷，幫著吆喝一、兩句。

聽說喬明瑾有木工活要做，要求很高，還是要做賣錢的活計，雲錦就想到了這個妻弟。

如今喬明瑾看著這個何曉春坐在牛車上，不發一言，這都快到下河村了，總共與她也說不上十句話，都是喬明瑾問什麼他就答什麼。

喬明瑾跟明玨對視了一眼，也不大在意，只要他手藝不錯就成。

這次明玨跟著來了，明瑜便留在了喬家。

祖母說如今喬明瑾已別居析產出來了，若是帶個外男回家，別人恐會說些歪話。

而明瑜正在說親，跟著過來也不合適，便讓明玨跟著來了。

有明玨在，一能幫些小忙，二能和何曉春做個伴，如此也沒人會說一些歪話。

一家人回到下河村時，天邊已是染上了晚霞，村子上空裊裊炊煙，雞鳴狗吠，牧童歸家。

到了家，喬明瑾就讓明玨幾個人把琬兒的床搬到客房，讓何曉春一個人住，明玨則和明珩兩個人住。

琬兒的那張床雖說小了些，也並沒有小多少，五尺的床完全夠他一個人睡了。

但家裡並沒買多餘的床褥子，明珩便把自己的褥子搬了過去，他自己則到柴房搬了兩捆稻草厚厚地鋪了一層，再在上面鋪上一床蓆子。

鄉間多是這樣弄的，沒餘錢的家裡多是鋪稻草，稻草保溫效果好，冬天即便鋪了床褥子，底下也是要墊一層稻草的。

只是稻草雖保溫，但不透氣，吸了汗總是濕漉漉的，容易潮濕，所以經常要把它拿到太陽底下曬一曬，不然還會長黴。

因此喬明瑾並不喜歡鋪稻草，只是家裡如今沒有那個條件，沒多餘的床褥，也只有以稻草先墊著了。

把何曉春的床鋪好後，明玨什麼活計都搶著做，幫著自己姊姊去挑水，又幫著做雞圈、搓草繩，還澆水種菜。

在他來之前，喬父、喬母和祖母藍氏都交代了，說姊姊是個女流，家裡的活計要多幫姊姊做一些。

明玨看著自家從小嬌養的姊姊這般辛苦，恨不能全替了去。

因著明天要去送柴火，明玨又和明珩幫著把柴火搬上牛車。

今天他們雖然不在家，沒拾柴火，所幸家裡還有一些餘柴，倒也夠明天送到余記去。

如今自家也有牛車了，不用擔心用了秀姊的牛車會影響到秀姊，也不用每天再多付十文錢車資，著實省了一筆錢。

明玨和明珩趁著天黑前把柴放到自家的車板子上，又和明珩去送還秀姊的牛車。

喬明瑾和明琦做晚飯，何曉春則在自家屋裡整理他的工具。

他知道喬明瑾叫他來是來做活計的，估計要好長一段時間。

等喬明瑾的飯做好後，明玨和明珩也回來了，還拿回來一籃子秀姊自家種的菜。秀姊就是雲家村出來的，對喬明瑾幾個弟妹也是熟得很，知道明玨過來下河村，還送了好幾個雞蛋。

得知喬家和雲家合夥湊錢給喬明瑾買了一輛牛車，她非常驚喜。那岳家做事不厚道，幸好娘家給力得很，是真正對喬明瑾好的。

秀姊心裡很替喬明瑾高興，就跟才回來兩天的丈夫岳大雷說雲家村的人有多麼、多麼好，比岳家的人如何、如何強多了，害得她丈夫連連向她討饒。

吃過飯，喬明瑾便找了何曉春說話。

「你知道我為什麼叫你過來嗎？」喬明瑾看著何曉春問道。

十七歲的小夥子長得還算高大，只是一副羞澀的模樣，倒像個大門不出、二門不邁的大家閨秀。

何曉春抬頭看了喬明瑾一眼，又迅速低下頭去，小聲說道：「姊夫跟我說過了，說瑾姊是讓我過來做活的。」

喬明瑾朝自家黑黝黝的屋頂看了一眼，這小夥子……跟他說話，得仔細聽才能聽到他在說些什麼。

喬明瑾又問道：「那你可知道我請你來是做什麼活計的？」

何曉春沒有抬頭，只盯著自己的足尖搖頭。

她又耐心說道：「那你知道我會給你多少工錢？又，會不會給你工錢？若是我只是請你來幫忙的，而不給你工錢呢？你怎麼辦？」

那小夥計聽了，一張臉立馬就紅了，良久才吶吶道：「瑾姊姊不會不給錢的……就是……就是不給錢也沒事……姊夫說瑾姊姊不容易，讓我來幫忙……」

喬明瑾聽了何曉春的話，心裡一陣熨貼，這小夥子雖然木訥了些，不過她就是喜歡這類實誠的人。

於是她便笑著對他說道：「放心吧，瑾姊姊不會不給你工錢的，瑾姊姊讓你來，是想讓你幫著做些東西，這些東西以後我是打算拿它們去賣錢的，你做得好，客人喜歡，東西自然就賣得好，得的錢自然就多，那麼你分得的錢自然也就多了。」

那何曉春聽了一臉的不明所以，怎麼是做得好，他分得的錢就多？不是固定給工錢的嗎？

他抬頭看了喬明瑾一眼，又臉紅紅地低下頭去。

坐在旁邊專注聽喬明瑾說話的明珏等人也是不明所以，齊齊看向喬明瑾。

喬明瑾看著何曉春說道：「你應該也知道我家的情況，如今我也不知道該給你多少的工錢合適，但我對我要做的東西還是有信心的；所以我想著，我們倆合作，我出主意，你負責把它做出來，我再負責把它賣出去，得的錢我們再五五分。你做的東西好，我賣得好，得的錢多，自然你分得的錢也就越多。」

何曉春這回明白了，抬頭說道：「瑾姊姊，這不妥，姊姊要是想做什麼，儘管吩咐我就是了，我只會做木工活，而且也不認識什麼人，我知道做得再好，東西賣不掉也是沒有錢的，所以我不能這麼拿錢；明瑾姊姊還是按件給工錢吧，就像我在外攬活計一樣，按天算也成。」

喬明瑾聽了便道：「若是旁人，我自是要這麼做的，只是你是我表嫂的弟弟，你家也不容易，我也願意拉你家一把。我這不是找你來幫忙做活，我想的是我們兩家合作，我出主意並負責把東西賣掉，你負責做活計，也給我一些意見，然後賣得的錢再兩家一起分。以後若是賣得多了，說不得你一人還做不來，我還得請你爹一起來做也是有可能的。」

何曉春聽了便說：「我知道瑾姊姊能找上我，是想照顧我，只是沒有這樣的規矩，我只負責把活計做好就成，至於賣多少錢，那都是瑾姊姊的，跟我沒有關係；若是將來我一人做不來，要找我爹一起來做，瑾姊姊只要多給我爹一份工錢就成。」

喬明瑾很喜歡他這分赤誠。

「我這樣做，其實還有一個用意，因為只有兩家利益綁在一起了，我要做的東西才不會洩漏出去，這樣我們也才能多掙上一些錢。」

何曉春連忙說道：「瑾姊姊放心，不說我們是親戚，就是初次認識的人，我也不會洩漏主家的秘密的，瑾姊姊放心吧。」

喬明瑾對著他又說了一通，發現說不通，只好說道：「你也知道我如今的情況，我一天賣一車柴的錢也只夠我一家人買米糧吃，實在沒有錢先付你工錢，還是要等你把活計做出來後，我賣了東西得了錢才好分給你。」

喬明瑾以為如此說了後，何曉春會同意合夥賺錢、分錢。

豈料他更是著急地說道：「不要緊的，等瑾姊姊什麼時候有錢了，再給我也是一樣的。」

喬明瑾有些頭痛，想著還是等哪天雲錦過來的時候再說吧。

她要做的事可不是一時半刻就能做完，能守住秘密是首要的，她要尋的是一個好的、長久的合作夥伴，只有利益相關，她的事業才能長長久久地做下去。

喬明瑾想了想。「那這事等以後再說吧，你今天先好好歇一晚，明天你進山先尋些合適的木料備著，等我明天得空了再畫了圖給你，你再把東西做出來。」

何曉春聽後點了點頭，又問道：「瑾姊姊是要請我來做什麼東西？是大件還是小件？我有些手藝也不是太精通，若是精緻的活計，我怕做不出來，倒耽誤了瑾姊姊的事。」

喬明瑾聽了便笑著說道：「不要緊的，我要做的東西對你來說並不難，當然以後我可能還會有別的東西讓你做，只是現在先不考慮那個。」

看他安靜地傾聽，她又說道：「但是我要做的東西雖然簡單，卻跟別家的並不一樣，所以我要求你在我把它賣掉之前，不能把它洩漏出去；等做好一批，我會集中把它賣出去，若是在賣之前你洩漏了出去，這個東西別人只看一遍就會了，我也就賣不上錢了。」

何曉春聽了，連忙對喬明瑾表明心跡，說他斷不會洩漏出去的。

喬明瑾聽他表示了一番，又說道：「我還是那句話，我是希望跟你合作的，我不會先給你工錢，這東西賣得好，我才能得到更多的錢，而你也才能拿到更多的工錢，所以這不只是我的事，也關係到你的利益。」

何曉春聽完略張了張口，看了喬明瑾一眼，便又點了點頭。

明珩在旁邊聽了，好奇地問道：「姊，妳這是要做什麼東西啊？」

聽著姊姊嚴肅地說了一遍後，他還是不清楚姊姊要做什麼東西出來。

原本以為姊姊是要請人來做家裡的一些家具之類的，畢竟現在家裡雖然有了床，但還是跟家徒四壁沒多大區別。

除了廚房吃飯用的那幾把椅子之外，各屋裡也都還沒有其他椅子，姊姊連梳妝檯都沒有一個。

喬明瑾看著他們一臉期盼，便說道：「姊要做算籌。」

「算籌？」明玨一臉的驚訝。

「姊，就是算盤珠子嗎？」明珩驚奇地看向他姊。

何曉春聽完也愣住了，做算盤珠子？

這活計就是剛學木匠活的學徒都能做，沒什麼難的，竟還要他駐家來做嗎？

還要拿去賣錢？這東西能賣幾個錢？書肆、雜貨鋪都有賣的。

喬明瑾笑著看了他們一眼，才說道：「沒錯，就是算盤珠子，不過姊姊要做的算盤珠子跟別人的不一樣，不然咱還賣個什麼勁？別忘了，咱這可是要拿去賣大錢的。」

喬明瑾說完，連明琦都一臉驚奇了。

這是要做算盤珠子去賣？

那算盤珠子有什麼難做的？會有人買？除非不用木頭，用別的石頭或墨玉等材料。姊還說要做不一樣的？算盤珠子還有別的樣子嗎？還能把圓珠子做成方的不成？

喬明瑾看了幾個一臉茫然的弟妹們一眼，笑著說道：「天晚了，別浪費燈油。曉春，你明天先去林子裡找些合適的木材回來準備著，等明天我再跟你細講。」

明玨說道：「姊，明天我幫妳去送柴火吧，省得妳一大清早就要起床趕路，太辛苦了。」

喬明瑾想了想，便說道：「也好，今天沒人託賣雞蛋，也沒有野物賣，家裡的柴火也沒了，姊明天就早些去撿柴火，你明天帶著明珩去送柴火，再把蒲菜送到飄香樓。今天我們沒有割蒲菜，明天還得去割些蒲菜，我們早些睡吧。」

她忽然想起什麼，又說道：「喔對了，你再去幾家書肆走一趟，那邊都要人抄書的，也有一些書肆接大戶人家抄經書的活計，明珩知道在哪，你明天順便幫爹去把活計領回來，然後再去雲家村一趟。」

明玨聽完點頭應了，喬明瑾便領著直打瞌睡的女兒去梳洗。

次日天還沒亮，一家人就起了。

留下明琦和小琬兒在家，其他人都帶著筐子和工具進山。

何曉春不想閒著，主動說要跟了去，喬明瑾想著他要在自家生活一段時間，的確沒什麼事好瞞他的，便也帶他去，有他幫忙也好。

先領了幾人到林子的溪澗處拔蒲菜，等明玨和何曉春上手後，喬明瑾就帶著明珩去捉野雞、捕山兔。

今日時間緊迫，不過還是讓他們捉了一窩野雞，有四隻，另外還有兩隻山兔，再加上三大捆的蒲菜，雖沒有雞蛋託賣，但今天的收穫也不算差了。

明珩和明玨下了山，喬明瑾便一個人在山上砍柴火，何曉春則在山裡轉悠著找合適的木料。

昨天他們沒在家拾柴火，柴房餘留的柴火昨晚上都已搬空了。

今天她不僅要把明天的柴火撿出來，還要多備著下一回的。

早晨的山裡格外靜謐，林間鳥鳴聲顯得清脆悅耳。

喬明瑾耳邊只有鳥鳴聲，以及她不時揮刀砍柴的撲撲聲。

早晨的柴枝上還帶著未褪的露水，柴濕也不好砍，枝枒把喬明瑾的外裳都打濕了，草葉子上都沾著露水，喬明瑾的棉布鞋很快就濕了起來，穿著有些難受，有點涼。

喬明瑾砍了一會兒就直起身子在林間四處望了望，四周均是林木，她自己一個人在這林木之中，有種被吞沒的孤獨感。

她想起了前世。

大都市熙熙攘攘，行人錯身之間，是誰都不認識誰，但工作壓力雖大，卻從來沒有感覺身上這麼疲累過。

她握著柴刀的手，好長時間都無法鬆開。

等柴刀落下，手還是呈現握刀的狀態，五指許久都不能平展開，兩臂也被振得酥麻，好似不是自己的一樣。

這才多久，喬明瑾就能感覺到自己的兩條胳膊更硬實緊致，也有了肌肉，不再是以往那般柔弱無骨了。

她微微嘆了口氣。

往事已是不可追，那裡也沒什麼可留戀的了。

心裡雖然偶爾抽痛得厲害，暗夜裡會撫著胳膊默默垂淚，但是忙些，再忙些，一定就會全部忘記的。

喬明瑾撿起柴刀，再一次往粗柴枝上揮去，撲撲的砍柴聲再次響起。

辰正時分，明琦挑著一對籮筐，帶著小琬兒找了來。

三歲多的女兒牽著小姨的手，走得穩穩當當的，就像個小大人，肩上扛著喬明瑾專門為她做的小竹耙。

喬明瑾遠遠地望著女兒，嘴角高高地揚了起來。

聽著女兒不斷叫喚著「娘」的聲音漸行漸近，她迎了上去。

「娘，琬兒給娘帶飯來了，還有水，娘快來喝！」

小琬兒遠遠地看到喬明瑾，便掙脫小姨的手朝喬明瑾撲了過來。

肩上的竹耙碰到兩邊的樹枝，不時把她絆幾下，小小的人兒跑得磕磕絆絆的，喬明瑾瞧著又是好笑又是心酸。

「跑慢些，跟小姨吃過早飯沒有？」

喬明瑾俯下身子接住女兒，替她撥了撥有些零亂的頭髮。

「琬兒吃過了，跟小姨吃了稀飯，小姨給娘烙了餅，不過沒娘做的好吃。竹筒裡還給娘盛了米湯，今天帶的是米湯喔。」

「好，米湯解渴。」喬明瑾攬著女兒坐在一處空地的枯枝上，讓女兒坐在她的腿上。

明琦這時也走了過來，放下籮筐，把籮筐裡的吃食和竹筒拿出來遞給喬明瑾。

「死丫頭，小姨做的烙餅不好吃，等會兒中午妳可別吃。」

小琬兒躲開小姨的撓癢，從喬明瑾的懷裡又跑到後面，趴到喬明瑾的背上，格格地笑著，扭著小身子說道：「我不吃小姨做的，我吃我娘做的！」

喬明瑾就著竹筒喝了幾口米湯，又吃了一張烙餅，便坐著歇息看姨甥兩個玩鬧。

「酒麴帶來了吧？」喬明瑾問明琦。

「帶來了。」明琦從籮筐裡拿出一個竹筒遞給喬明瑾。

喬明瑾打開聞了聞，放了一天了，還是很嗆人的酒味。

「娘，是要用這個捉野雞嗎？」小琬兒一臉的興奮。

喬明瑾點了點女兒的小鼻子，說道：「是啊，娘不是說過以後娘去城裡送柴火，妳和小姨也能捉野雞嗎？今天娘來教妳們。」

她說著就拿了漁網和竹筒起了身，往林子裡走去，兩個小東西一臉興奮地跟著。

喬明瑾很快便在一處空曠的草叢處找好了地方，撒了一些酒麴，又在離地三尺左右架了網，左右看了看，這才帶著兩個小東西離開。

「娘，這樣就可以了嗎？野雞就會自己掉到網裡面嗎？」

喬明瑾摸了摸女兒柔軟的頭髮，笑著說道：「是啊，這時候正是野雞覓食的時候，只要牠們看到了，就會跑過來吃的，等牠們把酒麴吃完要往上飛走的時候，就會碰到上面的網，網就會落下，把牠們兜住。」

明琦聽了興奮得很，拉著小琬兒就要躲在旁邊守株待兔，只是被喬明瑾拉走了。

「妳們在這裡野雞就不會來了，過一會兒再來看。」

兩個小東西聽了才一步三回頭地走了。

看她們一副心不在焉的樣子，喬明瑾道：「等過些時間再去看。明琦，妳帶著琬兒去找找曉春大哥，給他送早飯過去，回頭再去看野雞捉到沒有。」

姨甥兩個便歡快地拿著吃食到林子裡找人去了。

對於幾乎日日都要進山的喬明瑾來說，這裡早沒了最初那時的吸引力，但是對於沒什麼機會進山的何曉春來說，卻是個難得的體驗。

小夥子在山裡轉悠了很久，直到明琦和小琬兒找到他的時候，他還在轉悠著，似乎忘了進山的目的，此時還沒定下要用的木材，倒是興致勃勃地夥同小琬兒和明琦追著野雞、山兔滿山跑，又幫著她們爬樹摘黑木耳，玩得不亦樂乎。

等何曉春終於挑中一根木材砍了並拖了回去之後，不到兩刻鐘，他又進山來了。也不知是不是他帶來好運還是什麼，他和明琦、琬兒三個人一整天捉到了十來隻野雞，七、八隻山兔，到下午時，竹筒裡的酒麴竟還沒用完。

羞澀木訥的何曉春此時就像換了一個人似的，喜得滿面通紅，嘴都咧到耳朵上了。

下午，明珩和明玨回來之後，何曉春才依依不捨地回家裡刨木頭去。

明玨和明琦進了山，喬明瑾明顯感覺輕鬆了許多，砍粗柴的活計被明玨撈去，她便在一旁處理略小一些的枯枝。

「明玨，去書肆了嗎？」喬明瑾一邊拉柴枝一邊問。

「去了，給爹領了三本經書和兩本雜書。那書肆還給筆墨和紙，不過讓我押著三十文錢，不給一次多領，說是先領五本，寫完了再去領。」

明玨也一邊砍柴一邊回話。

「嗯，這五本書也夠爹抄個幾天的了，你有沒有跟爹說什麼時候去拿？」

「爹讓我下次去送柴回來的時候再順便去拿，說這五本書不算厚，他兩天就能抄寫完了。」

喬明瑾點頭，又道：「那書肆掌櫃可說了給多少錢一本沒有？」

「說了，說是這幾本書都不厚，就給二十文一本，若是抄寫得好，紙面整潔，字寫得也不錯，會酌情再多添幾文，這五本若是抄完了，能得一百文呢！奶奶也說比爹到集上守著替人寫書信好多了，在家裡也能照應著些。」

他頓了頓又說道：「今天賣柴得了六十文，賣野雞和賣菜總共得了四兩，付了三十文押金，其餘的都拿回來了。」

「好。」喬明瑾應道。

如今能幫爹領些活計做，雖然錢不多，但也省得爹總是覺得自己一無是處，這樣多少也能幫襯著些家裡，也能攢著買些油鹽什麼的……

多了一個明玨，撿柴的效率高了不只一星半點兒。

等晚霞滿天，眾人看著堆了幾大堆的柴枝，會心地笑了。

這麼些柴枝夠裝滿三車，大概能賣三回，明天再砍上這麼些，柴房能堆滿不說，也能好好歇個幾日了。

幾人把柴枝裝上車，由著明玨和明珩拉著車回家把柴卸了，然後拉著空牛車回來再裝，喬明瑾帶著明琦幾人抽空再撿一些細柴，耙一些自家引火用的松毛。

如此拉了三趟，最後一趟，姊弟幾個便拉著牛車，再挑著今天捉的野雞和山兔回家。

晚霞滿天，一家子心情都不錯。

明琦和小琬兒坐在自家的牛背上，搖頭晃腦的，一路興奮地晃著腳丫，連自家那頭牛都高興地哞哞直叫喚。

多了一個明玨，喬明瑾覺得自己明顯輕鬆了許多。

何曉春也是個不能閒的，看到家裡有什麼活計就搶著去做，喬明瑾頓時覺得肩上輕快了不少。

今天兩個孩子和何曉春在追一隻山兔時，那山兔掉到陷阱裡，傷得重，晚飯時喬明瑾便把牠殺了，燉了滿滿一鍋，也算是歡迎何曉春的加入，一家子連同靦覥的何曉春都吃得滿嘴流油。

此時天還沒黑，水缸裡水也滿了，菜也澆過了，庭院也掃了，明琦早上也洗過衣裳了，喬明瑾突然覺得有些無所適從了起來。

明珩剛吃過晚飯，便有人來喚他到井邊洗澡。

他來了下河村有一段時間了，跟村裡的同齡小孩都混得極熟，一到傍晚日落時分，村裡的小孩就會結伴來喚他一道去水井邊洗澡。

今天便是秀姊的兒子長河和幾個村裡的娃子來喊他，明珩在院子裡應了一聲後就抓著衣裳跑出去了。

如今天也漸漸熱了，除了琬兒，喬明瑾和明琦都是用冷水來洗澡。不過秀姊來喚她去水井邊洗澡的時候，她還是沒去，不管是前世或今生她都不是一個很放得開的人，即便是同性也會覺得不好意思。

喬明瑾想著，還是等有錢了在家裡弄個洗澡間好了。

明玨在明珩走後，也拉著何曉春到水井邊洗澡去了。

下河村裡，不管是男人還是婦人，大多選擇去水井邊洗澡，畢竟家裡人多的，挑水也是個力氣活呢。

喬明瑾和明琦帶著琬兒洗過澡，天還未黑盡，此時入睡也早，她便帶著兩個孩子在庭院裡搓起草繩來。

待明玨三人回來後，明玨和明珩也都來幫著搓草繩，何曉春則去整理木頭。

次日，喬明瑾睡了個懶覺。

寅時末的時候，只有明玨和明珩往山裡捉野雞去了，何曉春也非要跟了去，喬明瑾便偷了一回懶，躲在床上陪女兒睡覺。

到了今日，她才覺得鬆了一口氣，家裡有個男人還是讓她能更輕鬆。

起碼挑水的事不用她忙了，不然每天晚上睡覺的時候，兩邊肩膀都會火辣辣地痛。

只是作息時間定了，明珩和明玨三人出門的時候，她就醒了，睜著眼睛賴在床上也就一刻鐘而已，她就睡不著了，便起床去給一家人做早飯。

等她帶著明琦和小琬兒吃過早飯，那三人還沒回來。

今天好歹能歇上一回，便也不想進山了，她找了魚竿和漁網，再提了木桶，帶著兩個孩子出了門。

這下河村又叫岳家村，上游還有一個上河村，也多是岳姓人家，村裡因為有一條長河，便由此起了這個村名。

她來了這麼久，都還沒好好看過這條河呢。

有河就會有魚蝦，家裡吃不上肉，若有魚蝦打打牙祭也不錯。上回她本是想在林子裡的溪澗裡撈撈看的，只是遇著了蒲菜一時興起，倒是忘了。

她自己吃素不要緊，幾個孩子都正在長身子，委屈了誰也不能委屈了幾個孩子。

明琦和小琬兒看見喬明瑾要帶她們去河邊撈魚，都興奮無比，兩個小東西手拉著手就要往河邊跑。

「琬兒、琬兒！明琦姊姊！」

兩個小東西聽到有人叫她們便煞住了腳步，喬明瑾也回身看去。

田埂上，秀姊和岳大雷帶著兩個孩子正朝她們走過來。

「瑾娘，妳這是要上哪去？」

秀姊走近些，揚聲問道。

「秀姊，大雷哥。」喬明瑾朝他們兩人打招呼。

岳大雷多在外頭攬一些活計做，如今開春，地裡要春耕農忙了，他才回來。

他們家地也不多，每次忙完農活，岳大雷就會到城裡去找零活做，所以喬明瑾雖然和秀姊交好，但是見到岳大雷的機會還真不多。

「瑾娘，我聽說妳在砍柴賣？妳可要悠著些啊，這砍柴的活計可不是女人能做得來的，別把身子搞壞了，尋些輕省的活計做吧，做些針線活也成啊，琬兒還小呢。」

岳大雷一臉關切。

喬明瑾聽了很是感動，看著岳大雷說道：「多謝大雷哥，我會悠著些的，大的我也砍不動，都是撿小的砍，不礙事。」

秀姊瞪了她一眼，說道：「說得真好聽，我還不知道妳！說是悠著些，可成天往城裡跑不說，一回來又進山，回了家也是不得閒，如今雖然艱難些，可也不能不顧著身子，有事妳就上我們家找我。如今長河他爹也回來了，家裡若是有什麼事需要幫忙的，妳儘管開口，咱兩家是什麼情分？我回娘家，我娘家爹娘還經常讓我看顧著妳一些呢。」

喬明瑾感動地點頭。「替我謝謝雲三伯和雲伯母，下次回雲家村，我就去看他們去。」

秀姊點頭應了，又問道：「妳這是要上哪兒？」

「我帶著兩個孩子去河邊看看能不能網一、兩條魚，熬些魚湯給孩子們喝也好。」

秀姊還沒說話，岳長河和柳枝聽了便興奮地叫了起來。「爹，娘，我也要跟瑾姨和琬兒去捉魚！」

秀姊瞪了兩個孩子一眼。「你們會些什麼，淨搗亂！」

她男人看著兩個孩子嘟起了嘴，說道：「讓他們玩去，地裡的活他們會做什麼？不還有我嗎？」

秀姊瞪了她家男人一眼，轉身對兩個孩子說道：「你們得聽瑾姨的話，若是搗亂，看我怎麼收拾你們！」

喬明瑾看了秀姊和她男人一眼，心裡湧上一股羨慕。

還是平平淡淡的感情最是讓人心動。

等秀姊和她男人順著田埂和她分開之後，喬明瑾就跟在四個吱吱喳喳叫喚個不停的孩子後面往河邊走去。

喬明瑾擇了一處淺淺的、清澈見底之處讓幾個孩子玩，又叮囑了幾個孩子一番，她自己則扛著竹竿和木桶、魚網往水草豐密處靠近。

歷來水至清則無魚，她選了一處水草豐密的地方，水也很濁，又下了竹竿試了試水深，便把漁網拋了下去，也不去管它，自己則沿著河床走了走。

這河很長，河面卻不是很寬，也就四、五尺左右，寬處也就六、七尺，深度聽說也才六、七尺，大概不會有什麼大魚。

她今天除了想捕捕看有沒有魚，還想看看河裡有沒有蒲菜。

那林中的溪澗處再撈個幾天，可能就沒有能賣的蒲菜了。

這蒲菜如今賣得新鮮，價格也不錯，十二文一斤，這東西一捆能有好幾十斤，一次賣個兩、三百斤，能收二、三兩銀子。

等何曉春的算盤珠子做好還要一段時間，且她為了不讓人模仿，還得等何曉春大量地做出來後，才能一舉拿去賣。

即便她對這個新算盤珠子有信心，現在還沒辦法看到錢。

家裡如今雖有了一些餘錢，也不過只有二十兩左右，相比之前是好了許多，只是對於她來說還遠遠不夠。

二十兩銀子沒遇上事且還好說，若遇上事，仍是不夠用的。

且她一個莊稼人總不能繼續沒田沒地下去，但好的田畝沒個十幾兩銀，哪裡買得到？

喬明瑾沿著河岸走了走，並沒發現比林間溪澗處還多的蒲草，只是零星的還是有的。

如今的人雖說不知道這水草能吃，但這水草因極其堅韌，莊戶人家多砍了去編蓆子、編草繩，故這河裡也沒多的。

喬明瑾走了好一段路，還是沒發現更多的蒲草。

若是拔了去賣，這一條河總共也賣不到一、兩回，且還要避著人些。

看來這也不是個能長久賣錢的活計。

第十二章

這天，喬明瑾一早上都在山上砍柴，中午也沒下山，中飯是在山上用的，明琦一個人給她帶了飯來，還沒等她開始吃，轉眼又飛跑下山了。

喬明瑾看著自家妹子飛奔下山的身影，笑了笑。

這兩天因為何曉春在家裡，中午都是做乾飯，並炒上兩個菜。

今天何曉春沒進山，得到喬明瑾想出、畫出的圖紙後，他就在家裡埋頭刨木頭。

家裡沒有食盒，明琦帶來的飯放在一個粗瓷大碗裡，怕涼了，就在上面壓著一個碟子，再用粗布包好了送過來。

喬明瑾揭了蓋在上頭的碟子，粗瓷大碗裡面放著中午炒的蒲菜和一些秀姊送的鹹菜，滿滿地在地瓜絲乾飯上覆了一層。

喬明瑾坐在一段枯木樹枝上，埋頭吃了起來。

她還真是餓了，砍柴尤其費體力，早就餓得狠了。

喬明瑾喝了幾口米湯，就用勺子挖著飯大口大口地吃著。

岳仲堯遠遠站在一處矮木叢後面，看著自己的妻子沒有形象地用勺子挖著飯吃，一口接一口，看起來頗有些狼吞虎嚥的樣子。

她一個人孤伶伶地坐在偌大的樹林子裡……

林子裡安靜得可怕，妻子一個人坐在枯木枝上，大口大口地吃飯……

岳仲堯只覺得心裡猛地被人揪起，痛得他幾乎不能呼吸。

何曾見過連走路都不動裙襬的妻子，吃飯這般沒有形象？

往常比大戶人家裡養出來的閨秀還文雅的妻子，什麼時候這般狼吞虎嚥過了？

岳仲堯只覺得眼眶一陣陣發熱。

看著眼前妻子蜷坐成小小的一團，不遠處堆了好些粗柴枝，他就覺得胸腔都要痛得炸開。

岳仲堯仰著頭拚命地眨了眨眼睛，把那淚意眨了回去，繞過那一叢灌木叢朝娘子走了過去。

「瑾娘……」

喬明瑾聽到聲音，連忙從飯碗裡抬起頭望去，嘴裡的飯食還來不及嚥下，就愣在那裡。

岳仲堯？什麼時候站在那裡的？

岳仲堯見妻子看著他發愣，抬腿便走了過去，挨著喬明瑾坐了，往她的粗瓷大碗裡看了一眼，心裡又抽疼了起來。

「怎麼這麼晚才用飯？定是餓了吧？」

岳仲堯的聲音無比地輕柔，就好像怕說得大聲了會驚飛林間的鳥兒一樣。

喬明瑾看著他，並不搭話，繼續埋頭吃飯。

岳仲堯見妻子沒回應，也不以為意，四處看了一眼，自顧自說道：「這兩天我休沐，今天天未亮我就從城裡趕回來了，也沒遇上妳們。今天不去送柴火嗎？琬兒呢？」

喬明瑾頭也沒抬，含糊道：「明珩和明玨去送了，琬兒去河邊玩了。」

岳仲堯盯著妻子不放，又說道：「快把飯吃了，這麼晚才吃飯，可別餓壞了。」

他說完，見妻子看都沒看他，想了想又問道：「我上山之前到家裡看過了，屋裡有個男人，說是妳請著來做木工活的？」

喬明瑾還是沒抬頭，嗯了一聲就接著吃飯。

岳仲堯嘴張了張，很快又閉上了。

他看喬明瑾端著米粒少得可憐、只看得到地瓜絲的乾飯，再看妻子吃的菜，沒見一塊肉，連個雞蛋都沒有，心裡又酸又疼。

他們岳家雖然條件也不好，也不是時常能吃到肉，但起碼能有三、四個菜，飯裡也不會放這麼多地瓜絲。

瑾娘吃的這個已不算是飯了，只能說是地瓜絲了。

岳仲堯挨著喬明瑾坐著，眼睛不自覺地往她身上打量。

這才幾天沒見，娘子似乎又瘦了，臉也粗糙了些，頭髮還有些亂，應是樹枝刮的，衣服也略有些髒，還有些褶縐。

以前的瑾娘雖然穿得也不是什麼名貴的衣料，但是衣物、頭髮定是弄得妥妥貼貼的，鞋子更是纖塵不染。

岳仲堯心裡一陣陣難受，一種難言的酸澀迅速漫上心頭。

林子裡極為靜謐，偶爾聽到林間裡不知名的鳥啾啾鳴叫一、兩聲。

岳仲堯挨著娘子坐著，安靜地看著娘子的臉，看著娘子似乎是吃著無上美味一樣地扒著碗裡的飯食。

他總想張嘴說點什麼，只是看著瑾娘淡漠的眼神，又總是張不開口。

喬明瑾很快就把飯吃完了，仍用碟子蓋好，再用粗布包起來放到籮筐裡。

岳仲堯也跟著起身。「妳坐著，柴我去砍。這剛吃完飯，妳且走一走消消食，不然一會兒肚子該疼了。」

喬明瑾直愣愣地看著岳仲堯拿起樹枝上的柴刀，轉身找枯柴砍去了。

片刻之後，就聽到林間緊湊的砍柴聲傳了過來。

喬明瑾在他的背後看著他極快地揮刀，大腿粗的枯枝，岳仲堯只砍了四、五下就倒了。

若是她，非得砍上二、三十刀才行，有時候胳膊都痲了，那枯樹還沒倒，還得使力上去壓一壓才能斷，真是人比人氣死人。

但喬明瑾也樂得輕鬆。

往林子裡挖的陷阱處看了看，她又尋了一處空曠處，撒了些酒麴，上頭做了一張網，準備捉些野雞，一切做完才回到岳仲堯砍柴的地方。

她在岳仲堯後面看了一會兒，才抓起竹耙去耙松毛。

岳仲堯趁空往妻子這邊看了看，又轉身專注砍柴去了。

下午的時候，因著岳仲堯的加入，那柴枝已是堆了好幾堆，比喬明瑾一整天的量還多。

後來松毛也耙得多了，喬明瑾便幫著把岳仲堯砍下來的枯樹去枝去椏，再折得短些堆起來，兩個人配合得倒是默契。

岳仲堯看著娘子忙碌的身影，雖然娘子沒和他說上幾句話，臉色也淡淡的，但只要娘子在自己身邊，岳仲堯就覺得異常滿足了。

兩人都沒說話，林子裡很是安靜，遠處傳來的聲音顯得格外清晰——

「三叔、三叔——」有聲音由遠而近傳來。

岳仲堯三步一回頭地隨著來喚他的姪兒下山去。

岳伯陽的六歲兒子岳東根來喊他，說是家裡來客人了，讓他趕緊回家。

岳仲堯本不想回去，雖然娘子並沒有多說話，但在他的身後整理他砍下的柴枝，兩個人都是埋頭苦幹，他很享受與娘子獨處的這個機會。

怎奈岳東根嘴裡含著糖塊，又正惦記著家裡好吃的，急急拉著他就往林子外拽。

岳仲堯也不好反抗，傷了岳家的這個長孫，他娘可是會跟他沒完。

他娘極寶貝這個長孫，二嫂更是把這個長子當眼珠子一般疼。

岳仲堯還來不及跟喬明瑾說上幾句話，就被岳東根拽著走了，一回頭，妻子的身影在他的眼裡越來越小。

喬明瑾沒有回話，那孩子也沒喚她，她也樂得裝啞巴。

她沒受任何影響，抓起柴刀就繼續砍起柴來。

雖然岳仲堯說等他回來再砍，這兩天他也會過來幫忙，只是喬明瑾是知道吳氏為人的，哪裡能看著自己兒子放著家裡的活計不做，倒往旁人家幫襯的？

這些時日，喬明瑾也幫著岳家賣了幾次雞蛋，沒賺他家一文錢，都是以兩文一個蛋錢算給他們家，她可不會留著機會讓吳氏說嘴。

喬明瑾心無旁騖地在林子裡專心砍柴，好像方才岳仲堯從未出現過一樣。

而岳仲堯回到家，看到堂屋裡坐著的柳氏母女，臉色立馬黑沈了下來，眉頭皺得死緊，嘴緊緊抿著，往堂上端坐的兩人掃了一眼，就欲轉身離去。

孫氏連忙笑嘻嘻地把他拉住了，臉色曖昧地說道：「瞧我家這三叔，這臉皮還嫩著呢，都不好意思了。」說完兀自格格地笑了起來。

岳仲堯臉色陰沈地掃了孫氏一眼，又往岳伯陽那頭掃去。

只是他那二哥連眼神都沒給他一個。

他這二哥自從孫氏生了長孫後，就被這個二嫂壓得死死的，話都不敢反駁一句。

岳仲堯腳步剛抬了抬，上座的吳氏就開口說道：「老三，你這進城當了差，竟是半點都不通人情世故了？沒瞧見媚娘和你……和你柳嬸娘來了嗎？杵在那裡當門神呢？外頭有什麼事等著去幹？」

岳仲堯只好轉過身來，往上座瞥了一眼，他爹正抓著支水煙桿子轉來轉去，並不說話，也不看他，倒是體諒屋裡有客人，並沒有抽起水煙來。

岳仲堯只好向柳母行了禮，柳媚娘則快速地看了他一眼又埋下頭，一副不勝嬌羞的模樣。

孫氏和于氏瞧在眼裡，妯娌兩個神色未明地對視了一眼，就這副樣子，將來還不把岳老三吃得死死的？

且她那個娘哪裡是什麼簡單的人物？說話滴水不漏，這丈母娘可不是個好打發的，她們都為岳老三以後的日子捏了一把汗。

妯娌兩個看戲一般站在堂屋裡，也不走，但也不開口，如今家裡有客，公婆又都坐在堂上，哪有她們坐的地方？

那柳母揚起一張笑容得體的臉對著岳仲堯說道：「我們娘倆這也是才得知你這兩日休沐，原先不是說再過兩日才休沐的嗎？難道這次能多休幾天？」

岳仲堯便對著柳母說道：「沒有，這兩日剛好得閒，後面可能就要忙起來了。」

柳母邊聽邊點頭，笑咪咪地說道：「忙些好啊，若是當差的沒有事做，能不能保住位置都不一定呢，忙好啊。」

她說完看了吳氏一眼，和吳氏幾人齊齊笑了起來。

吳氏倒是沒聽兒子說過後面會忙起來的話，不過兒子忙起來好啊，才有油水可撈，不然只在街上晃蕩，哪裡能往家裡拿錢？

吳氏可是打聽得清清楚楚，這衙門裡當差的，若是被人外派當差，不管是什麼人請做什麼事，當差的哪裡能少得了好處？頓時就喜上眉梢了起來。

坐在吳氏對面的柳母看了吳氏一眼，神色未明地瞥了眼岳仲堯。

柳母連忙拿起帕子掩住口鼻笑了笑，又對岳仲堯說道：「我也知道你素日裡忙碌，就是在一個城裡，也鮮少能見著你一面，想著你好不容易休沐，媚娘也說從沒來過你家，咱娘倆這便當走親戚，來家裡認認門了。」

吳氏聽了，連聲說道：「柳妹子，妳來得正好呢！若是妳不來，我也正想著去城裡看妳的。我老婆子也就去過松山集上，這城裡還真沒去過幾回。之前我就猜想這媚娘是個可人的，沒想到這一見了面，更是個可人疼的，這還真是便宜我家老三了。」說完便格格笑了起來。

孫氏和于氏也在一旁配合著，不要命地對柳媚娘一通誇讚。

柳媚娘聽著臉上便露了笑，紅霞遍布，本來就是打扮了一番才來的，現下更是添了兩分顏色。

孫氏和于氏瞧了，臉上有些不平了起來。

原是聽說岳老三要娶平妻，喬明瑾還鬧了和離，和離不成最後又鬧了個什麼別居析產，她們正高興著，想著不必再去日日對著喬氏那張清高且氣質出眾的臉了，心裡暗爽。

每每三個妯娌站在一處，旁人的目光都是投向喬明瑾的，她們就像是喬明瑾的陪襯丫頭一樣，所以她們從不和喬明瑾一道去集上。

這好不容易等著喬明瑾搬出去了，等著新人進來好有機會在喬氏面前羞一羞她，也好在新人面前擺擺長嫂和先進門的譜。

沒想到這柳媚娘顏色雖然比不得喬明瑾，但耐不住人家年輕，而且這一舉手一投足，眼神只那麼一掃，是個男人身子都酥了。

沒瞧岳老二和岳老四就偷偷往那看了好幾眼嗎？

妯娌兩個咬了咬牙，各自瞪了自家男人一眼，思忖開來。

瞧柳媚娘這模樣，又是帶著比她們多好幾倍的嫁妝來的，這要是討得了男人和婆婆的好，還有她們的立足之地嗎？

將來給岳家再生個小孫子，只怕自家的兒子都得靠後了。

這般想來，妯娌兩個竟是覺得事情不大妙。

而堂屋上坐著的柳母並不知道這妯娌兩人的肚腸。

她本身就是個精明會說話的，又一副嬌嬌弱弱、失了丈夫惹人憐的模樣，一番話下來，就讓一屋子的人對她母女兩人的不請自來歡迎之至，恨不得拉著她母女兩人的手讓兩人就此留下來，多住上十日半月才好。

吳氏還直接喝令岳老四去上河村的屠夫那邊買些肉回來，又吩咐兩個媳婦去殺雞，一副要招待貴客的模樣。

岳仲堯看著一屋子的言笑晏晏，想著一個人在山上奮力砍柴的妻子，心裡疼痛難忍，淡淡交代了一句就轉身回房去了。

吳氏還打趣了一句說他這是害羞了。

岳仲堯臉上絲毫表情也無，一個人默默地回了房，順手就把房門關了起來。

想著自己的妻女，他本還想著幫娘子多分擔一些活計的，也想開口讓娘子不要那麼辛苦，說他會努力掙銀子讓她們母女過得好起來，本還想著去找女兒，逗弄逗弄女兒的……

想著粉粉嫩嫩的女兒，岳仲堯心裡就一陣酥軟，這回他可是帶了好些糕餅點心回來，方才怕她們不在家，才並沒有拿過去。

岳仲堯想著嘴上就帶了笑，走到桌邊解起自己的包袱來。

包袱解開後，他就愣在那裡。

除了自己兩件換洗的衣物，裡頭竟是什麼都沒有。兩個裹著糕餅糖塊的油紙包都不見了，還有給瑾娘母女扯的一塊花布也不見了……

岳仲堯把包布抖了又抖，把自己的衣裳也都抖開來，就是不見兩個油紙包和花布的影子。

岳仲堯拿著包布和兩件抖開的衣裳愣在桌前，很快又推開門走了出去。

「娘，妳解了我的包袱了？」

岳仲堯進了堂屋就對著吳氏問道。

吳氏瞪了他一眼，又笑著對柳母說道：「這孩子還是這麼毛毛躁躁的，這都快成親的人了，以後可要媚娘多操心了。」

和柳母笑過後，她又對著岳仲堯說道：「娘怕你身邊沒個人照顧，生怕包袱裡有些什麼髒衣服之類的，正好也拿出來洗了去。你這孩子，帶回來的糕餅都忘了拿出來，還幸得東根有翻到，不然那兩件衣裳怕都要沾到油了，還差點沾到花布上。」

她說完轉身笑著對柳母說道：「這孩子是真的孝順，每次回來都要給幾個姪子、姪女帶些東西回來，這次還給我扯了布，真真孝順。妳女兒嫁到我家，就等著享福吧。」

一番話說得柳媚娘又臉紅地垂下了頭。

吳氏笑著看了柳媚娘一眼，又對岳仲堯說道：「只是那塊花布太豔了，就留著給你妹妹做身新衣吧，如今你妹妹正要說親，也好久沒給她做身新衣了。」

岳仲堯聽完直接愣在那裡，耳裡又聽到那柳母說道：「妳家那女兒不管是模樣還是持家理事都是一等一的，我瞧著竟是哪樣都好，哪裡還需要愁的？我女兒針線活不錯，這幾天也得了一塊布，回去後就讓她給小滿做身新衣穿，也算是她的一番心意。」

就見吳氏笑得見牙不見眼的，嘴裡還謙虛道：「哎呀，這如何使得，也不知這丫頭哪裡來的這麼好的福氣，我瞧著媚娘就是個手巧的……」

岳仲堯見他娘已拉著柳母和柳媚娘親親熱熱地說起話來，嘴巴張了張，一臉挫敗地轉身走了出去。

柳媚娘看著他轉身的背影，眉頭皺了皺。

岳仲堯出了堂屋，就看到東根在院裡，捧著幾塊糕餅吃得正歡，兩隻手裡抓了好幾塊，嘴裡塞得鼓鼓的，生怕吃得慢些就沒了。

而旁邊的北樹和玲瓏也各自抓著糕餅糖塊直往嘴裡塞。

岳仲堯嘴角抽了抽，轉身便進了房，把自己扔在床上，疲累地閉起了眼睛……

岳家發生的事，喬明瑾並不知曉。

靠人不如靠己，經歷過之前的事之後，她已是深切地明白這個道理。

如今，她並不想與岳仲堯有什麼牽扯。

自這些時日，她和琬兒搬離岳家以來，也只有岳小滿偶爾上門罷了。

而岳小滿上門的時候，都只是拿著東西來讓她代賣，她也並不在意。

如今她母女兩人還是處在勉強溫飽的狀態，沒那時間和閒情理會太多。

明珩從集市回來，喬明瑾問：「回來的時候可有去過家裡了？可拿了爹抄寫的書沒有？」

明珩對著喬明瑾點頭。「去了，哥還給家裡切了一刀肉呢，又給爹買了一本書，也給奶奶買了好些針線呢。爹已是把那幾本書都抄完了，還說讓我們明天就去幫他再拿幾本回去，要是我們後天才去城裡，他明天可是要閒在家裡了。」

喬明瑾聽了便笑了笑，她爹一直都有心幫著家裡做一些事情，只是有心無力。如今好不容易找到一條路子，自是要使出渾身力氣的。

「對了姊，我回來的時候，還遇上那次我們去城外賣包子的那家包子鋪老闆，他如今還天天派人把東西送到那個莊子呢，這段時日他可是多掙了不少錢。他還認得我，還問起姊，我們聽他說，城外那家莊子馬上就要修好了，就不需要那麼多人做活，到時就會結了工錢把人都遣散了，他也不能再去那裡賣包子了，問我們可有什麼別的掙錢的法子沒有？還送了我和哥哥幾個大肉包。」

喬明瑾聽了一臉笑意。

他家那包子鋪每天在城裡賣，客源都是固定的，不會有什麼太大的變動，每天的收入想來也不會變化太大。

有了給城外莊子送包子的機會，等於是同時在那裡開了鋪子在做生意，收入自然就比以往要好些。

可這一旦沒了另一處的生意，收入自然就會有個落差。

只是她也沒什麼好的建議，就是有，她和那家老闆還沒熟到可相交的地步。

喬明瑾又想起之前她在那處莊子賣包子，聽到管工的說那個莊子是修給主家做賞景休養之所用的，想必那裡定是要弄一些景，花花草草的一定不會少了。

從別的地方把花草樹木搬過來，可不一定能養得活，除了需要經年的花匠精心養護之外，還需要其他不少東西的，就是尋得到好的花匠，也不一定能把移來的花木養活。

她便想起林子裡的枯枝、枯葉下，一層又一層厚厚的腐土。

那可都是肥料，都是養花種樹、養菜種地的好肥料。

她家如今還沒有田，這些東西都用不上，能不能把它們賣了換錢呢？

喬明瑾埋頭想了想，覺得事情大有可為。

雖然她不知道這東西能不能賣得出去，會不會有人要，能不能換成錢，但是如今機會就擺在眼前，沒道理不去抓住。

家裡如今處處都要用錢，還要攢著些錢買一、兩畝地，兩個弟弟還要唸書……

喬明瑾想清楚後，就把明珏叫到面前來，把自己的想法對兩個弟弟說了。

兩人聽了很是奇怪。「姊，這枯葉下面的土能肥田？」

「當然能，而且比糞肥還要好呢，就是那些柴灰、池塘裡面挖出的泥都是能肥田的好東西，連你們兩人都不知道，只怕別人也不一定清楚的。」

兄弟兩人對視了一眼。他們都在家裡下過田，但姊姊可是從小就跟著祖母在家拈針繡花的，什麼時候懂得這些了？

明珩聽完很是興奮，只要聽到有東西可以換錢，這孩子的眼睛就亮得驚人。

「姊，這東西真能換成錢？這林子可大著呢！」

喬明瑾便笑著點頭，對他們兩人說道：「如果別人知道還好說，若是別人不知道，只怕要費不少唇舌，而且可能得等到看到效果了人家才會給錢。只是我們也不能放棄了這個機會，如今咱家沒有本錢，只能做些無本的買賣，若是這些東西能換錢，家裡的情況也能改善一些。」

看他們一個勁地點頭，她又說道：「明日你們再去城裡一趟，就去那莊子，去尋那管事或是花匠，價錢咱也沒賣過，不知道該怎麼賣，他們若是有興趣，就讓他們開口，不拘多少錢，哪怕一車能給個十幾二十文的也是個進項。」

明珩聽了直點頭。「嗯，明天一早我和哥就去那莊子。」

姊弟三個又商量了一陣，還到林子裡去看了看，又用竹耙把枯葉都耙了起來，看了底下的腐葉。

林子深處，茂密地上都是覆了一層又一層的枯葉，累積了也不知多少年月，若是能賣成錢，大概家裡的日子便能改善一些了。

三個人都有些興奮，四下裡轉了轉，就又專心砍柴去了，想著明日順便再拉一車柴去，在集上賣一賣也是能賣得掉的。

姊弟三個在林子裡忙了一下午，直到把柴枝裝上牛車，明琦和小琬兒都沒上山來。

喬明瑾有些擔心，便讓明珩和明玨裝車拉運，她自己則往河邊去尋兩個小東西。

暮色裡，長河披上了一層金黃，河裡泛著柔柔的金波，輕風吹起，泛起層層微瀾。

喬明瑾走在田埂上，遠遠就看到好幾個孩子或蹲著或趴著，躲在茂密的水草後面，眼睛齊齊盯著前面淺淺的河床。

喬明瑾臉上不由得泛起一絲笑意。

真是一群傻孩子，單純地可愛。

也就是這般年紀，才能無憂無慮地享受著童年的時光，再過幾年，怕是就面目全非了。

「琬兒，明琦……」喬明瑾遠遠地喚道。

兩個孩子聞聲很快回過身來，一旁的孩子也都回身望著朝他們走來的喬明瑾。

琬兒一邊喚著喬明瑾，一邊朝她撲了過來。

「娘，今天沒有大鳥呢，琬兒都等了一天了，也不說話，那鳥就是沒來。」

小小的人兒說完話，粉粉的小嘴便委屈地嘟了起來。

喬明瑾見了，噗地笑出聲來。

小琬兒意識到她娘在笑話她，兩手圈了喬明瑾的脖子，趴到了喬明瑾的肩窩處，整個身子貼在喬明瑾身上，不再說話了。

喬明瑾抱著女兒柔軟的身子，心裡很是滿足，笑著對女兒說道：「那鳥在天上就看到琬兒躲在下面了啊，就不會飛下來了，而且大鳥哪是天天能見得到的？」

她說完還好笑地看了明琦一眼，明琦便有些不好意思地垂了頭，站到她的身側。

喬明瑾又朝前方幾個孩子看了過去，喚道：「長河，柳枝，快回家去吧，天要黑了。其他人也都回去吧，明天再來玩，你們爹娘該找你們了。」

幾個孩子都直起身子從喬明瑾身邊跑了過去，有幾個孩子還很懂事地與喬明瑾打招呼。長河和柳枝與喬明瑾打過招呼，就跟在喬明瑾身後往家裡走。

兩家在村子裡關係都很密切，兩家的孩子也都很要好，長河和柳枝這些日子都會來家裡找琬兒和明琦兩個人一塊玩。

喬明瑾把長河和柳枝兩個孩子領回了自家，說是給他們買了好吃的。

兩個孩子聽了眼睛一亮，立刻懂事地想拒絕，只是嘴巴張了張卻又閉上了。

他們雖然懂事，但家裡的條件只比她家好一些，哪裡捨得給孩子買些零食備著給他們吃？

兩個孩子歡歡喜喜地跟在喬明瑾身後，小琬兒也掙扎著下地與他們一塊走，一路上還嘰嘰喳喳地跟喬明瑾說這一天都幹了些什麼事，又交到了哪幾個朋友……

田埂上，好一幅暮歸圖。

喬明瑾帶著幾個孩子到家的時候，明珩和明玨也正拉了最後一車柴走進家門。

院子裡，何曉春正幫著他們把之前卸下來的柴火往柴房裡搬。

那孩子是個能幹的，才來了幾天，就事事都幫著做，喬明瑾看了很是熨貼。

喬明瑾把糕餅點心分給長河、柳枝之後，又給了他們二兩銀子。

兩個孩子都沒見過銀子，沒什麼概念，聽說是讓他們帶回去給爹娘的，便歡歡喜喜地拎著糕餅點心走了，一路走，一路往兩個油紙包上看，那二兩銀子根本就沒有糕餅糖塊的吸引力大。

喬明瑾見明玨幾個已搬好了柴火，收拾了一番就準備去做飯。

不想這時岳仲堯倒上門來了，二話不說搶過明玨手中的扁擔和水桶，挑在肩上出了門。明玨一時沒攔住，他轉眼間就已走遠。

小琬兒看了看喬明瑾，大大的眼睛眨了眨，很快便小跑地追著岳仲堯出門去了。

岳仲堯心裡正抱憾，他給娘子和女兒買的東西讓家裡人翻出來了不說，這會兒竟是一點都沒剩下給女兒的了。

他也不能對他娘抱怨指責，這年頭，孝義大過天；讓他跟東根去說理，只怕也說不通，那孩子哭嚎起來誰都哄不住，他也做不到跟個孩子去計較，怪只怪他自己沒放好，沒想到家裡會是這樣的情況。

今天他娘拉著他在家裡陪柳氏母女，他覺得沒什麼可說的，他娘不讓他出門，他索性就在屋裡躺了大半天。

這下河村離城裡遠，他娘就把柳氏母女留下了，還說讓母女兩人住到他的房間裡去，讓他到堂哥、伯叔那邊去借住一晚。

岳仲堯覺得不妥，這若是答應了，只怕妻子更不會回來了。

那是他們的婚床，如何能給別人睡了？

於是他出門找了他四嬸娘呂氏，讓她到家裡跟他娘說一說。

他知道四嬸娘婆媳都跟自家娘子關係挺好的，定是會幫著拒絕那柳氏母女的。

果然四嬸娘呂氏就以未婚不方便住到男方家為由，把柳氏母女拉到她家住去了。

岳仲堯長長舒了一口氣，乘機跑了出來。

只是到了妻女處，本是買了東西要給妻女的，這會兒已經都沒了，見了瑾娘母女，他便覺得頭有些抬不起來。

岳仲堯一個人挑著扁擔，兩頭掛著兩個木桶，走在去水井邊的路上，正懊惱著，就聽到後面一陣小跑步的聲音。

他在戰場上歷練過，整個人也變得謹慎警覺，一丁點的聲響都能察覺。

岳仲堯回身，來路上，他的女兒小小的身子正朝他飛奔過來——

岳仲堯只覺得眼眶發熱，眼淚差點迸了出來。

這是他的女兒，他親親的女兒。

他連忙快速地把木桶放到地上，往前急走兩步，朝女兒張開手臂。

女兒軟軟的身子下一刻便撲到他的懷裡。

岳仲堯把女兒抱了起來，緊緊地箍在懷裡，心裡酸澀無比，幾欲滾下淚來，

他一手抱著女兒，一手不斷地撫著女兒小小軟軟的身子。

之前他覺得母女兩人近在咫尺，現在卻離得好遠。

他有時候想想，還不如當初在戰場上就死了，沒準兒母女兩人對他還有個念想；撿回一條命，卻是和妻女走成了陌路人……

可此時，小琬兒兩手正圈著他的脖子，安靜地趴在他的懷裡，岳仲堯便又覺得萬分滿足了起來。

雖然女兒還是極少叫他爹，但已是日漸與他更加親近。

這是他的骨血啊，嫡親的骨血，果然是父女天性，就是跟自己親近。

岳仲堯只要想到自己的娘子一旦跟自己和離了，女兒跟著娘子外嫁，喊別的男人為爹，他的心裡就跟刀絞一般。

此時他抱著女兒，只覺得萬金不能換，即使拿了他的命也不能讓女兒去親近別的男人。

岳仲堯和女兒親近了一會兒，便抱了她一起去挑水。

而另一邊的喬明瑾則在家裡做飯。

如今家裡添了何曉春，她也不能把飯食做得太差。

晚上那頓一定是乾飯，雖然沒有肉，但還是會炒幾個蛋。

他們家裡雖然沒養雞，但是鄉親們託賣的蛋，她都會留一些下來，不時炒給幾個孩子吃

吃。

看著幾個孩子臉色日漸紅潤了起來，她覺得再苦再累也值得了。賺再多錢不就是為了將來能夠改善生活，讓孩子們吃飽、吃好嗎？

喬明瑾正在廚房裡炒菜，秀姊就帶著兩個孩子上門來，直接進了廚房。

「瑾娘啊，秀姊可是要生氣了，什麼時候妳跟我也這麼客氣了起來？」

喬明瑾連忙把鍋鏟遞給明琦，示意她接手，轉身跟秀姊說話。

「這些日子，秀姊妳幫了我那麼多，牛都借給我用，我一直都記著。」

秀姊聽完後瞪了喬明瑾一眼，把銀子直接塞到她懷裡，又說道：「別跟我說這些，咱們兩家誰跟誰啊？我每次回娘家，我爹娘都叮囑我要多看顧著妳這個娘家妹妹，妳倒好，跟我客氣起來了。那糕餅糖塊給了孩子也就給了，兩個孩子也都是饞的，我們哪裡還能收妳的錢？若是妳有閒錢了，就把現在這處房子買下來，再把房子周圍的地也買下來。雖說族長說了這房子賣給妳，錢不急著要妳還，但夜長夢多，還是把地契、房契拿在手裡才安心些。如今村子裡要成親、要分家的人也多，若是別人看上這地方，先給了錢，族長怕是也難辦。若再有剩的錢，妳再找族長問問看，村裡可有多餘的地，到時也買上一畝、兩畝的，咱莊戶人家天天去買糧吃也不現實。」

喬明瑾直點頭。

之前她顧慮著，若是這會兒把錢給了族長，村裡人可能會說一些什麼歪話，這才多久就有買房子的錢了？

雖然只是二兩，只是這二兩，一般人也是要攢上好久的，喬明瑾便想著再等一段時間再說。

如今聽得秀姊這麼一說，感覺說得還挺有道理，夜長夢就多，還是要先把房契拿到手才安心一些。

族裡也不只族長一個人，還有好幾個族老呢，跟族長家關係好的人若是開口了，只怕自己母女倆就要沒地方住了。

錢還是次要的事，主要是要操這些心，想想就覺得煩。

喬明瑾便衝著秀姊點了點頭，說會盡快去把房子從族長手裡買過來的。

次日，明玨和明珩雖說要去那個莊子問門路，但仍是先拉著一車柴往城裡去了。

就算不成，也不能空手來一趟。

而喬明瑾不想見到岳仲堯，一大清早起來做完早飯，就挑著籮筐和柴刀進山去。

昨晚岳仲堯幫她家挑滿了兩個水缸的水，又幫著把已是乾淨無比的庭院收拾了一遍，還到柴房磨蹭了許久，若不是柴都整理得好好的，估計他都會搬下來再整理一次。

後來他又陪著跟前跟後的琬兒玩了好久，才在岳東根來喚他的時候離開。

沒人留他吃飯，喬明瑾沒開口，明玨、明珩幾個自然也不會開口。

她也不知該以何種身分來面對他。

她不是之前的喬明瑾，對他並沒有多大的怨懟，只是心傷得狠了，如今不願意再正眼看男人而已。

她如今的生活雖然貧困，但她卻自覺富足。

有家人陪伴，有弟妹相陪，還有個與她血脈相連的可愛女兒在身邊，一家人齊心協力，哪怕頓頓都吃稀飯配鹹菜，她也覺得安心。

今天上了山，喬明瑾並沒有急著砍柴。

她把林子深處枯枝敗葉都耙了耙，又察看了周遭的腐土爛葉，心裡便有了底。

如今那山中溪澗裡的蒲菜已經賣不了幾天，她得有其他可以賣錢的東西，不然一家人又要衣食無依了。

這林子大得很，落在喬明瑾的眼中，竟恨不得什麼都能挖出去換了錢來。

她正等著明玨兄弟倆帶消息回來，最好那家子是個識貨的，這麼大一個林子，賣肥料也能賣好久呢。

雖然還有她之前看過的木椿，以及何曉春正在做的算盤珠子，這些都是能生錢的東西，只是究竟會賣得如何，誰都無法預料。

還是眼前這些實實在在的東西最要緊。

巳時初，兩個孩子都吃過早飯，上山來了。

喬明瑾喜歡兩個孩子在她不遠的地方，嘰嘰喳喳地說話或是安靜地耙松毛，或是幫她收拾砍下來的柴枝。

不然她一個人在林子裡，還真是有些孤獨寂寞。

三人便在山上邊做活邊說話。

喬明瑾聽著女兒奶聲奶氣的聲音，心裡脹得滿滿的，砍柴的力氣都增加了不少。

兩個孩子來了小半個時辰後，岳仲堯也到了。

喬明瑾看了他一眼，並不理會，岳仲堯想接過喬明瑾的砍刀，她也沒給。

岳仲堯在喬明瑾旁邊站了一會兒，只好轉身去逗女兒玩，又帶著興致勃勃的女兒去捉野雞和野兔。

明琦不放心，立刻跟了上去。

喬明瑾也只是支起身子看了他們三人一眼，又專注在砍柴上。

只是她並沒能安心多久。

幾乎是岳仲堯前腳剛帶著兩個孩子往深山裡去，不到一刻鐘，柳媚娘便也尋上山來了。

喬明瑾砍柴的時候一向專注，且那柳媚娘在她身後並不出聲，直到喬明瑾把一段枯柴砍斷了，又蹲下身子往回拖柴枝的時候，才見到柳媚娘正站在身後。

喬明瑾直起身子，淡淡地望著她，沒有開口。

柳媚娘今天似乎是特意打扮過的，身上的衣料雖說不上有多名貴，但收拾得極細心，還在衣領袖口處繡了花，連腳上的布鞋都繡上了花。

喬明瑾往自己的鞋子上看了一眼，灰撲撲的，又是泥又是土，衣裳上因沾了林間葉子上的露水，更不耐髒，只怕頭上還滿是木屑吧。

光看柳媚娘的眼神，也知道她的形象不成人樣。

「妳是喬明瑾吧？」

柳媚娘見喬明瑾並不說話，忍了一會兒終於開口道。

雖然她娘一直跟她說不要先開口，不然就落了下乘，可是這一路走來，山裡林子的枝杈刮了她衣裳好幾次，鞋子上都沾了泥，也不知這林子裡還有什麼猛獸沒有，她可不敢在林子裡待太久，便忍不住先開口了。

她心裡極不平，昨晚沒能歇在岳家不說，還被安排到那麼一戶窮家。

本來她和她娘來這裡，就是想歇在岳家的，這樣岳家就沒有理由拒絕或是拖著不辦她的婚事。

不然她都在他家睡過了，女子的名譽也沒了，岳仲堯哪裡能再撇下她？

只是最後卻來了一個什麼孀娘，把她們娘倆勸去她家睡不說，還一整夜都睡不好。

一早醒來，岳仲堯又沒跟她打招呼就出了門，她也只好跟了出來。

她又不是非岳仲堯不可，只不過母親說他是最合適的人，才不得不來這鄉下地方一趟。

這鄉下地方哪是人待的？她一個城裡姑娘嫁給一個鄉下小子，本就委屈了，他竟還對她擺那種姿態，沒有八抬大轎早早迎娶了自己，還藕斷絲連地與前妻糾纏不清！

大不了把她的女兒接過來養就是了，又吃不了多少飯，再說又不要她來養，竟還拖著不和離！

她母親說遲則生變，硬是要拖了她過來，不然誰願意跑到這鄉下地方來？

柳媚娘看了看自己特意穿上的新鞋，如今連花樣子都瞧不出了，眉頭皺得死緊，緊緊地盯著喬明瑾，等著她開口。

喬明瑾只是淡淡地看了柳媚娘一眼，就又彎下腰收拾柴火去了。

柳媚娘沒想到這鄉下女人竟然連起碼的人情都不懂，對她的問話不理不睬，頓時一張臉脹得通紅，胸腔急促地起伏。

果然她娘說得是對的，誰先說話誰就落了下乘。

雖然她並不承認自己落了下乘，但這種感覺真的很不好。

就像萬事準備妥當了，也果斷出手了，卻打在一團棉花上，對方絲毫不受影響。

「瑾娘，妳是不是耳朵不好使？應該聽到我剛才在問妳話吧？」

喬明瑾在心裡笑了笑。

一個毛都沒長齊的叫自己「瑾娘」？是長輩呢還是跟她有多熟？

明知故問的話，她也不想答，說話也是件累人的事，她又沒那麼多工夫與人閒聊，忙著呢。

柳媚娘見喬明瑾嘴角淡淡含笑，越發不舒服起來。

一個快要下堂的女人不說求自己放她一馬也就算了，竟還是一副無動於衷的樣子，真真氣人！

「喬明瑾，妳不肯和離，是怕我會對妳女兒不好，還是不想放過仲堯？」

喬明瑾聽著柳媚娘漸漸有些拔高的聲音，覺得若再不回話，她也許會一直糾纏著自己。

她柳媚娘有閒，自己可沒有。

她盯著那張打扮精緻的臉，帶著一絲笑意說道：「柳姑娘怕是弄錯了吧，不是我不想和離，是岳家不肯。我也不怕妳會對我女兒不好，因為我根本不會給妳這個機會；若是妳能幫我和岳家和離了，我還會帶了重禮去謝妳。」

柳媚娘緊緊盯著喬明瑾那張出眾的臉蛋，即便未施脂粉，頭髮還有些散亂，臉上也沾了木屑，仍能看得出來長得比她要多了幾分顏色。

難道真是岳家，是岳仲堯不肯和離？

是岳仲堯放不下她這張臉嗎？

她還想開口，喬明瑾卻不再有閒心與她閒聊，已兀自轉身去收拾她方才砍下來的枯枝了。

柳媚娘見狀，咬了咬下唇，一個即將下堂的女人，也不知哪裡來的驕傲？

等母女兩人沒飯吃的時候，可別找上門來！

到時我可不會捨妳一口飯吃，管妳是不是給岳仲堯生過孩子，妳那女兒又是不是岳仲堯的親骨肉！

柳媚娘正想著，見喬明瑾並沒理會她，便恨恨地在喬明瑾身後磨了磨牙，又揚聲問道：

「仲堯哪裡去了？」

喬明瑾只覺得好笑得緊。

妳且自己找去啊，問我？還指望我帶妳去找不成？

柳媚娘方才是跟著岳仲堯身後過來的，這會兒進了林子，一看置身在這林子當中，已是方向不明，頓時就有些慌了，連來路都不知在哪個方向。

是跟在喬明瑾身後等在這裡？還是自己去找岳仲堯？或是乾脆下山？

也是她有些運氣，她正茫然不知所措的時候，岳仲堯就帶著兩個孩子、拎著兩隻野山兔回來了。

「妳怎麼來了？」

岳仲堯遠遠看到柳媚娘，眉頭緊皺了起來，冷冷問道。

明琦也看到了，連忙去拽琬兒的手。

琬兒很快把她爹的手掙脫開了，改牽了明琦的手，快步地離了她爹。

岳仲堯看著自己空空的手，再看到女兒頭也不回往前飛奔的身影，眼神黯了起來，冷冷地掃向柳媚娘。

「原來你是打獵去了？沒想到你準頭這麼好，這才多久，就打到兩隻野兔子了。早上伯母叫你去買肉，我見你沒去，原來竟是到林子裡來打野味，這野兔賣得比豬肉還貴呢，也比豬肉好吃，趁著新鮮，咱們快些下山去吧。」

柳媚娘說完就要上前來拽岳仲堯的手。

岳仲堯身子錯了錯，讓柳媚娘抓了個空，徑直朝妻女的方向走去。

柳媚娘咬了咬牙，跺了跺腳，也跟在後面。

「瑾娘，這兩隻兔子妳帶回去做了給孩子們吃，我先回去了，下午我再上山來幫妳。」

他說著，扯了一根樹上的藤蔓就把兩隻山兔的腿綁了，遞給明琦。

明琦沒接，琬兒也躲到了她娘身後。

岳仲堯愣了愣，就想著要把兩隻兔子放到籮筐裡。

喬明瑾看到了，便說道：「你還是帶回去吧，我可不想一會兒有人上門來討要回去。」

岳仲堯聽完後愣住了，往柳媚娘那邊看了看，又盯著兩隻兔子看了眼，便取下一隻兔子，拎著另一隻兔子快步下山離開。

而柳媚娘則掃了喬明瑾一眼，小跑地跟在後面，也下山去了。

——未完，待續，請見文創風238《嫌妻當家》2

樸實純粹　演繹種田精髓／芭蕉夜喜雨

嫌妻當家

全套五冊

妻令一出，誰敢不從？

現代OL魂穿古代，竟然成了有夫有女的農村婦？
丈夫好不容易從軍歸來，這下卻帶了城裡的小三一起回家？
她想乾脆讓位逍遙去，卻發現脫身不易，丈夫還想勾勾纏……

文創風 237 1

她穿成農家媳婦喬明瑾，但丈夫軟弱，婆婆苛刻，女兒受欺，
還有愛看好戲、扯後腿的妯娌，平凡娘家也不給力，
她雖然無依靠，但古人身現代心怎能委曲求全？
既然此處不留人，她自己重建一個家！
但古代求生大不易，該怎麼發揮穿越女的本事？

文創風 238 2

婆婆和小三威逼，喬明瑾沒想到丈夫岳仲堯卻不放手，
和離不成只能選擇分居，幸好還有娘家的弟弟、妹妹幫忙，
她也適時發揮穿越女的本事，小出風頭卻引來城裡大戶周家六爺的注意，
惹了一個精明又冷峻的貴公子，是福是禍還不知，
但天下掉下來的金主，到底是接還不接？

文創風 239 3

周晏卿需要她的主意和本事，她需要周晏卿的財力和權勢，
兩人一拍即合，作坊緊鑼密鼓籌備，大家都知他們作坊專出新奇物事，
生意蒸蒸日上，日子過得好了，反而不知該拿心意堅定的丈夫怎麼辦，
而貴公子周晏卿也忽然跟她親近又交心，連家裡的帳冊都交給她打理，
但她是個外人，這份信任來得太快也太重，究竟他是有意還無意？

文創風 240 4

要說不懂岳仲堯的用心是不可能的，可是她該怎麼讓丈夫認清，
自己和他那勢利的娘是沒可能相處在一起了；
若不是留著一絲絲柔軟的情，若不是女兒對他依戀不捨，
她也想與岳家徹底了結，再無瓜葛才有真的平靜日子；
如今，周晏卿給了她一個機會，她是不是該把握這重新開始的可能？

文創風 241 5 完

原來他們喬家並非什麼鄉下平凡人家，
祖母和父親當初落難來到村裡，竟然是因為逃避家族鬥爭；
而今，老家的僕人找上門來，正是他們該「回家」的時候了……
從農村婦人到京城名門的喬家大小姐，她暫時放下的難題也再次來到眼前；
心向了哪一個，就是要負了另一個；而她，又該情歸何處……

輕鬆逗趣，煩惱全消／花月薰

幫幫忙

全套三冊

將軍夫人這頭銜喊起來好聽，實際上卻不好當，
人家做妻子的頂多就是管管府中大小事，
可她要養活的卻不僅僅是夫家一家子人而已，
就連夫君麾下二十萬步家軍的吃穿用度她都得一手包！
幸好她經商能力一流，要不肯定會被吃垮的啊～～

文創風 234 1

想她席雲芝雖是席府的長房大小姐，地位卻連條狗都不如，
為了不被掌家的五嬸娘折磨死，她求來在自家商鋪幫忙的活，
不料，五嬸娘卻要她陪著五房妹妹出嫁，當個通房丫頭！
她死活不肯，欲逃離席家，卻被抓入柴房關了起來，
幸好，此時一樁陰錯陽差的求親事件意外解救了她！
據聞，來求娶她的步家是被貶來守皇陵的沒落望族，
而她的夫君則是個跛了條腿、失了聖寵的戰敗將軍，
想來也是，若非這麼個破敗人家，老太太也不會讓她嫁的，
夫君是不是良人、未來會更好抑或更糟，她已顧不得了，
她只知，眼下若不嫁，等著她的便是死路一條！

文創風 235 2

席雲芝初為步家婦，便接下了掌家理財的重責大任，
可翻開帳簿一看，她實在不知該哭還是該笑——
五兩八錢，便是夫家所有的財產了。這將軍夫人可真不好當啊！
夫家一窮二白，她若不幫幫忙賺錢，怎麼養活一家老少？
幸好這些年她攢下了一小筆私房錢，而且經商有道，
想來要開間鋪子做做生意，那也是不成問題的，
眼下最大的問題是，被迫娶她的夫君似乎很不喜愛她呀！
即便跛了條腿，但夫君步覃卻出乎她意料的俊美出色，
想想，跟她這等姿色平平的普通女子結婚，也真是委屈他了，
只怕連他以前將軍府裡的隨便一個丫鬟都能擊敗她吧？唉……

文創風 236 3 完

商鋪一間間地開，手中銀兩愈積愈多，
席雲芝終於成為洛陽城裡無人不知的席掌櫃，
並且，也整垮了害死她娘的席家，接收席家大半的店鋪，
加之現今夫君很愛她，夫妻倆和和美美的，日子實在好不愜意，
然而，此時一道聖旨下來，竟要傷癒的夫君返京領兵作戰去！
還好她適應力極強，即便京城人生地不熟、一切要重來也沒在怕，
只要能跟著夫君過日子，到哪兒不能買地、開店鋪賺錢呢？
雖說京城人心險惡了點、龍潭虎穴多了些，她倒也能應付自如，
但，這對手若換成突然覬覦起她美色的天皇老子，她就蔫了，
面對惹不起的皇帝，她只能匆匆帶著為護她而瀕死的夫君逃命啦～～

為流浪貓狗加油 和貓寶貝 狗寶貝 廝守終生(一定要終生喔！)的幸福機會

對人來說，貓寶貝狗寶貝只是生活的一部分，但妳（你）對牠們來說，卻是生活的全部，領養前請一定要考慮清楚——

▲ 喜多米變身親和明星！

性　　別：男生

品　　種：米克斯

年　　紀：1歲多

個　　性：乖巧親人好脾氣

健康狀況：已結紮，完成除蟲除蚤，也打了預防針

目前住所：桃園市

本期資料來源：http://www.meetpets.org.tw/content/55012

『喜多米』的故事：

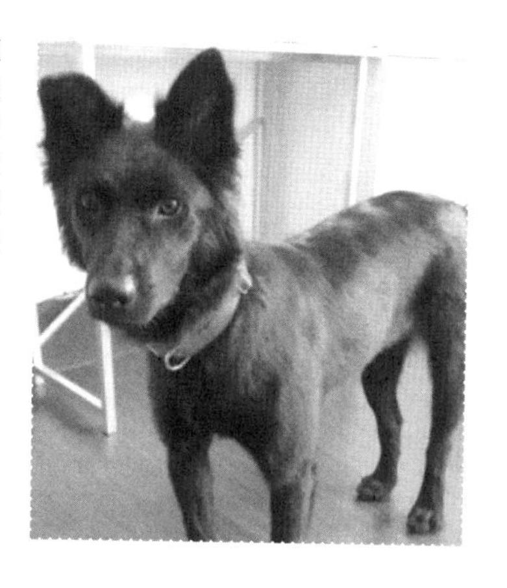

大家好，我叫喜多米～～小時候，主人為我戴上全新項圈，說我黑亮的毛皮配上皮質項圈很帥氣，就像騎士一樣，讓我好高興。可是後來我和主人分離，到處流浪，當初戴的項圈變得越來越緊，但它是主人唯一留給我的紀念，我怕一拆掉就再也見不到他。到最後我痛得脖子都流血了，卻只能虛弱地躺在收容所地上，每天都好痛、好想哭。一直到我遇見了愛心媽媽。

愛心媽媽把我帶回去，溫柔地照顧我，還帶我去看醫生，就算我一開始不信任她，她還是很有耐心。康復後，我還被送去學校上課。從那裡我學到很多東西——我會握手、坐下，不會為了搶佔食物而亂叫，老師都稱讚我很乖喔！而且我看到貓咪會主動繞開，不跟牠們正面起衝突。嘻嘻，我很像紳士吧～～

因為愛心媽媽們的細心照顧，本來退縮膽怯的我，恢復成活潑帥氣的模樣（偷偷告訴你：我還上過電視呢！）。而且可以乖乖彎下脖子，不閃不躲地讓人為我重新戴上項圈哦！因為我知道眼前的人是愛我的，所以一點也不會害怕了。

現在的我喜歡人、喜歡玩，和小小孩相處得很好，即使被他們拖拉我也不會生氣～～喜歡我的把拔、馬麻快點來信sweat_lin@yahoo.com.tw，主旨註明「我想認養喜多米」，或來電0975579185吧！我等著給你一個愛～的蹭蹭喲！

（編按：跟橡皮筋狗一樣，喜多米因項圈逐漸緊勒，有如刀割頸部，差點傷到氣管，身心因而受到嚴重傷害。幸好經過完善的治療、照顧和訓練後，現在已是隻可愛又有禮貌的撒嬌狗狗了！）

認養資格：

1. 認養者須年滿20歲，有獨立經濟能力，並獲得家人與同住室友的同意。
2. 非學生情侶或單獨在外租屋的學生，須能提出絕不棄養的保證。
3. 須同意送養人日後之追蹤探訪。
4. 領養者需有自信對喜多米不離不棄，把牠當家人，愛護牠一輩子。

來信請說明：

a. 個人基本資料：姓名、性別、年齡、家庭狀況、職業與經濟來源等。
b. 想認養「喜多米」的理由。
c. 過去養寵物的經驗，及簡介一下您的飼養環境。
d. 若未來有當兵、結婚、懷孕、畢業、出國或搬家等計劃，將如何安置「喜多米」？

237

嫌妻當家 1

國家圖書館出版品預行編目資料

嫌妻當家 / 芭蕉夜喜雨著. --
初版. -- 臺北市 : 狗屋, 民103.11
冊 ; 公分. --（文創風）
ISBN 978-986-328-374-4（第1冊 : 平裝）. --

857.7　　103019961

著作者	芭蕉夜喜雨
編輯	張蕙芸
校對	沈毓萍　馮佳美
發行所	狗屋出版社有限公司
地址	台北市104中山區龍江路71巷15號1樓
電話	02-2776-5889～0
發行字號	局版台業字845號
法律顧問	蕭雄淋律師
總經銷	知遠文化事業有限公司
電話	02-2664-8800
初版	103年11月
國際書碼	ISBN-13　978-986-328-374-4
原著書名	《嫌妻当家》，由起點女生網〈www.qdmm.com〉授權出版

定價250元

狗屋劃撥帳號：19001626

網址：love.doghouse.com.tw　E-mail：love@doghouse.com.tw